Erster Teil

1 **Ein kleines Geräusch** weckt Jess, sie öffnet die Augen. Ihr Blick fällt auf das riesige Fenster, durch das die Morgendämmerung hereinsickert. Jack ist aufgestanden, er ist dabei, sich anzuziehen – das war das Geräusch, das sie weckte, ein Scharren auf dem Dielenboden, als er einen seiner Schuhe zu sich heranzog –, er ist schon fast fertig. Sie bewegt sich nicht, beobachtet ihn mit halbgeschlossenen Augen; er soll nicht merken, daß sie wach ist. Es gibt nichts mehr zu sagen zwischen ihnen. Er hebt sein Jackett vom Boden auf, klopft mit zwei, drei Schlägen den Staub heraus, zieht es an. Im nächsten Moment wird er zu ihr herüberschauen. Jess schließt die Augen, atmet gleichmäßig, tief, als ob sie fest schliefe. Sie fühlt seinen Blick auf ihrem Gesicht, ein paar Sekunden lang, fast wie eine Berührung. Dann hört sie, wie er hinausgeht, die Tür schließt.

Sie läßt ihn gehen. Er haßt es, sich zu verabschieden. Jess haßt es auch. Sie haßt diesen Abschied. Sie hört, wie er nach unten geht, die Hühnerleiter hinunter; sie quietscht und ächzt, genau wie vorige Nacht, als sie heraufgekommen sind, dann die Holztreppe, vom zweiten Stock in den ersten, vom ersten Stock ins Parterre. Das Geräusch der ins Schloß fallenden Haustür hallt nach, es ist, als hörte es nicht auf, jedenfalls nicht in ihrem Kopf.

Langsam wird es hell im Zimmer. Auf der Straße nimmt der Lärm zu, vorüberfahrende Autos, schlagende Wagentüren, Motoren, die angelassen werden. Durch das Fenster fällt ein wäßriger Sonnenstrahl herein, in spitzem Winkel, nicht für lange, das Fenster geht nach Nordosten.

Jess dreht sich zu der Seite des Betts, auf der Jack geschlafen hat. Sie atmet seinen Geruch ein, denkt daran, wie sie sich geliebt haben, spät in der Nacht, oder vielleicht war es schon gegen Morgen, sie überläßt sich der Erinnerung daran. Behutsam legt sie die Finger auf ihr Schlüsselbein, die Stelle, auf die er seinen Mund drückte, als es vorbei war.

Vorbei. Sie setzt sich auf den Bettrand, raucht eine Zigarette, die sie mit Jacks Feuerzeug anzündet. Nicht dasjenige, das sie damals in der Bar-Tabac in Buchy für ihn geklaut hat, das ist längst verlorengegangen. Dieses hier ist flach, rechteckig, schwarz, schmucklos. Ihr wird übel, sie hat es noch nie gut vertragen, auf nüchternen Magen zu rauchen. In ihrer Handtasche findet sie den Rest einer Kekspackung. Sie ißt Kekse, sie schmecken trocken, verstaubt; Jess ißt sie nur, damit sie rauchen kann. Sie raucht drei oder vier Zigaretten, während sie versucht, nicht an ihr zukünftiges Leben zu denken, das vor ihr liegt wie eine Wüste, wie ein abgestorbener Ast, wie ein vertrocknetes Blumengebinde – irgend etwas in dieser Art. Wie dieses leere Atelier, an dessen Wänden die abgenommenen Bilder helle Vierecke hinterlassen haben.

Jess rafft sich auf. Sie geht nach unten, duscht, steigt wieder nach oben, kleidet sich an. Sie zieht das Bett ab, stopft die Wäsche in ihre Reisetasche. Sie klappt das Wandbett hoch. Als letztes sammelt sie die Kippen von dem farbverkleckssten Boden auf, wirft sie in das Klo neben dem Atelier, das Vater für Yvonne hat installieren lassen. Ein paar der Kippen schwimmen oben, Jacks filterlose und ihre eigenen mit Filter, obwohl sie mehrere Male nachspült, sie tanzen auf dem Wasser, weigern sich unterzugehen.

Zweiter Teil

2 **Jess erfuhr von der** Existenz ihrer Brüder Jack und Ricky erst, als sie schon zwölf war. Eigentlich waren es ihre Halbbrüder – Jess und sie hatten denselben Vater, aber verschiedene Mütter.

Jess wohnte damals mit ihrer Mutter in Deutschland, in einer kleinen Stadt am Niederrhein. Sie hatten eine geräumige Wohnung im zweiten Stock eines etwas heruntergekommenen Mietshauses mit einem großen, zum Rhein hin gelegenen Balkon. Palmen verkümmerten in riesigen Tontöpfen am seitlichen Balkongeländer, sie ließen die Blätter hängen, weil Mama sie zu gießen vergaß oder vielleicht absichtlich nicht goß oder es ihr lästig war, sie zu gießen. Am Geländer hingen Kästen mit Geranien. Die Pflanzen, die nicht schon am Ende des Sommers verdorrt waren, erfroren im Winter. In einem Herbst begoß Jess die Geranien mit Frostschutzmittel, das sie im Besenspind gefunden hatte, aber sie konnte sie nicht retten.

Als Jess' Vater noch bei ihnen lebte, saßen er und Mama an Sommerabenden in gestreiften Liegestühlen auf dem Balkon, tranken Wein und vertrieben die Insekten mit Tabakrauch. Aber meistens saß Mama nicht mit Vater, sondern mit ihrer Freundin Conny auf dem Balkon, halbe Nächte lang. Sie schauten auf die vorüberfahrenden Schiffe hinunter, rauchten, tranken Kaffee oder ein Glas Wein nach dem andern und redeten; sie nannten es klönen. Manchmal beobachtete Jess sie vom Wohnzimmer aus – das Licht war ausgeschaltet, damit keine Insekten hereinkamen – und versuchte zu lauschen, aber sie konnte nicht verstehen, was sie sagten, sie redeten zu leise. Jess sah die Lichter der Schiffe, rot backbords, grün steuerbords; die Schiffe mit gefährlicher Ladung hatten ein blaues Licht, manche sogar zwei. Wenn Mama sich eine Zigarette anzündete, sprang ihr Gesicht aus der Dunkelheit, eine wilde, flackernde Landschaft mit scharfen Falten und beleuchteten Erhebungen, ein fremdes Gesicht, fast wie eine Maske, umrahmt von dem bleichen mondfarbenen Haar.

Wenn Mama und Conny im Wohnzimmer saßen, versteckte Jess sich manchmal hinter der Couch; sie paßte gerade dahinter, wenn sie sich noch ein bißchen dünner machte, als sie ohnedies schon war. Mama und Conny redeten und rauchten um die Wette. Jess sah den Rauch über sich, in dem Spalt zwischen Rückenlehne und Wand, Schwaden, die sich hoben und senkten, als zeigten sie einen Pegel an, einen Pegel von Spannung oder Gehässigkeit oder Sorgen oder spöttischer Amüsiertheit oder beschwipster Albernheit, je nachdem, worüber Mama und Conny gerade klönten.

Eigentlich durfte Mama nicht rauchen, weil sie Asthma hatte. Wenn sie Atemnot bekam, benutzte sie ihren Inhalator, den sie Püsterich nannte. Jess versuchte es heimlich, als sie allein war, mit dem Ersatzpüsterich in Mamas Nachttischschublade. Sie stand vor dem Kommodenspiegel, spielte dramatische Atemnot, steckte die Öffnung in den Mund und drückte den Kolben hinunter. Es schmeckte und roch medizinisch, und ihr wurde ein bißchen schwindlig davon, das war alles.

Mama schob ihre Anfälle von Atemnot auf das feuchte Klima, den häufigen Nebel. Morgens klopfte sie mißmutig auf das Barometer in der Diele, oder sie blickte angewidert aus dem Wohnzimmerfenster in die flache, nebelverhangene Landschaft. Nach dem Blick aus dem Fenster ging Mama ins Badezimmer, um sich zu schminken, verteilte Cremes aus verschiedenen teuer aussehenden Töpfchen auf der Gesichtshaut, zupfte sich die Augenbrauen und zeichnete sich neue; bleistiftdünne schwarze Bogen, die höher waren als ihre ursprünglichen Brauen und ihrer Miene etwas Unnahbares gaben. Zum Schluß bürstete sie ihr kinnlanges, glattes, platinblondes Haar. «Wahre Schönheit kommt von außen», sagte sie. Sie mochte es nicht, wenn Jess ihr beim Schminken zuschaute; sie wedelte sie mit derselben Handbewegung weg, mit der man den Rauch einer Zigarette wegwedelt. «Geh frühstücken, Jess», sagte sie. Das sagte sie auch, wenn Jess schon längst gefrühstückt hatte. Wenn sie müde oder geistesabwesend war, klang Jess wie Jazz: «Geh mir aus dem Weg, Jazz.»

Jess mochte Mamas wirkliches Gesicht lieber als das übermalte. Mamas wirkliches Gesicht war blaß, schmal, leicht gedunsen, es sah weich aus, fast wie das eines Mädchens. Jess dachte, wenn sie eine große Schwester hätte, sähe sie vielleicht so aus. Sie würde bei Jess im Zimmer schlafen, und abends im Bett würden sie lange miteinander reden, über alles mögliche; sie würden tuscheln, kichern, sich gegenseitig trösten, wenn sie Kummer hätten. Sie würden klönen.

Aber noch lieber als eine große Schwester hätte Jess einen großen Bruder gehabt.

Vater verbrachte die meiste Zeit am Schreibtisch in seinem Arbeitszimmer. Eigentlich war es eine Rumpelkammer, denn alles, was keinen richtigen Platz hatte, was aber aus irgendeinem Grund nicht weggeworfen werden sollte, landete hier – ausrangierte Sessel und Kommoden, defekte Lampen, wacklige Regale. Auf den Regalen herrschte ein faszinierendes Durcheinander, Einmachgläser mit Birnen und Pflaumen neben ausgedienten Handtaschen und Kosmetiktöpfen mit eingetrockneter Creme. An einer Garderobe hingen Kleider, die Mama nicht mehr trug, alte Hüte, Kittel, Stofftaschen; das Fensterbrett diente als Friedhof für ein paar verdorrte Topfpflanzen.

Jess durfte das Zimmer betreten, während Vater am Schreibtisch saß und arbeitete, aber sie durfte nicht reden. Er schrieb ein Buch über die Merowinger. Mama war wütend auf die Merowinger, weil er ihnen so viel Zeit widmete, viel mehr Zeit als ihr. Er saß den ganzen Tag und die halbe Nacht vor dem Fenster zum Hinterhof und schrieb an seinem Buch, und zwei- oder dreimal in der Woche fuhr er nach Köln, wo er Vorlesungen an der Universität hielt. Er schrieb alle Ideen für sein Buch auf winzige Zettel, die überall in der Wohnung herumflatterten und die Mama heimlich wegwarf. Manchmal, wenn sie mit Conny sprach, nannte sie ihn *King of the Merowings*. Einmal hörte Jess sie sagen: «Seine Mutter glaubte, ein Genie zu gebären. Und was kam raus? Dieser kleine kurzbeinige keltische Mops.»

Gelegentlich las Vater ihnen etwas aus seinem Manuskript vor.

«Da hast du dich ja mal wieder selbst übertroffen», sagte Mama und blies Zigarettenrauch durch die Nase aus.

«Im Gegenteil», sagte Vater. «Ich werde mich selbst nie erreichen.»

Jess' Vater zeigte ihr die Stelle auf der Landkarte, wo der Rhein sich teilt, von ihnen aus ein Stück flußabwärts. Er fuhr mit dem Zeigefinger über das Papier, sein Finger war viel breiter als der Fluß, sein Finger auf der Karte war bestimmt zehn Kilometer breit. Er erklärte ihr, das Flußbett sei nicht eben, sondern eine Art Gebirgslandschaft, zerklüftet, mit tiefen Tälern und steilen Berghängen (sicherlich übertrieb er etwas). Jess stellte sich die Unterwasserlandschaft mit seltsamen Wesen bevölkert vor, die dort in schummrigen Höhlen hausten und sich nur bei Neumond hervorwagten. Ihr Gott, sagte Vater, sei Neptun. Als einmal ein rostiges, zerbeultes Fahrrad am Geländer der Promenade stand, behauptete er, dort sei Neptun aus dem Wasser gestiegen.

Obwohl ihr Zimmer zum Hinterhof lag, neben der Rumpelkammer, hörte Jess abends und manchmal nachts die Frachtschiffe. Sie hörte sie nicht eigentlich mit den Ohren, sondern in der Brust; sie nahm die Vibrationen der Motoren wahr, die sich durch das Wasser und den

Flußgrund fortsetzten, und dann durch die Zementwände des Hauses hinauf bis zu ihr; sie legte sich auf den Bauch und machte die Augen zu, und die Vibrationen gingen durch sie hindurch. Bei schweren Schubschiffen klirrten die Fensterscheiben.

Bis ihr Vater wegging, war Jess glücklich. Jeden Sonntagmorgen unternahmen sie zusammen einen Spaziergang. Zuerst gingen sie zum Kiosk, wo Jess einen Lutscher als Wegzehrung bekam. Sie mußte sich zwischen rot, gelb, grün und verschiedenen Tieren entscheiden: Fische, Vögel, Lipizzanerpferde, Mopshunde, Krokodile. Welcher Lutscher welches Tier darstellte, bestimmte der Kioskinhaber, ein Mann mit fleischigen Lippen und einer Nase, die aussah, als würde sie von einer unsichtbaren Wäscheklammer zusammengequetscht. Ganz gleich, was er behauptete, die meisten Lutscher waren seltsame Kreuzungen. Er verkaufte auch Eiskunstläuferinnen und Bergbauern (ebenfalls unkenntliche Kreuzungen), aber Vater sagte, ihr Verzehr sei eine versteckte Form von Kannibalismus.

Meistens gingen sie über die Grenze in den niederländischen Nachbarort. Dort gab es ein Schloß und dahinter eine weitläufige Plantage mit einem Waldstück, wo im Mai unter den alten, schattigen Laub- und Nadelbäumen riesige Rhododendronbüsche blühten.

Hinter der Plantage war ein kleiner Zoo, ein paar Tiere, die ein alter Mann auf einer eingezäunten Wiese hielt – Ponys, Hängebauchschweine, Ziegen, Katzen, ein Hammel. Außerdem gab es drei oder vier exotisch aussehende Hühner mit befiederten Beinen und einem Federbusch auf dem Kopf, der wie eine wild toupierte Frisur aussah, mit einer kahlen Stelle dahinter. Im Herbst fütterten Jess und ihr Vater die Schweine und Ponys mit Eicheln, die sie unterwegs vom Boden aufgelesen hatten, bis ihre Taschen ausgebeult waren. Die Säue, die Feinschmecker waren, knabberten die Schale ab und fraßen nur das Innere. Die Hühner kamen flügelschlagend angerannt und standen dann dumm herum, weil sie mit den Eicheln nichts anfangen konnten. Jess fütterte die Ponys außerdem mit altem Brot; sie mochte ihre weichen Mäuler im Handteller. Sie mochte ihre Augen mit den waagerechten blauen Pupillen, die wie Lapislazuli schimmerten.

Einmal, im Juni oder Juli, hatte eine der kleinen schwarzen Säue gerade Ferkel geworfen; sie rannten schon flink durch die Gegend, obwohl sie erst drei oder vier Tage alt waren, und wichen geschickt den Kopfstößen des Hammels aus. «Was meinst du, sollen wir eins für Mama mitnehmen?» fragte Vater. Jess sah ihn rasch an, sie wußte nicht, ob er es ernst meinte oder nicht; das wußte sie bei ihm nie genau. Sie hatte eine Vorstellung von dem Ferkel in der Wohnung, wie Mama es angewidert ansah. «Was ist denn das?» würde sie sagen und eine Rauchwolke ausstoßen. Das Ferkel, nervös von ihrem Blick, ihrer Stimme und dem Tabakqualm, würde sich hinhocken und eine Pfütze auf den neuen Teppichboden machen, und Mama würde außer sich sein.

Jess' Vater hatte anscheinend eine andere Vorstellung,

denn er sagte bedauernd: «Aber wenn wir ihr eins mitnehmen, wird sie es womöglich im Bratkessel verarbeiten. Pflück ihr lieber einen Blumenstrauß.» Auf dem Heimweg pflückte Jess einen Strauß großer weißer Blumen, die am Graben neben dem Weg wuchsen. Sie hatte das Pech, daß es wilde Möhren waren, die in der Wohnung einen widerwärtigen Geruch ausströmten, und Mama reagierte fast ebenso angeekelt, wie sie auf das Ferkelchen reagiert hätte; sie stopfte die Blumen kurzerhand in den Mülleimer, den Vater dann sofort hinuntertragen mußte.

Vater und Jess schauten sich an; sie verstanden sich.

Jess hätte gern ein Haustier gehabt. Nicht gerade ein Hängebauchferkel, aber einen Hamster oder einen Kanarienvogel oder einen Wellensittich, wenn es schon kein Hund sein durfte, den sie am allerliebsten gehabt hätte. Aber das kam für Mama überhaupt nicht in Frage, und Jess hatte es aufgegeben zu bitten.

Sie hatte einen Leidensgefährten im Haus, Herrn Lodewick, der sich zu Weihnachten von seiner Frau einen Hund gewünscht hatte und einen hellblauen Porzellanhund bekam. Der Hund saß jetzt im Keller der Lodewicks hinter der Holzgittertür und bewachte den langen Gang, ebenso still und undurchschaubar wie die Madonna in der Kirche ihre Kerzen bewachte. Mama nannte ihn Zerberus. Wenn sie im Keller war, streckte Jess manchmal ihre Hand durchs Gitter und streichelte seinen kühlen glatten Kopf. «Zerberus», flüsterte sie, «*mon pauvre petit.*» Obwohl er gar nicht so klein war; seine spitze, schwarz angemalte Schnauze reichte Jess bis an die Schulter.

Jess' Vater war Franzose, und auf den Spaziergängen sprachen sie oft französisch miteinander. Er erzählte ihr von den Merowingern, von König Athanagild und seinen Töchtern Brunichilde und Galsvintha, von der Dienstmagd Fredegunde, die eine solche Macht über König Chilperich ausübte, daß er seine rechtmäßige Frau Galsvintha ihretwegen erdrosseln ließ und sie, Fredegunde, zur Frau nahm. Er erzählte vom tödlichen Haß zwischen Brunichilde und Fredegunde und vom Bruderstreit zwischen Sigibert und Chilperich und der Ermordung Sigiberts auf Anstiften Fredegundes. Jess mochte besonders die Geschichte von der wilden und stolzen Chrodechildis, die Mörder und Giftmischer und Pferdediebe um sich sammelte und bei Nacht in das Kloster von Poitiers einbrach.

«Und was ist sonst noch passiert?» fragte sie.

«Ist das nicht genug?»

«Erzähl noch was, bitte!»

Wenn ihr Vater dann weitererzählte, hielt Jess sich die Ohren zu. «Ich will das nicht hören, ich will das gar nicht hören!»

Aber nach zwei Minuten sagte sie: «Wie ging das denn da weiter?»

«Ich denke, du willst es nicht hören?»

«Ach bitte, erzähl doch!»

Jess schrieb die Geschichten in ihrem Poesiealbum auf, das sie ein halbes Jahr lang herumgereicht hatte, um darin alberne Sprüche zu sammeln, und ein weiteres halbes Jahr lang dazu verwendet hatte, die Namen der vorbeifahrenden Schiffe festzuhalten. Es gab sogar ein Schiff, das Jessica hieß, eine unscheinbare Péniche; sie war mit Kohlen beladen und hatte ein kleines Führerhaus aus braunem Holz. Aber niemand sagte Jessica zu Jess, alle nannten sie Jess, das J ausgesprochen wie bei dem englischen Namen Jane, wie bei Jack; nur Vater sagte manchmal Jessie, selten.

Schließlich schrieb Jess nur noch die Schiffsnamen auf, die ihr gefielen: Yggdrasil, Octopus, Cokana, Argonaut. Nordstern und Galaxie. Antigone. Mississippi-Queen. Die Mississippi-Queen war das schönste Schiff, das sie kannte, ein Passagierdampfer, der genau dem Dampfer nachgebaut war, der früher auf dem Mississippi verkehrte, mit einem roten Schaufelrad am Heck, das ihn antrieb, und zwei hohen schwarzen Kaminen.

Zuerst schrieb Jess nur Vaters Merowingergeschichten auf, dann fing sie an, selbst welche zu erfinden. Zum Beispiel die Geschichte von Königin Fredegunde und ihrem Verlobten. Weil er ihr untreu war, ließ sie ihn in ein finsteres Verlies sperren und in Ketten legen. Jeden Tag öffnete sie die schwere Falltür und schritt die steinernen Stufen der Wendeltreppe hinunter, um ihm sein Essen zu bringen: Ragoût von Rattenschwänzen oder gekochte Spinnen oder Stinktierrippchen. Sie schob ihm den Teller mit der Fußspitze zu, so, daß er kaum drankam und vor Gier anfing zu sabbern; sie trug silberne oder goldene oder purpurfarbene Schuhe und ein langes seidenes, purpurfarbenes Gewand. «Ich liebe dich», sagte sie, während sie zusah, wie er den Fraß hinunterschlang. Er antwortete mit einem erstickten Wutschrei.

Jess machte auch Zeichnungen zu den Geschichten, mit Buntstiften. Sie zeichnete, wie Brunichilde von ihren Feinden auf ein wildes Pferd gebunden wird. Auf ein anderes Blatt zeichnete sie die Szene, in der Chilperich die arme Galsvintha erdrosseln läßt, weil Fredegunde es von ihm verlangt hat.

Jess war fasziniert von den grausamen Frauen.

Manchmal ging Jess' Freundin Lore mit ihnen spazieren. Jess war eigentlich nur mit ihr befreundet, weil sie in der Schule nebeneinander saßen. Lore spielte am liebsten mit Puppen, die Jess zum Sterben langweilig fand; sie kniff sie heimlich oder drehte ihnen den Arm um, wenn Lore ihr den Rücken zukehrte. Lore hingegen mochte Vaters Merowingergeschichten nicht. Wenn Vater auf den Spaziergängen von den Untaten der Merowingerfrauen erzählte, sagte sie, das sei aber komisch oder eklig oder fies oder blöd, und das verdarb Jess den Spaß, und sie glaubte, Vater verdarb es auch den Spaß, ein bißchen zumindest.

Manchmal war Lore nachmittags bei Jess zu Hause. Aber Mama war es lieber, wenn Jess zu Lore ging. Sie wohnte ein paar Straßen weiter, hinter dem Alten Markt. Lores Mutter war ganz anders als Mama; sie hatte eine Dauerwellenfrisur, ein zusammenhängendes Gebäude; wenn sie eine Locke zurechtrückte, bewegte sich der ganze Rest. Auch die Wohnung war anders als die Wohnung, in der Jess lebte. Sie war sauber und ordentlich, alles war an seinem Platz; die Küche blinkte und roch nach Ata, und es stand kein schmutziges Geschirr herum. Das Wohnzimmer war vollgestopft mit unzähligen kleinen Gegenständen: Eulen, Vasen, Porzellanfiguren; Jess wußte nicht, wie sie sich bewegen sollte. Der Balkon war mit einem grünen Teppich ausgelegt, der wie Gras aussah, nur giftgrün, und es wurden keine Zigarettenkippen und Zigarrenstummel darauf herumgeworfen wie bei Jess zu Hause.

Lore hatte einen kleinen Bruder; er hieß Sven, wurde aber der Kleine genannt. Alles an ihm war rund, seine blauen Kulleraugen, sein Näschen, sein kleiner Mund. Er war empfindlich und heulte bei jeder Gelegenheit, was Jess verachtete. Sie schnitt ihm heimlich Grimassen. «Du kleines Scheusal», zischte sie ihm zu, wenn sonst niemand im Zimmer war. «Heute nacht kommt dich der Buhmann holen!»

Eines Nachmittags zog der Kleine eine von Lores Puppen aus. Lore erwischte ihn und klopfte ihm leicht auf die Finger, so leicht, daß es unmöglich weh tun konnte, aber er brüllte sofort los, markerschütternd, mit weit offenem Mund. Dann hörte er mit einemmal auf und trat Jess so fest wie er konnte gegen das Schienbein. Jess verspürte große Lust, ihm eine zu knallen, aber in dem Moment kam Lores Mutter herein; sie warf Jess und Lore einen vorwurfsvollen Blick zu. «Mein armer kleiner Spatz, was machen sie bloß mit dir?» Sie nahm ihn auf den Arm und trocknete ihm die Tränen mit einem Schürzenzipfel, küßte ihm eine Träne ab, die seine Wange hinunterkullerte. Dann verließ sie das Zimmer mit ihm, ihr Haargebäude unbeweglich wie immer, es drückte deutlichere Mißbilligung aus als alle Worte. An der Tür warf der Kleine Jess noch einen Blick zu, über die Schulter seiner Mutter, triumphierend, von oben herab. Jess streckte der zugehenden Tür die Zunge heraus.

Am nächsten Tag drehte Jess Lores Lieblingspuppe den Hals um, so daß sie unter ihrem rüschenbesetzten Plumeau im Puppenwagen auf dem Bauch lag, mit dem lächelnden Gesicht nach oben. Lore merkte es erst Stunden später, als sie die Puppe aus dem Wagen nahm, um sie mit einem mit Liebesperlen gefüllten Schnullerfläschchen zu füttern. Jess tat unschuldig, empörte sich mit Lore, bedauerte die Puppe; sie blickte den Kleinen vorwurfsvoll und mit gerunzelter Stirn an. Lore bemerkte ihren Blick und ohrfeigte den Kleinen, der wie am Spieß losbrüllte.

«Ach, du armer Kleiner», sagte Jess, «hast du dir in die Zunge gebissen?»

Es war ein kühler, windiger Tag im Herbst, Jess war elf Jahre alt, und sie und ihr Vater gingen in die Plantage, um Pilze zu suchen. Vater erklärte ihr den Unterschied zwischen Champignon und Knollenblätterpilz, der weiße Lamellen hat. Aber sie merkte, daß er diesmal nicht recht bei der Sache war; er und Mama hatten sich beim Frühstück gezankt, und dann hatten sie sich angeschwiegen, ein Schweigen wie ein zusammengedrückter Schneeball mit einem versteckten spitzen Stein darin.

Sie stapften über rostfarbenes und gelbes Laub bis zu

der Stelle, an der Vater vor sieben oder acht Jahren eine Krause Glucke gefunden hatte. Es hieß, sagte er, eine Krause Glucke finde ein Pilzsammler höchstens einmal im Leben, aber er hatte schon zwei gefunden, warum sollte er nicht noch eine dritte finden? Jess wollte wissen, wie sie aussieht, und er erklärte ihr, sie sei wie ein hingeworfener Schwamm, neapelgelb, innen weißlich.

Aber an jenem Tag hatten sie kein Glück mit der Krausen Glucke, und sie fanden auch keine Schirmpilze, die man wie Schnitzel panieren kann, und auch keine Pfifferlinge. Sie sammelten einen Korb voll Stockschwämmchen. Zu Hause briet Vater sie ungewaschen, mit Ameisen und Tannennadeln; die Ameisen gaben in der Pfanne ein kleines Knacken von sich, vielleicht waren es auch die Tannennadeln.

Mama war skeptisch. «Eines Tages wirst du uns alle vergiften. Oder wir verbluten.» Sie streckte die Hand aus, sie hatte ein großes Pflaster auf dem Daumen. Vater hatte einen Messertick, er wetzte die Küchen-, Gemüse- und Fleischmesser, bis sie scharf wie Rasierklingen waren. Vor Mamas anklagend ausgestreckter Hand zog er den Kopf ein und machte einen übertriebenen Schmollmund. Jess lachte laut, obwohl ihr gar nicht zum Lachen zumute war, denn auf dem Heimweg aus der Plantage hatte Vater ihr gesagt, daß er noch in diesem Herbst nach Frankreich zurückgehe und daß er sie nicht mitnehmen könne.

3 **Eine Woche später** reiste Jess' Vater nach Rouen ab, wo er einen Lehrauftrag an der Universität erhalten hatte; er versprach Jess, sie bald zu besuchen. Es wurde November, Dezember. Die Wildgänse waren wieder da, wie jeden Winter; Jess hörte sie manchmal abends oder nachts schreien, wenn sie im Dunkeln über die Häuser flogen, eine Perlenschnur in der Form einer Eins. Ihre Schreie machten sie traurig, sie lag mit offenen Augen da und lauschte.

Jess und ihr Vater schrieben sich jede Woche einen Brief, und zwischendurch telefonierten sie miteinander. Er schickte ihr auch Ansichtskarten, von der Kathedrale und vom Vieux Marché, dem Platz, auf dem Jeanne d'Arc verbrannt worden war. Manchmal schickte er Karten, die er selbst gezeichnet hatte, mit schwarzer Tusche oder mit Bleistift. Jess klebte sie an die Seite ihres Bücherregals, so daß sie vom Bett aus daraufschauen konnte. Bald würde er zu Besuch kommen, und Jess würde ihn bald besuchen. Aber *bald* war eins jener unbestimmten Wörter, die sie nicht mochte. Es konnte ein paar Tage oder Wochen oder ein ganzes Jahr bedeuten. Derjenige, der bald sagte, legte sich nicht fest.

Was Jess am meisten vermißte, waren die Spaziergänge zum Zoo. Vielleicht waren es auch andere Dinge, die sie am meisten vermißte, sie wußte es selbst nicht genau. Sie vermißte, daß er hinter ihrem Stuhl stehenblieb, wenn sie am Küchentisch saß, seine Hände auf ihren Kopf legte und ihr einen Kuß auf den Scheitel gab. Mama gab ihr auch einen Kuß, abends, wenn Jess ins Bett gegangen war, aber ihr Kuß war flüchtig, sie war mit den Gedanken anderswo. Bei Vater hingegen war es ein heiliges zärtliches Ritual, auf das sie beide voll konzentriert waren.

Er kam zum erstenmal Weihnachten zu Besuch, und danach jeden Monat für ein Wochenende; er wohnte dann im Hotel. Er klingelte zweimal unten an der Haustür, und Jess lief hinunter. Sie gingen wieder zum Zoo, und als es Frühling wurde, machten sie Schiffstouren oder fuhren zum Vergnügungspark nach Hellendoorn, wo es eine Riesenschiffschaukel und eine Loopingachterbahn gab; leider konnte Jess ihren Vater nicht dazu bewegen, in ein Karussell zu steigen, das äußerste, was er riskierte, war eine Fahrt mit der Schwebebahn.

Am dritten Februar wurde Jess zwölf, und ihr Vater kam am Wochenende danach. Sie gingen zur Plantage, aber es war ein Spaziergang, an den Jess sich später nicht gerne erinnerte, obwohl er gut anfing. Es war ein klirrend kalter, sonniger Tag, und es lag Schnee, trockener Schnee, der unter ihren Schritten knirschte. Auf der Schneedecke war ein regenbogenfarbenes Glitzern. Jess blieb stehen und schaute in die kahlen Äste hinauf, sie waren grün vom Moos und leuchteten in der Sonne, mit dem blauen Himmel dazwischen. Sie schaute hinauf, bis ihr schwindlig wurde.

Wie üblich gingen sie zum Zoo, aber jetzt im Winter waren die Tiere nicht da, bis auf ein einzelnes Huhn, das zwischen einer Drahtrolle und der blauen Regentonne an der Schuppenwand stand, das zerrupfte Hinterteil Jess und ihrem Vater zugekehrt.

Auf dem Rückweg erzählte Jess' Vater ihr von Fredegundes Sohn Chlothar, aber sie wollte nichts von ihm hören. «Chlothar ist blöd.»

«Aber warum denn?»

«Weil er blöd ist.»

Jess riß sich von Vaters Hand los und lief in eine Wiese, die meistens unter Wasser stand und jetzt überfroren war; Kinder schlitterten über das Eis, ein paar liefen Schlittschuh. Jess nahm einen Anlauf und schlitterte eine gerade Bahn entlang, die im rechten Winkel vom Weg wegführte, dann lief sie zurück und schlitterte noch mal, und dann immer wieder, sie tat so, als sei Vater gar nicht da. Er wartete geduldig auf dem Weg, er hatte sich ein Zigarillo angesteckt. Es dämmerte schon, hinter den kahlen Bäumen glühte der Himmel.

«Jess!»

Jess hörte nicht. Er kam schließlich in die Wiese gestapft. «Jess, wir müssen gehen. Ich muß doch heute abend wieder weg.»

«Du kannst ja hierbleiben», sagte Jess, ohne ihn anzusehen.

«Jess, sei vernünftig. Mama wartet schon auf dich.»

«Ich will aber schlittern!» schrie Jess. Sie nahm einen besonders langen Anlauf und schlitterte bis ans untere Ende der Bahn, wo sie hinfiel; sie blieb einfach liegen, blieb auf dem Rücken im Schnee liegen.

«Jess!»

Jess rührte sich nicht. Sie wollte böse sein, obwohl es ihr keinen Spaß machte.

Über ihr der Himmel, ein Gittermuster von rosa und

rotgoldenen Kondensstreifen. Es war kalt unter ihrem Rücken, die Kälte drang durch den Mantel, den Pullover, durch ihre Haut. Dann fühlte sich die Kälte plötzlich heiß an.

Sie hörte Vater näher kommen, das Knirschen seiner Schritte. Er stand über ihr, zog sie an den Händen hoch. Sie wehrte sich mit allen Kräften, trat nach ihm, versuchte, ihm ihre Hände zu entreißen; es war ein stummer Kampf, keiner von ihnen sagte etwas. Vater war stärker.

Eine Zeitlang trottete Jess schweigend neben ihm her; er schwieg auch. Die Kondensstreifen waren jetzt grau. Die kahlen Bäume sahen gegen den dämmrigen Himmel schwarz aus.

Vater legte schließlich den Arm um Jess, aber sie machte sich los. Sie hörte ihn leise seufzen. Nach einer Weile sagte sie: «Wenn du nächstes Mal kommst, fahren wir dann mit der Mississippi-Queen?»

«Aber sie fährt doch nicht im Winter.»

«Wenn sie wieder fährt.»

Vater warf sein Zigarillo in den Schnee und versprach es.

Er hielt sein Versprechen, und nach Ostern machten sie die Fahrt auf der Mississippi-Queen. Als sie auf der Rückfahrt wieder an ihrem Haus vorbeikamen, senkten sich die beiden hohen schwarzen Schornsteine nach vorn. Jess wußte, daß es wegen der Brücke geschah, unter der sie gleich hindurchfahren würden, aber sie stellte sich vor, es sei wegen Mama, die mit Conny auf dem Balkon saß, ein Gruß, den Vater veranlaßt hatte. Sie standen an der Reling und winkten, und Mama und Conny winkten zurück. Jess war glücklich, alles war in Ordnung.

Jess setzte sich in der Schule von Lore weg und nahm den Platz neben Rose ein, der noch frei war; von dem Tag an waren sie Freundinnen.

Rose war ihr von Anfang an aufgefallen, weil sie so hübsch war, mit ihrem schwarzen Pferdeschwanz und ihren bernsteinfarbenen Augen, um deren dichte Wimpern Jess sie beneidete. (Später gestand Rose Jess, sie beneide sie um die Farbe ihrer Augen, zwischen grün und braun.)

Eine Zeitlang schaute Lore jedesmal, wenn sie und Jess sich begegneten, vorwurfsvoll und beleidigt drein. Sie gingen immer noch zusammen zur Schule, aber Lore ließ sie fühlen, wie unverzeihlich sie gekränkt worden war. Jess wußte, daß sie ihr Unrecht getan hatte und haßte sie fast dafür.

Rose wohnte in einem Haus mit Garten, eine verwilderte Wiese mit schiefen Obstbäumen; er grenzte an der Seite an die Bahngeleise. Rose hatte drei ältere Brüder, um die Jess sie glühend beneidete. Wenn jemand Rose ärgerte, drohte sie mit ihren Brüdern. Manchmal drohte sie auch mit ihnen, wenn jemand Jess ärgerte; Jess fand das sehr nett von ihr.

Jess versuchte, den einen oder andern von Mamas wechselnden Liebhabern als großen Bruder zu betrachten. Zum Beispiel den Maler, der eine Staffelei in Vaters Arbeitszimmer aufgestellt hatte und wilde Ölgebirge unter knallblauen Himmeln oder unter dräuenden schwefelgelben Gewitterwolken malte. Aber es gelang ihr nicht recht. Sie konnte ihn eigentlich nicht leiden, und er konnte *sie* nicht leiden, und Jess glaubte, Mama und er konnten sich auch nicht leiden. Er roch nach Farbe und Terpentin und Tabak und schabte beim Essen mit den Zähnen über die Gabel. Jess hatte gehört, wie Conny ihn eine große, impotente Erscheinung nannte. Er erwischte Jess, wie sie an einem seiner Bilder weitermalte. «Du hast es ruiniert!» schrie er, und seine Stimme schnappte fast über. Jess hatte versucht, die Landschaft mit zwei merowingischen Prinzessinnen zu beleben, Chrodechildis und Basina, hoch zu Roß mit ihrem Gefolge.

Jess fand die Bilder des Malers scheußlich. Mama fand sie wohl auch scheußlich, aber sie sagte es nicht. Sie pickte sich ein besonders scheußliches heraus und sagte: «Das ist sehr gut. Stark.» Aber wenn sie mit Jess allein war und sie sich das neueste Werk ansahen, sagte sie nur: *«Mon Dieu!»*

Wenn der Maler zu Besuch war, war Mama anders als sonst. Sie lachte und redete über Dinge, von denen Jess nichts verstand. Sie hörte gar nicht richtig zu, wenn Jess ihr etwas sagte. Sie hatte eine andere Stimme als sonst, und sie trug elegante Kleider. Abends ging sie oft mit dem Maler weg und schärfte Jess ein, vernünftig zu sein und zu schlafen. «Ich kann mich auf dich verlassen, ja?» Es war zugleich eine Feststellung, eine Frage und eine Drohung. Es weckte in Jess den Wunsch, irgend etwas Schlimmes, Böses anzustellen, und gleichzeitig hinderte es sie daran. Mama zog die Tür zu und ließ den Duft ihres Parfüms zurück. Außerdem unordentlich verstreute Kleider in ihrem Zimmer, blonde Haare in ihrer Bürste, volle Aschenbecher und leere Kaffeetassen und Gläser. Jess hörte sie in ihren Stöckelschuhen die Treppe hinunterstaksen.

Mama und der Maler zankten sich immer häufiger, und eines Tages, als sie sich besonders heftig gezankt hatten, lief der Maler türenknallend hinaus und kam nicht wieder. Er hinterließ eine klapprige Staffelei, ein paar halbfertige Leinwände, zwei dick mit Farbe verkleisterte Paletten und jede Menge Farbtuben und Pinsel mit verklebten oder in alle Richtungen abstehenden Borsten. Mama sagte, das käme alles auf den Sperrmüll, aber dann vergaß sie es wohl. Vielleicht gefiel es ihr auch, daß jetzt ein Zimmer in der Wohnung ein Atelier war. Sie erwähnte es so oft wie möglich. «Ihr könnt im Atelier schlafen», sagte sie, wenn Besuch da war. Oder, wenn etwas gesucht wurde: «Das muß wohl im Atelier sein.»

Jess gewöhnte sich an, von Alex zu erzählen, wenn Rose von ihren drei Brüdern erzählte. Sie beschloß, Alex als ihren großen Bruder zu betrachten. Alex war Mamas Bruder, aber Jess sagte nicht Onkel zu ihm, sondern einfach Alex.

Alex war dreiundzwanzig, rothaarig und oft unwirsch. Er kam unregelmäßig, ohne sich vorher anzumelden; es klingelte, und er stand vor der Tür, meistens spätabends. Mama und Jess hörten schon am Klingeln, daß er es war; er schellte sehr kurz, aber fordernd, unabweisbar.

Mama öffnete, und er kam unaufgefordert mit seinen langen Schritten herein, manchmal ohne ein einziges Wort zu sagen. Er schlief auf der braunen Klappcouch im Wohnzimmer. Meistens war er arbeitslos, er hatte nicht mal immer eine Unterkunft. Wenn er gutgelaunt war, konnte man sich mit ihm totlachen, er riß einen Witz nach dem andern, dann lachte sogar Mama mit. Ab und zu war er friedlich gestimmt, dann konnte Jess sich gut mit ihm unterhalten, besser als mit jedem andern; sie verstanden sich, sie brauchten überhaupt nicht viel zu sagen. Mama sagte, er sei das schwarze Schaf der Familie.

Alex glich Mama überhaupt nicht. Er hatte unregelmäßige, schiefe Zähne und eine Narbe über der Augenbraue; Mama sagte, sie stamme von einer Schlägerei.

Was Mama und Alex gemeinsam hatten, waren die saftigen Flüche und die Anfälle von schlechter Laune. Wenn Alex schlechtgelaunt war, lief er im Zimmer auf und ab, selbst nachts. Die Zigarette fiel ihm aus der Hand, und er brannte Löcher in die Tischdecken und Teppichböden; Mama meinte, er würde eines Tages die Bude in Brand stecken.

Alex trank literweise Milch. Mama gab ihm keinen Alkohol, sie sagte, Alkohol sei eine Katastrophe für ihn. Er blieb nie länger als eine Nacht und ging morgens früh wieder weg, wobei er ein Chaos von Bettwäsche auf der Couch hinterließ. Manchmal blieb er stur bis mittags liegen, durch nichts hochzubekommen, und Mama schimpfte und fluchte. Einmal jagte sie ihn mit einem Eimer Wasser hoch, aber er kriegte einen seiner Tobsuchtsanfälle, so daß sie es nie mehr wagte; er schleuderte einen vollen Aschenbecher und eine halbvolle Flasche Milch gegen die Wand. Mama behauptete noch Wochen danach, das Wohnzimmer rieche nach Käse.

Aber trotzdem hatte Jess den Eindruck, daß Mama ihn lieber mochte als alle andern Männer, Vater und den Maler und die anderen Schiffschaukelbremser (so nannte sie ihre verflossenen Liebhaber) eingeschlossen, obwohl sie über ihn schimpfte und schlechtgelaunt reagierte, wenn er aufkreuzte.

Im März verunglückte Alex mit seinem Motorrad. Er hatte alle möglichen Knochen gebrochen und lag fast zwei Monate im Krankenhaus, in einem Gipsbett. Mama fuhr jede Woche nach Duisburg, ihn besuchen. Jess wollte mitfahren, aber Mama sagte jedesmal: «Fahr lieber nächstes Mal mit, es geht ihm noch nicht so gut.» Jess wollte ihr etwas für ihn mitgeben, eine der beiden Merowingerzeichnungen. Eigentlich konnte sie sich von keiner trennen, so wählte sie sie mit geschlossenen Augen aus. Es war die Erdrosselung Galsvinthas. Jess hätte die Zeichnung sonst niemandem gegeben, außer vielleicht Vater. Alex erholte sich, und im Juni saß er schon wieder auf seinem Motorrad – einem neuen, da er das alte zu Schrott gefahren hatte.

Jess sah ihn im Juli wieder. Es war eine heiße, stickige Nacht, kurz vor den Sommerferien, zu stickig, um zu schlafen.

Jess stand auf, um aufs Klo zu gehen. Alex ging im Wohnzimmer auf und ab, auf und ab, mit leiser wütender Stimme vor sich hin redend, im Dunkeln, das nicht wirklich dunkel war, weil das Licht der Straßenlaternen hereinfiel; an der Zimmerdecke war ein wirres Schattenmuster. Jess beobachtete ihn vom Flur aus, in dem sie das Licht nicht angemacht hatte; sie sah seine Zigarette aufglühen. Sie hatte Angst, er würde sie sehen und wütend werden, aber er achtete gar nicht auf sie. Im Notfall konnte sie immer noch so tun, als ob sie schlafwandelte. Vielleicht schlafwandelte er? Aber das war anders.

Plötzlich schaltete er die Stehlampe ein; sein Kopf befand sich einen Augenblick lang vor dem Licht, und sein rotes Haar war wie Feuer. Jess sah, daß die Blumenvase auf dem Couchtisch umgefallen war – Alex warf immer Sachen um, absichtlich oder unabsichtlich –, das Wasser stand als Pfütze auf dem Tisch, die Blumen lagen auf dem Teppichboden. Alex starrte Jess mit finsterer Miene an.

Sie war ein paar Sekunden lang gelähmt, sie erwartete seinen Wutausbruch. Aber er drückte seelenruhig die Zigarette im Aschenbecher aus und sagte: «Kannst du nicht schlafen?» Seine Stimme war friedlich.

«Nein.» Jess trat einen Schritt näher, sie blieb in der Tür stehen, ein bißchen unsicher, was als nächstes käme.

«Ich auch nicht», sagte Alex, immer noch mit seiner friedlichen Stimme.

«Vielleicht können wir wegen dem Mond nicht schlafen», sagte Jess.

«Mond? Es ist kein Mond zu sehen. Es ist bewölkt.»

«Es ist Vollmond. Egal, ob er hinter den Wolken ist. Bei Vollmond können viele nicht schlafen. Das hat Mama gesagt. Sie hat gesagt, bei Vollmond passieren zehnmal so viele Unfälle. Und die Leute lassen ihre Schlüssel innen stecken, wenn sie weggehen. Mama tut bei Vollmond kein Auge zu.»

«Aber jetzt schläft sie doch, oder?»

«Pst, leise, sonst wird sie noch wach, und dann muß ich ins Bett.»

Alex goß sich Milch ein. Jess fragte, ob sie auch etwas haben könne; sie nahm sich ein Whiskyglas aus dem Schrank. Alex goß es randvoll.

«Macht nichts», sagte sie. Sie kniete neben dem Tisch nieder und trank im Knien, ohne das Glas zu heben.

«Ich hol mir Kakaopulver.»

Als sie aus der Küche zurückkam und das Pulver in der Milch verrührte, sagte Alex: «Das schmeckt doch wie Scheiße.»

«Woher weißt du denn, wie Scheiße schmeckt?» Jess hatte sich in einen der Sessel gesetzt, die Beine über der Lehne.

«Ich hab' dieses Zeug (Alex deutete mit dem Kinn auf den Kakao) mal probiert. Seitdem weiß ich, wie Scheiße schmeckt. Willst du 'ne Zigarette?»

Er gab ihr eine. Es war eine Reval, ohne Filter, sie war leicht verkrumpelt, und an einer Seite rieselte ein bißchen Tabak heraus. Jess sagte, sie wolle sie sich lieber aufheben für ein andermal. Alex zündete sich selbst eine an, mit einem Streichholz, das er in den Mund steckte, um es zu löschen. «Kannst du das auch?»

Jess zündete ein Streichholz an und zögerte, dann war die Flamme schon zu groß. Sie blies sie aus, zündete ein neues Hölzchen an, steckte es blitzschnell in den Mund und preßte die Lippen aufeinander. Es war heiß, es fühlte sich an, als wäre ihre Mundhöhle ein Backofen, und sie verbrannte sich ein bißchen das Innere der Unterlippe, aber trotzdem war es nicht unangenehm; sie probierte es gleich noch mal.

«Hervorragend», sagte Alex.

Die Balkontür stand offen, sie bewegte sich im Wind hin und her. Schiffsmotoren dröhnten, jetzt in der Nacht lauter als tagsüber, jedenfalls schien es so. Am südlichen Horizont, über der Maas, flackerten immer wieder Blitze auf. Es war schon nachmittags schwül gewesen, das Wasser bleifarben, mit einem Glitzern darauf. Der Wind wurde heftiger, die Seile der Fahnenmasten schlugen gegen das Metall, ein ununterbrochenes Tacktacktack; Mama sagte jedesmal, es mache sie *wahn*sinnig. In einer plötzlichen Windbö knallte die Balkontür zu, aber weder Jess noch Alex machten sich die Mühe, sie wieder zu öffnen.

Alex hatte angefangen, etwas in ein zerfleddertes Notizbuch zu schreiben.

«Schreibst du Tagebuch?»

Er gab einen Laut zwischen ja und nein von sich.

«So was Ähnliches», fügte er hinzu.

Jess schaute ihm schweigend zu; seine Schrift war unleserlich, sie wünschte, ihre wäre ebenso unleserlich wie seine, dann bräuchte sie ihr Poesiealbum nicht zu verstecken.

«Ich schreib' auch Tagebuch. Kein richtiges Tagebuch. Unterhaltungen.»

Alex reagierte nicht.

Jess ließ nicht locker. «Weißt du mit wem?»

«Mit wem?»

«Fredegunde.»

«Wer ist Fredegunde?»

«Eine Merowingerkönigin.»

«Merowingerkönigin?»

«Ja. Sie ist schon lange tot. Sie war *entsetzlich* grausam. Sie hat Galsvintha ermorden lassen. Aus Eifersucht.» Jess schmückte die Geschichte ein bißchen aus. «Sie hat einem Mörder befohlen, Galsvintha zu erwürgen, und dann stand sie dabei und guckte zu. Eiskalt. Ich hab' ein Bild davon gezeichnet. Das, was ich dir geschenkt hab', als du im Krankenhaus warst.»

Jess wagte nicht zu fragen, ob es ihm gefiel, sie wagte nicht mal zu fragen, ob er es noch hatte, aus Angst, er würde sagen, er habe es verloren oder verlegt oder vielleicht sogar weggeworfen. Aber Alex kramte seine Brieftasche aus der schwarzen Lederjacke, die am Fußende der Couch lag, und holte das Blatt heraus. Er faltete es auseinander – er hatte es vier- oder fünfmal gefaltet – und betrachtete es. Wahrscheinlich sah er die Zeichnung jetzt mit anderen Augen an, nachdem Jess ihm von Fredegunde erzählt hatte.

«Klasse Frau, diese Fredegunde. Die würd' ich sogar auf meiner Mühle mitnehmen.»

«Nimmst du mich mal mit?»

«Wenn du willst.»

«Wann?»

«Weiß nicht.»

«Morgen?»

«Morgen geht nicht. Da bin ich auf dem Bau.»

«Wenn du nächstes Mal kommst?»

«Ja, gut.»

«Versprichst du es?»

«Ich verspreche es», sagte Alex pompös. «Geh jetzt ins Bett. Ich will schlafen.»

«Es kommt ein Gewitter.»

«Hast du Angst?»

«Nein.» Jess stand auf und schaute durch die Balkontür. Über dem dunklen Horizont wetterleuchtete es immer noch. Sie sah, wie sich die Bäume am Straßenrand im Wind bogen, aber es regnete noch nicht. Am Steiger hatte ein Frachter angelegt; die flatternden Wimpel am Bug waren im Licht einer Lampe wie Flammen, rote und giftgrüne Flammen.

«Nächstes Jahr Ostern fahre ich nach Frankreich. Zu Vater. In die Normandie.»

«Oh.»

«Ich wär' schon jetzt in den Sommerferien gefahren, aber Vater macht Ausgrabungen. Aber nächstes Jahr Ostern fahr' ich ganz bestimmt. Drei Wochen.»

«Soll ich dich mit dem Motorrad hinbringen?»

Die Aussicht war verlockend, und Jess wollte begeistert zustimmen, aber dann bekam sie Bedenken. «Das würde Mama nie erlauben.»

«Nein, bestimmt nicht. Sie ist ein ängstliches Mädchen.»

«Ein Angsthäschen.»

Sie kicherten beide.

«Aber wenn du nächstes Mal hier bist und wir machen 'ne Tour, braucht sie ja gar nichts davon zu erfahren. Versprich mir, daß du ihr nichts verrätst!»

«Ich verspreche es.»

Nach einer Weile fragte Jess: «Wo wohnst du eigentlich?»

«Diese Nacht hier.» Alex trank das Glas Milch leer, mit großen Schlucken. Er wischte sich den Mund mit dem Handrücken ab und legte sich ächzend auf die Couch. Jess sah, wie seine Hand über die Schulter zurückgriff und nach der Kordel tastete, dann ging das Licht aus, und es war ein paar Augenblicke lang stockfinster.

«Nacht», sagte Jess in die Schwärze hinein.

«Nacht», sagte Alex.

Als Jess morgens aufstand, war er weg. Mama sagte: «Alex hat was für dich dagelassen.»

Es war eine kleine Puppe. Sie hatte ein düsteres Gesicht, die Augen waren schwarz, nicht blau wie normalerweise bei Puppen. «Alex hat gesagt, sie heißt Bobolina. Und ich soll dir sagen, du sollst gut auf sie aufpassen. Es ist ein Maskottchen. Er hat sie an einer Schießbude gewonnen.»

Jess stellte Bobolina auf den Nachttisch und dachte an die versprochene Motorradfahrt, die ein Geheimnis zwischen Alex und ihr war.

Nach dem Maler gab es eine Reihe anderer Verehrer. Das Wort Verehrer stammte von Conny. «Du mußt dich ja um deinen Verehrer kümmern», sagte sie. Ihre Stimme war spöttisch, aber mit einem Unterton von Neid und

Ärger. Zu der Zeit war Mama ziemlich schlechtgelaunt und reizbar; Jess mußte aufpassen, daß sie nichts falsch machte. Sie hörte, wie Conny zu Mama sagte: «Du wechselst sie wie die Hemden.»

«Ach, hör doch auf», sagte Mama und blies den Zigarettenrauch so aus, daß Conny nichts mehr sagte.

Einmal, als Mama mit einem Verehrer im Wohnzimmer saß, versteckte Jess sich hinter der Couch. Sie wußte nicht, wie Mama sie bestrafen würde, wenn sie sie erwischte; was Strafen anging, war Mama unberechenbar.

«Wo ist eigentlich die Kleine?» hörte sie plötzlich den Verehrer fragen. Ihr Herz setzte einen Schlag aus – als ob beim Stricken eine Masche fallengelassen würde. «In ihrem Zimmer», sagte Mama. «Nehm ich an», fügte sie hinzu, mit einem Achselzucken, das Jess nicht sah, aber aus ihrer Stimme heraushörte. Ihr wild klopfendes Herz beruhigte sich ein bißchen, aber mit dem Nachlassen der Angst fühlte sie, wie Eifersucht sich in ihr ausbreitete – als platzten irgendwo in ihrem Innern lauter winzige, mit einer giftgelben Flüssigkeit gefüllte Bläschen. Sie brütete darüber, wie es ihr gelingen könnte, den Verehrer bei Mama auszustechen, aber alles, was ihr in den Sinn kam, war die Vorstellung, wie sie von unten lange, spitze Nadeln in das Sofa steckte, gerade an den Stellen, wo die beiden saßen.

Oft wünschte sie, die Verehrer fielen einfach tot um, oder Vater käme zurück und würde sie rauswerfen. Oft wünschte sie auch ganz einfach nur, Vater käme zurück. Nicht für ein oder zwei Tage, sondern richtig, für immer.

Im September schrieb Vater, er sei aufs Land gezogen, in ein kleines, abgelegenes Landarbeiterhaus, einen *gîte*. Er schrieb Jess, der *gîte* stehe unmittelbar am Paradies, nur eine schmale Straße und eine Hecke trenne ihn davon; es sei wunderbar, durch die Fenster direkt ins Paradies zu schauen. «Ostern kommst du mich besuchen, und dann wirst du es selbst sehen.»

Jess stellte sich das Paradies etwa so vor, wie es in ihrer Schulbibel abgebildet war, nur ohne Adam und Eva. *«Mon Dieu»*, sagte Mama verächtlich, als sie es ihr erzählte.

Im nächsten Brief erklärte Vater ihr, der Flurname der Wiesen und Felder sei *Le Paradis*, weil dort ein Merowingerfriedhof gewesen sei; sie hätten geglaubt, daß sie nach dem Tod im Paradies seien. Er schrieb, ihre Skelette lägen immer noch unter den Äckern.

«Hoffentlich buddeln die sich nicht eines Nachts raus», sagte Mama, die am Herd stand und mit einem Holzlöffel im Kessel rührte.

Es war das Haus am Paradies, wo Jess, als sie dreizehn war, einen Sommer lang mit ihren Halbbrüdern Jack und Ricky zusammenlebte. Seit jenem Sommer liebte sie Jack. Und Jack haßte sie – seit jenem Tag, der Jess' Kindheit abrupt beendete.

4 **Zum erstenmal** hörte Jess am Silvesterabend von Jack und Ricky, gut einen Monat vor ihrem dreizehnten Geburtstag. Sie mußte den Abend allein zu Hause verbringen; sie hatte eine Einladung zu einer Silvesterparty abgesagt und war dann zu der Party, auf die sie eigentlich scharf war, weil Rose hinging, nicht eingeladen worden. Um das Gesicht zu wahren, hatte sie erzählt, sie gäbe selbst ein großes Fest. Rose hatte natürlich wissen wollen, wen aus ihrer Klasse sie eingeladen hatte.

«Aus unserer Klasse? Überhaupt keinen.»

«Wen dann?»

Jess war einen Moment ratlos, dann sagte sie: «All meine Vettern und Cousinen kommen. Und die bringen noch Freunde mit! Über dreißig Personen!» Sie kam so in Fahrt, daß sie noch ein Feuerwerk auf dem Balkon, eine Pfirsichbowle und ein Paar, das Steptanz vorführen würde, hinzu erfand. Es schien, als tue es Rose leid, die Einladung zu Gillas Party angenommen zu haben. Das gab Jess bei allem Frust ein kleines Triumphgefühl. In den nächsten Tagen ertappte sie sich dabei, daß sie selbst an ihr großes Fest glaubte. Lügen war eine Art von zweigleisigem Denken. Es schaffte eine zweite Wirklichkeit.

Jess lag am frühen Silvesterabend auf ihrem Bett und las, als es klingelte. «Jess, geh mal an die Tür!» rief Mama aus ihrem Zimmer. Bedauernd zerschlug Jess mit der flachen Hand eine besonders große Kaugummiblase, ließ das Comicheft neben dem Bett auf den Boden fallen und schlenderte durch die Diele zur Tür. Sie hoffte, es sei Conny, aber es war Fred.

«Hallo, mein Schatz», begrüßte er sie.

«Wieso bist du denn so früh?» rief Mama aus ihrem Zimmer. Fred ging ins Wohnzimmer und schaltete den Fernseher an.

«Feierst du nicht?» fragte er Jess.

«Ich geh' später noch aus», sagte sie vage. «Vielleicht bleib' ich auch hier. Ich weiß noch nicht.» Sie gab sich Mühe, möglichst gleichgültig, blasiert zu klingen. Sie konnte schlecht sagen, sie gäbe selbst eine Party, wo doch keinerlei Vorbereitungen im Gange waren.

Fred, der Nachfolger des Malers und der anderen Schiffschaukelbremser, war groß und blond und trug meistens eine Sonnenbrille und eine Sportjacke, aber heute trug er einen dunklen Anzug und eine Krawatte. Er hatte große Hände und rauchte eine filterlose Zigarette nach der andern. Er fuhr kein Auto, sondern eine Limousine. Er besaß ein Dutzend halbe oder drittel Pferde, die an Trabrennen teilnahmen.

«Was meinst du, sind sie längs oder quer halbiert?» hatte Jess Connys kleinen Sohn Benny gefragt und sich über sein entsetztes Gesicht amüsiert. Sie selbst wußte natürlich, daß es nichts mit der Zerstückelung der Pferde zu tun hatte, sondern sich auf den Besitz bezog, das hatte Fred ihr gesagt.

Mama und Fred fuhren oft zu den Trabrennen, nach Gelsenkirchen, Mönchengladbach oder Hilversum. Mama schwärmte von den fliegenden Mähnen der Pferde, aber sie mochte es nicht, daß sie nach den Rennen so schweißbedeckt waren.

Fred blätterte im Fernsehprogramm, dann goß er sich

ein Glas Whisky ein. Er zwinkerte Jess zu; das tat er manchmal. Zuerst war sie darauf hereingefallen und hatte geglaubt, sie und Fred seien Komplizen und hätten Mama gegenüber ein Geheimnis, wenn ihr auch nicht recht klar war, worin es bestand. Aber dann zog Fred sie mit irgend etwas auf und Mama lachte, und sie fühlte zu ihrem Ärger, daß sie rot wurde, und das Gefühl, Fred und sie seien Komplizen, erschien ihr kindisch, blödsinnig.

«Hast du denn schon einen Freund?» fragte er. Oder er sagte zu Mama: «Zum nächsten Rennen nehmen wir Jess mit, als Maskottchen.»

Mama und Fred hatten einen Kreis um sich gezogen, und Jess blieb draußen. Sie zog ihren eigenen Kreis, um sich selbst, und niemand sonst war zugelassen, nicht einmal Rose. Niemand war zugelassen außer einer einzigen Person: Nur Fredegunde, die grausame Merowingerkönigin, durfte ihren Kreis betreten, unsichtbar, heimlich, eine Verbündete. Wenn Jess allein war, sprach sie mit ihr; sie trug ihre Unterhaltungen mit Fredegunde immer noch in ihr Poesiealbum ein. Sie tat es heimlich und versteckte das Album im Atelier, unter einem Stapel alter Illustrierter, die auf einem der Regale vergilbten. Sie erzählte Fredegunde von Rose und Lore und Gilla, von der Schule, von Conny, von Mama und Fred, von Vater. Sie erfand weiterhin Geschichten, und darin war Fredegunde die Hauptperson. Sie war grausam und kaltblütig und gefürchtet und gehaßt und bewundert, und sie blieb immer die Siegerin – bis zu ihrem schmählichen Ende.

Es klingelte noch mal, und wieder ging Jess öffnen. Diesmal waren es Conny und ihr Mann. Mama kam fertig angekleidet und geschminkt ins Wohnzimmer. Sie hatte ihr hellblondes Haar zu einer Hochfrisur getürmt und trug ihr grünschillerndes Kleid mit dem engen Rock und Pumps mit irrsinnig hohen Absätzen. Jess wunderte sich jedesmal, wenn Mama ausging, wie aus dem Chaos wild verstreuter Kleider ein solch elegantes Ergebnis entstehen konnte.

«Warum bist du nicht zu Roses Party gegangen?» fragte Mama, als sie vor dem Dielenspiegel ihren Hut aufsetzte.

«Rose gibt keine Party.»

«Aber irgendeine von deinen Freundinnen doch bestimmt.»

«Ich hab' keine Lust.»

«Du mußt es wissen. Wenn du allein rumsitzen willst.»

Jess hörte, wie sie die Treppe hinunterpolterten. Sie hatten schon ein paar Gläser getrunken und alberten herum; Mama war besonders aufgekratzt und zog Fred und Connys Mann mit spöttischen Bemerkungen auf. Jess hörte die schwere Haustür ins Schloß fallen. Sie waren weg; das Treppenhaus war still, die Wohnung war still. Sie war doppelt still durch die Stimmen, die gedämpft aus anderen Wohnungen herüberdrangen, Gelächter, Musik, Geschrei; doppelt still durch den Gedanken an Gillas Party, auf der Rose und Tim und Andy und Moni und all die andern sich ohne sie amüsierten.

Jess probierte ihre Geräuschkulisse aus: Fernsehen (eine der hirnrissigen Silvestershows), Radio (Rockmusik), Kassettenrecorder (eine Kassette, die sie auf Mamas Geburtstagsparty aufgenommen hatte). Sie fand, alles zusammen hörte sich ziemlich echt nach einem rauschenden Fest an.

Jess bestrich sich in der Küche zwei Schnitten mit Marmelade, fläzte sich quer in einen der Polstersessel und sah sich einen Zeichentrickfilm im Fernsehen an und dann einen Gangsterfilm. Sie ging schließlich auf den Balkon und beobachtete mit neidischem Interesse ein paar Jungen, die Knallfrösche explodieren ließen. Der Mond schien, er stand hoch, zu hoch für eine Lichtstraße auf dem Wasser; nur vorn am Ufer war ein Glitzern, wie weißglühende Fische, die blitzschnell durchs Wasser schossen. Jess holte sich Mamas Lesebrille, und die Lichter der Schiffe sahen wie Wunderkerzen aus. Manche der Frachter hatten einen kleinen Christbaum mit bunten Lämpchen an der Fahnenstange am Bug oder hinten am Führerhaus. Jess überlegte, ob sie sich eine Zigarette stibitzen sollte, als sie das Telefon klingeln hörte.

Im letzten Moment, bevor sie abhob, fiel ihr ein, daß sie ja selbst eine tolle Party gab. Sie rannte ins Wohnzimmer zurück und schaltete ihre Lärmkulisse an, drehte alle Geräte auf volle Lautstärke.

«Ist der alte Hase da?» keifte eine besoffene Frauenstimme.

«Halt's Maul, alte Kuh!» schrie Jess und knallte den Hörer auf die Gabel.

Erst zwei Minuten vor zwölf, nach einem schier endlosen Abend, klingelte das Telefon wieder.

«Gibst du eine Party?» Vater klang leicht angeheitert. Jess sagte, daß sie nur so tue. Er amüsierte sich königlich, er merkte nicht, daß sie schlechtgelaunt und unglücklich war. Sie redeten ein bißchen über dies und jenes, dann fragte er: «Übrigens, weißt du, wer jetzt bei mir wohnt?»

«Vielleicht Chilperich? Oder der alte Hase?»

«Wer ist der alte Hase?»

«Der Mann von der alten Kuh. Wer wohnt denn nun bei dir?»

«Deine Brüder.»

«Wer?» Jess glaubte, ihn nicht richtig verstanden zu haben. Sie wollte ihren künstlichen Partylärm schnell abstellen, aber wie üblich war Vater am Telefon hektisch, er rief aus einer Zelle an, da es im *gîte* kein Telefon gab.

«Deine Brüder», sagte er laut und deutlich. «Oder eigentlich Halbbrüder.»

«Halbbrüder?» Jess mußte an Freds halbe Pferde denken.

«In den Osterferien lernst du sie kennen.»

Es rauschte und knisterte in der Leitung.

«Jess, bist du noch da? Bestell Mama einen schönen Gruß –»

«Wie alt sind denn meine Halbbrüder?» schrie Jess.

«Ungefähr so alt wie du. Jack ist gerade fünfzehn geworden, und Ricky wird jetzt im Januar zwölf … Jess? Ich muß Schluß machen, ich hab' kein Kleingeld mehr. Ich schreib' –» Es knackte, dann war die Leitung tot.

Jess war völlig verwirrt. Sie trat auf den Balkon. Schiffe tuteten, Glocken läuteten; eine riesige rote Feuerwerksgarbe entfaltete sich am Nachthimmel. Jess stellte sich vor, das alles werde zu Ehren ihrer wie aus dem Nichts auftauchenden Brüder veranstaltet.

Anfang Januar schrieb Vater ihr einen Brief. Jacks und Rickys Mutter, eine Engländerin aus Liverpool, war schon seit längerem krank, deshalb lebten die beiden jetzt bei ihm.

Jess war stolz auf ihre Halbbrüder. Halbbrüder waren noch interessanter als Brüder. Viele Mädchen hatten Brüder, aber wer hatte einen Halbbruder? Halbbruder – das hatte etwas Schillerndes, Geheimnisvolles.

«Wie sehen denn deine Brüder aus?» wollte Rose wissen. «Hast du kein Foto?»

Jess erfand ihr Aussehen – sie glichen Alex.

Beim nächsten Anruf fragte sie Vater.

«Normal», sagte er.

«Groß, klein, dick, dünn?»

«Mittel. Groß, ja eher groß. Sie stehen hier vor der Zelle. Willst du mal mit ihnen sprechen?»

Jess bekam einen Schreck, sie wußte absolut nicht, was sie sagen sollte, und in welcher Sprache.

«Hi», sagte eine kindliche Stimme. *«Ricky speaking.»*

«Hi Ricky. How are you?»

Ein Kichern. Dann Vaters Stimme: «Ich geb' Jack mal den Hörer … Warte mal, einen Augenblick.»

Jess hörte, wie Vater vor der Zelle nach Jack rief. Seine Stimme entfernte sich, dann war sie wieder nah.

«Er ist mit dem Rad die Straße runtergefahren. Vielleicht kannst du nächstes Mal mit ihm sprechen.»

Jess war erleichtert und enttäuscht.

Vater versprach ein Foto zu schicken, aber er vergaß es wohl, und Jess stellte sich ihre Halbbrüder weiterhin wie Alex vor – wie Alex, wenn er gutgelaunt und friedlich war –, Ricky als blasse, unbedeutende Miniaturausgabe. Sie dachte mehr an Jack, den älteren Bruder. Der Kleine interessierte sie nicht so sehr. Obwohl er nur ein Jahr jünger war als sie, kam sie sich weitaus erwachsener vor.

Jack kam auch bei Vaters späteren Anrufen nicht ans Telefon, erst an Jess' Geburtstag. Aber er sagte nur: *«Bon anniversaire!»* Seine Stimme klang hart, schroff, zu laut, als sei er froh, die beiden Wörter endlich losgeworden zu sein. Sein Glückwunsch klang fast wie ein Vorwurf, ein Verweis.

«Merci», sagte Jess, aber er hatte den Hörer schon an Vater zurückgegeben, der fragte, wie ihr sein Geschenk (ein Bildband von der Normandie) gefalle.

«Oh, sehr gut.»

«Und was hast du sonst noch bekommen?»

Jess hatte schöne Geschenke bekommen, ein zitronengelbes Polohemd von Mama, eine Schachtel Pralinés von Conny, eine Holzkette von Fred und ein Kamel von Rose. Rose hatte es selbst gebastelt, sie hatte ein Drahtgestell mit Wolle und hellbraunem Kunstbast umwickelt. Es war so groß, daß es gerade auf Jess' Handteller paßte. Sein Schwanz stand in die Höhe wie der eines Terriers; es sah aus, als wolle es jeden Moment anfangen, damit zu wedeln.

Jess mochte das Kamel und die andern Geschenke, aber als sie abends im Bett lag, waren es nicht diese auf dem runden weißen Tischchen ausgebreiteten Gegenstände, an die sie dachte. Sie lag auf dem Rücken, schaute in die von Hinterhoffenstern vage erleuchtete Dunkelheit ihres Zimmers und hörte Jacks *Bon anniversaire.* Seine Stimme paßte nicht zu ihrer Vorstellung von ihm. Seine Stimme machte das Bild, das sie von ihm gehabt hatte, das freundliche Alex-Bild, zunichte.

Eine Woche nach Jess' Geburtstag eröffnete Mama ihr, daß sie und Fred heiraten wollten. Fred war im Januar nach Genf gegangen, wo er für eine Autofirma arbeitete; Mama würde ihm im April folgen. «Du wirst dann ein halbes Jahr bei Vater und Jack und Ricky wohnen und im Herbst nach Genf nachkommen. Ich kann dich nicht sofort gebrauchen. Ich mache eine Asthmakur, in Davos.» Sie legte den Arm um Jess, gab ihr einen Kuß. «Ich bin sicher, es wird dir gefallen.»

Beim Abendessen fragte Fred: «Freust du dich denn auf Frankreich?»

«Ja», sagte Jess. Es stimmte, sie freute sich auf Vater, sie freute sich auch auf Jack und Ricky, sie freute sich auf das Haus am Paradies. Aber sowie sie ja gesagt hatte, freute sie sich plötzlich viel weniger, eigentlich kaum noch, oder gar nicht mehr, vielleicht würde sie doch lieber bei Mama bleiben. Ihre Eltern waren wie eine Münze, die man hochwirft – entweder Kopf oder Zahl, man kann nicht beides haben.

Am Abend vor der Abreise wusch sie sich die langen Haare, und Mama drehte sie ihr auf Wickler, die über Nacht drinbleiben mußten. Jess jammerte, sie piksten und zogen, aber Mama sagte, wer schön sein wolle, müsse leiden. Jess dachte, wer häßlich ist, leidet erst recht. Sie kam sich häßlich vor.

Am Sonntag morgen wurde Jess vom Läuten der Kirchenglocken geweckt, in das sich der Raucherhusten von Frau Lengsfeld aus dem ersten Stock mischte. Jess war so aufgeregt bei dem Gedanken an die bevorstehende Fahrt, daß sie keine Sekunde länger liegenbleiben konnte.

Ihr Kopfkissen war gesprenkelt mit bunten Lokkenwicklern. Jess ging ins Bad und sah im Spiegel, daß an einer Seite fast alle Wickler abgefallen waren. Sie entfernte die restlichen und kämmte ihr Haar aus, das jetzt halb gelockt, halb glatt war. Wenn Jack und Ricky sie so sähen, würden sie sich halbtot lachen. Sie machte den Kamm naß und zog ihn durchs Haar, bis auch die letzte Andeutung einer Locke geglättet war.

Mama schlief noch. Sie drehte sich auf die andere Seite und nuschelte: «Noch ein halbes Stündchen.»

Jess ging auf den Balkon. Nach Osten hin war der Rhein rötlich gefärbt von der aufgehenden Sonne, die Schiffe waren grau. Auf der anderen Rheinseite grasten Kühe, dem Sonnenaufgang abgewandt, weil der Wind von Osten wehte; sie hatten offensichtlich keinen Sinn für Schönheit. In einer Stunde oder zwei würde Jess mit Mama dort drüben über den Deich fahren, und sie würde nie mehr hierherkommen, oder jedenfalls eine lange Zeit nicht mehr.

Jess holte Brot aus der Küche und fütterte die Möwen, zum Abschied. Zuerst war nur eine einzige da, dann plötzlich viele, wie aus dem Nichts. Sie schnappten stumm nach den Brotbrocken. Sie waren überaus geschickte Flieger, eine der Möwen fing ein Brotstück auf dem Rücken fliegend auf. Wenn nötig, änderten sie blitzschnell die Richtung, und einmal, als zwei beinahe frontal zusammenstießen, bremsten sie so geschickt ab, daß sie einander kaum berührten. Jess mochte ihre roten Füße, sie sahen witzig aus.

Jetzt waren auch ein paar Dohlen unter den Möwen, aber die Möwen schnappten ihnen fast alles weg. Die Dohlen waren Jess nicht ganz geheuer, mit ihren schwarzen Schnäbeln und den stecknadelkopfgroßen Pupillen in den hellen Augen, die hellgrau oder graugrün waren, je nach Licht. Dohlen sahen wild aus, sogar böse, trotzdem mochte Jess sie. Sie bemerkte, daß eine von ihnen eine weiße Rückenfeder hatte, und versuchte, ihr ein Stück Brot zuzuwerfen; es gelang ihr schließlich.

Jess nahm es als gutes Omen.

5

Jess und Mama fuhren hinter Goch über die Grenze nach Holland und eine Weile später erneut über die Grenze, diesmal nach Belgien. Jess fand es schade, daß es nicht Nacht war, denn nachts waren die belgischen Autobahnen beleuchtet. Mama sagte, das orangefarbene Licht sei sogar aus dem Weltraum sichtbar und ziehe angeblich die Ufos an. Jess schaute nach Ufos aus, entdeckte aber nichts Auffälligeres, als daß ab und zu einer der riesigen Beton-Lichtmasten schief stand.

Es war ein unbeständiger Tag; heftiges, nasses Schneegestöber wechselte ab mit greller Sonne, die den Schnee schmelzen und den Asphalt dampfen ließ. Landschaften mit Wiesen und Äckern und Dörfern zogen vorbei; Jess hätte immer so weiterfahren mögen neben Mama, durch Gegenden, in denen sie noch nie gewesen war. Obwohl sie es kaum erwarten konnte, am Ziel ihrer Reise anzukommen, war sie froh, daß sie noch ein gutes Stück vor sich hatten. Solange sie nicht angekommen war, konnte sie sich vorstellen, was sie wollte.

Sie passierten ein drittes Mal eine Grenze und waren in Frankreich. In Lille verfuhr sich Mama, sie fluchte in allen möglichen Sprachen, bis Jess das Straßenschild TOUTES DIRECTIONS entdeckte. «Du bist ein Schatz», sagte Mama. «Wenn ich dich nicht hätte.» Jess war stolz, aber dann dachte sie, daß Mama sie übermorgen, auf der Rückfahrt, schon nicht mehr haben würde.

Endlich waren sie in Forges-les-Eaux. Vater hatte ein Zimmer für sie im Grand Hôtel reserviert. Jess blickte auf den alten grauen Kasten mit den braunen Fensterrahmen und war enttäuscht; sie hatte sich unter Grand

Hôtel etwas anderes vorgestellt, etwa einen weißen Prachtbau mit feudalem Entree, an dem ein Portier mit vergoldeten Knöpfen an der Livree sie empfangen würde. Immerhin gab es an der Seite eine bonbonrosafarbene Leuchtreklame: *Grand Casino * Roulette * Baccara.* Mama fuhr nach hinten auf den Parkplatz, schaltete den Motor ab und sagte: «*Ouf!*»

An der Rezeption sprach sie mit einem großen hageren Mann mit eingesunkenen Wangen. Er nahm Mamas Reisetasche, und sie folgten ihm die Treppe hinauf, deren dunkle Holzstufen ein verblichener Läufer bedeckte. Den Absatz bewachte eine riesige großblättrige Pflanze, von der Wand starrten düstere Porträts auf Jess herab. Es roch muffig.

Das Zimmer war im ersten Stock, ein großes Zimmer mit hohen Wänden und einem hohen Fenster mit schweren goldfarbenen Vorhängen. Sobald sie allein waren, ließ Mama sich aufs Bett fallen; das Bett war immer das erste, was sie in einem Hotelzimmer ausprobierte. Jess machte es ihr nach und kam sich erwachsen vor. Es war ein französisches Bett, ohne Ritze in der Mitte, weich und federnd.

«*Mon Dieu*», sagte Jess.

Sie versuchte, Mama zu überreden, sofort zu Vater und Jack und Ricky zu fahren, aber Mama blieb hart. «Heute setze ich mich nicht mehr ans Steuer», erklärte sie kategorisch. Sie hatte sich eine Zigarette angezündet und lag rauchend auf dem Rücken, den Kopf auf zwei Kissen. Über ihnen schwebten Rauchwolken zur Lampe hinauf. «Außerdem wird es schon dunkel, und ich hab' nun wirklich keine Lust, mich jetzt noch zu verfahren.»

Mama frischte ihr Make-up auf, und sie gingen zum Abendessen in den Speisesaal hinunter. Mama trank Weißwein, Jess bekam auch ein bißchen davon, mit viel Wasser vermischt. Als sie beim Dessert waren – zwei Kugeln Erdbeerschaum mit einem grünen Zweig obendrauf –, kam der Kellner an ihren Tisch und teilte Mama mit, sie werde am Telefon verlangt. Die Kabine war im Foyer. Es war Vater. Mama sagte, sie seien gut angekommen. Sie reichte den Hörer an Jess weiter.

«Morgen siehst du das Paradies», sagte Vater. «Freust du dich denn?»

«O ja», sagte Jess.

«Hi Jess», krähte Rickys Stimme im Hintergrund.

«Hi Ricky.»

«Bis morgen dann, schlaf gut», sagte Vater und legte auf. Wie jedesmal war Jess zugleich erleichtert und enttäuscht darüber, daß Jack nicht ans Telefon gekommen war, aber sie ließ sich weder das eine noch das andere anmerken, und als Mama sagte: «Na, bist du nicht gespannt auf deine Brüder?» zuckte sie nur gleichgültig die Achseln.

Nach dem Essen schickte Mama sie ins Bett. «Ich geh' noch ein bißchen ins Casino rüber.»

«O Mama, kann ich nicht mitgehen?»

«Hast du ein Abendkleid dabei?»

«Ich könnte deinen Unterrock anziehen. Den mit der Spitze. Wenn du mir vielleicht ein Paar Seidenstrümpfe leihst.»

Mama war während der ganzen Unterhaltung ernst geblieben, aber jetzt lachte sie schallend.

«Dann eben nicht!» Jess ließ sich aufs Bett plumpsen und schleuderte ihre schiefgetretenen, ungeputzten Schnürschuhe in zwei verschiedene Zimmerecken, was Mama ignorierte. Sie zog die Decke über den Kopf und war beleidigt. Dann mußte sie doch noch einmal aufstehen, um den Reißverschluß von Mamas türkisglitzerndem Abendkleid hochzuziehen. «Bleib doch mal ruhig stehen!» sagte sie, als sei sie selbst die Mama und Mama ein zappliges kleines Mädchen. Sie zog ihn im Zeitlupentempo zu, um Mamas Geduld auf die Probe zu stellen, und tat ein paarmal so, als habe er sich verhakt. Jess beobachtete Mamas leidendes Gesicht im Spiegel.

«Was für eine Krankheit hat denn Jacks und Rickys Mutter?» fragte sie möglichst beiläufig.

«Krankheit!» sagte Mama verächtlich.

«Was ist denn mit ihr?»

«Sie macht eine Entziehungskur. Weißt du, was das ist?» Mama erklärte es ihr.

In der Tür sagte sie, jetzt in einem zärtlichen Tonfall, gegen den Jess wehrlos war, weil Mama selten so mit ihr sprach: «Ciao, Jazz. Ich bring' dir was Schönes mit.» Sie warf Jess eine Kußhand zu, die Jess erwiderte. Sie zog die Tür zu und verschloß sie von außen – Jess konnte sie von innen öffnen, indem sie den Knauf drehte, sie hatten es ausprobiert. Als sich das Tacktack von Mamas Pumps auf dem Holzboden entfernte, wußte Jess nicht, ob sie zufrieden war – Mama hatte ihr ein paar Illustrierte und einen Riegel Schokolade auf dem Nachttisch zurechtgelegt – oder ob ihr nach Weinen zumute war. Es war irgendwie beides. Eine Minute lang war sie wie gelähmt, weil sie sich nicht entscheiden konnte; sie lag auf dem Bett und starrte gegen die Decke, an der immer noch Mamas Zigarettenrauch schwebte. Schließlich seufzte sie tief und griff nach der Schokolade und einer der *Paris Match*-Nummern.

Nach einer Weile begannen ihre Augen immer wieder zuzufallen. Jess knipste das Licht aus und nahm sich vor, etwas Schönes zu träumen, denn was man träumte, wenn man zum erstenmal irgendwo schlief, wurde wahr.

Das Haus stand an einer schmalen, von Hecken gesäumten Feldstraße, umgeben von Obstwiesen und Äckern. Es war ein langgezogenes, dunkles Backsteinhaus mit weißen Fensterrahmen; mit seinem Kamin an einem der beiden seitlichen Giebel sah es aus wie ein Zug, der auf das Signal zur Abfahrt wartet.

Die Tür ging auf, Jess' Vater trat ins Freie und winkte ihnen zu. Hinter ihm ein Junge, den Jess im ersten Moment für ein Mädchen hielt. Er war dicklich, sein blondes, gelocktes Haar war kinnlang und umrahmte ein weiches Gesicht. Vater umarmte Jess und gab ihr einen Kuß. Mama und er küßten sich rechts und links auf die Wange, aber Jess bemerkte, daß Mama nur die Luft küßte.

«Das ist Ricky», sagte Vater.

«Hello Ricky», sagte Mama und gab ihm die Hand. «How are you?»

«Wollt ihr euch denn nicht begrüßen?» sagte Vater zu

Jess und Ricky, die verlegen herumstanden. Ricky kicherte. Jess streckte ihre Hand aus. «Hello Ricky», sagte sie und gab gleich mit ihren Englischkenntnissen an. *«Nice to see you.»*

«Hi Jess.» Rickys Hand fühlte sich an wie ein schlaffer Lappen. Er kicherte wieder, aber Jess hatte den Eindruck, er würde gleich anfangen zu heulen. Sie wandte sich mit verächtlicher Ungeduld ab und kümmerte sich nicht mehr um ihn; statt dessen half sie Vater, das Gepäck aus dem Wagen zu nehmen. Jess sah immer wieder verstohlen zum Haus hin, aber Jack ließ sich nicht blicken. Sie war überzeugt, daß Jack ganz anders war als Ricky, seiner Stimme nach war er ganz anders.

«Jack ist mit dem Fahrrad rausgefahren», sagte Vater, als sie ins Haus gingen. Jess spürte eine bittere Enttäuschung.

Die Haustür führte direkt in die *salle de séjour*, das Wohnzimmer. Mit dem großen, wachstuchbedeckten Holztisch und dem Geschirrschrank und den dunkelroten Steinfliesen auf dem Boden wirkte es eher wie eine Eßküche. Der Tisch war für ein zweites Frühstück gedeckt, in dem offenen Kamin brannte ein Feuer. Ein Fenster nach hinten gab den Blick auf einen Schuppen und eine Wiese mit schiefen Apfelbäumen frei.

Vater zeigte Jess den ganzen *gîte*. Die Zimmer lagen alle nebeneinander, in einer Reihe wie Zugabteile. Jess' Zimmer, das letzte in der Reihe, lag hinter Jacks und Rickys Zimmer. Es war möbliert mit einem breiten französischen Bett, einem hohen Nachttischchen und einem hübschen Schrank aus dunklem, lackiertem Holz. Der

Boden – dieselben Fliesen wie in der *salle de séjour* – war vollgestellt mit unzähligen Flaschen und mit Obst- und Gemüsekisten. Jack und Ricky sollten das alles später in die Garage schaffen, meinte Vater.

Sie frühstückten zusammen, ohne Jack, der immer noch nicht eingetrudelt war. Es gab Croissants und eine safrangelbe Brioche. Vater sagte, die Brioche habe Madame Grasset gebacken, die Vermieterin des *gîte*, die auf dem stillgelegten Bauernhof ein Stück weiter die Straße hinauf wohne. Den größten Teil der Brioche aß Ricky, unersättlich stopfte er riesige Stücke davon in seinen kleinen runden Mund.

«Wo ist denn nun das Paradies?» fragte Jess. Obwohl Vater ihr den Ursprung der Bezeichnung erklärt hatte, war unter diesem Wissen das alte Bild aus der Schulbibel erhalten geblieben. Vater zeigte durch das vordere Fenster auf die Wiesen und Äcker, die zu einem teilweise bewaldeten Hügel hin anstiegen. Auf einem der Felder ragte eine Vogelscheuche auf.

«*Das* ist das Paradies?»

Unter dem grauverhangenen Himmel mit den noch kahlen Bäumen sah es öde und langweilig und häßlich aus. Ricky lachte laut, mit vollem Mund, über Jess' offensichtliche Enttäuschung.

Jess schnitt ihm eine Grimasse.

Jess sah Jack erst, als sie nach dem Frühstück nach draußen ging. Es hatte angefangen zu regnen, ein leichter Sprühregen nur, aber Ricky wollte lieber im Haus bleiben. Sie sah sich ein bißchen im Garten um – ein

Rasenstück zwischen Haus und Straße, mit einer kleinen Trauerweide in der Mitte und ein paar spärlichen Blumenrabatten am Rand. Auf der angrenzenden Wiese weideten Stiere, sieben oder acht; sie blickten zu ihr herüber. Ein Zaun trennte sie von Jess, schiefe Pfähle, zwischen denen zwei notdürftig geflickte Stacheldrähte hingen.

Jess suchte sich einen flachen Stein und spielte auf der Straße Hinkelhäuschen, aber schließlich wurde es ihr langweilig, und sie schlenderte in Richtung Dorf.

Als sie ein Stück gegangen war, fast schon die halbe Strecke bis zu Madame Grassets Bauernhof, kam ihr ein Junge auf dem Fahrrad entgegen. Er kam die abschüssige Straße herunter; er fuhr schnell, den Oberkörper nach vorn gebeugt wie auf einem Rennrad. Kurz vor Jess bremste er ab, stoppte aber nicht ganz. Er starrte sie an; seine hellen, gerissenen Augen blickten überlegen, spöttisch, kühl. Jess wollte etwas sagen, ihn fragen, ob er Jack sei, obwohl sie es schon wußte, sie hatte es sofort gewußt, als sie ihn von weitem bemerkte; aber sie brachte kein Wort heraus. Sie starrte zurück, dann schaute sie weg, verlegen, und er trat in die Pedale und fuhr wortlos an ihr vorbei.

Jess blickte ihm nach und sah, wie er durch das offene Tor in die Garageneinfahrt einbog. Er stieg vom Rad, schob es in die Garage und ging mit langen federnden Schritten zur Haustür, ohne Jess auch nur eines einzigen weiteren Blickes zu würdigen.

Er war tatsächlich ganz anders als Ricky. Er war groß, mager, aber sehnig und hatte wirres, dunkles Haar, das ihm ins Gesicht hing; er trug eine abgewetzte braune Cordhose, zerfledderte Turnschuhe und ein schwarzes Sweatshirt mit dem purpur- und feuerfarbenen Aufdruck INFERNO auf dem Rücken.

Dritter Teil

6 **Obwohl ich große Lust** hatte, Jack sofort ins Haus zu folgen, hüpfte ich noch ein bißchen in meinem Hinkelhäuschen umher. Er sollte auf keinen Fall denken, ich liefe ihm nach.

Als ich schließlich hineinging, stand Jack in der Küche, er war dabei, sich aus einem großen Zweiliterkarton einen Becher Kakao einzugießen. Er blickte mich kurz an; seine Augen waren ebenso kühl wie vorhin draußen, sie schüchterten mich ein, ich fühlte mich linkisch und unbeholfen.

«*Bonjour*», sagte er, mit einem übertriebenen englischen Akzent, als mache er sich über mich lustig, dann beugte er sich hinunter und trank den ersten Schluck aus dem stehenden Becher; er hatte ihn bis zum Rand gefüllt.

«*Bonjour*», echote ich und kam mir dämlich vor. Ich wollte unbedingt etwas auf englisch sagen, aber außer *hello* schien kein einziges englisches Wort mehr in meinem Kopf zu existieren, und das war überflüssig, da wir schon *bonjour* gesagt hatten. *Nice to see you* paßte irgendwie nicht, *how are you* noch weniger. So stand ich nur da und starrte ihn an, aber er wandte sich einfach ab und beachtete mich nicht weiter. Er stürzte in großen Schlucken den ganzen Becher Kakao hinunter, dann ging er mit seinen langen Schritten an mir vorbei zum Frühstückstisch, an dem die andern noch saßen, und sagte etwas zu Vater, in einem seltsamen, schnoddrigen Gemisch aus Englisch und Französisch, das ich nicht verstand.

«Wie wär's, wenn du dich ein bißchen zu uns setzt», sagte Vater und machte eine einladende Bewegung mit der Hand, in der seine Zigarre qualmte, und Mama sagte mit der Stimme, die sie für Männer hatte: «*O yes, please do*», aber Jack hatte sich schon abgewandt, stürmte in sein Zimmer und knallte die Tür zu; später wußte ich, daß er Türen gewohnheitsmäßig zuknallte, auch wenn er gar nicht wütend war.

Ich setzte mich Ricky gegenüber; er steckte gerade das letzte Stück der Brioche in den Mund und tupfte sorgfältig mit der Zeigefingerkuppe die Krümel vom Wachstuch auf; er hatte dicke Hände und kurze dicke Finger, wie kleine Würste. Im Brotkorb lag noch ein einziges Croissant; als ich danach griff, wurde Rickys Gesicht entrüstet, vorwurfsvoll. Bevor er sich beschweren konnte, brach ich es und gab ihm die Hälfte, die größere. «Vielfraß», sagte ich auf deutsch und lächelte ihn an. Er lächelte zurück, mit mißtrauischen Augen.

Während ich an dem trockenen Blätterteig herumkaute, überlegte ich, ob ich auf mein Zimmer gehen und heimlich ein bißchen weinen sollte. Es war mir schleierhaft, wie ich es ein halbes Jahr hier aushalten sollte. Ich war so gespannt gewesen und hatte mich so gefreut, aber jetzt war alles verpufft – als wäre ein Ballon geplatzt. Ich saß da und starrte aus dem Fenster in den trüben Tag; ich spürte einen Kloß im Hals, es mußte wohl Heimweh sein. Nichts war, wie ich es mir vorgestellt hatte, weder das Paradies noch der *gîte*, noch Ricky, noch Jack.

Jack schon gar nicht. Oder vielleicht doch. Ich wußte es nicht recht.

Mama und Vater bereiteten das Essen gemeinsam zu. Dabei alberten sie herum und tranken dauernd aus ihren Weingläsern, die sie achtlos irgendwo abstellten und manchmal nicht wiederfanden, dann tranken sie aus dem Glas des andern. Einige Zeit, nachdem Vater nach Frankreich gegangen war, hatten sie sich scheiden lassen, und seitdem waren sie freundlich zueinander.

Es gab Wachteln, Vater nahm sie aus. Mama, Ricky und ich stießen Laute des Ekels aus, als er uns die ungelegten Eier zeigte, eine weißlichgelbe Schnur, er ließ sie zwischen Daumen und Zeigefinger von der erhobenen Hand herabbaumeln. Die Eier waren gelb, mit roten Blutäderchen überzogen, sie wurden zum einen Ende hin immer kleiner, winzig klein. Sie sahen glitschig und ekelhaft und gleichzeitig schön aus, wie eine Halbedelsteinkette. Wir söhnten uns mit den Wachteln aus, als sie mit Kräutern gewürzt in der Pfanne brutzelten und der Duft durch den *gîte* zog.

Ich spielte mit Ricky Mensch ärgere dich nicht. Er versuchte zu mogeln und empörte sich, wenn ich ihm auf die Schliche kam. Aus Jacks Zimmer drang Rockmusik in Diskolautstärke. Mamas hohe Absätze klapperten hektisch über die Fliesen, und dann ließ sie vor dem Geschirrschrank einen Turm von fünf Tassen fallen und rief: «*O zut alors*! *zut*! *zut*!»

Vater reichte Ricky Schaufel und Handfeger; Ricky gab den Handfeger an mich weiter. Er drückte die Schaufel auf den Boden, und ich fegte die weit verstreuten Scherben auf, jeweils die, auf die Ricky mit seinem kurzen dicken Zeigefinger deutete. Als er die volle Schaufel zum Abfalleimer balancierte, überkam mich der fast unwiderstehliche Drang, von unten dagegen zu schlagen und zu rufen: Jetzt fegst du sie auf!, nur um zu sehen, was für ein Gesicht er machen würde. Ich beherrschte mich gerade noch.

Später deckten Ricky und ich den Tisch. Vater mußte dreimal nach Jack rufen, und dann aßen wir zu Mittag. Es war das erste Mal, daß ich Wachteln aß. Sie schmeckten gut, aber der Anblick der zarten Vogelskelette auf dem Teller machte mich traurig. Ricky zerlegte seine Wachteln säuberlich wie ein kleiner Feinschmecker, Jack säbelte ungeschickt und mißmutig an ihnen herum.

«Warte, ich helf' dir», sagte Mama freundlich; ich hatte den Eindruck, sie hatte eine leise Schwäche für Jack.

«Kann ich schon allein», sagte Jack ein bißchen unwirsch, und Mama zog die Brauen hoch und zuckte leicht mit den Achseln. Ich versuchte mir vorzustellen, wir seien eine richtige Familie, aber es gelang mir nur für einen Augenblick. Es war allzu ungewohnt, plötzlich zwei Brüder zu haben. Außerdem war es sicher nicht normal, daß eine Familie sich in einem Kuddelmuddel von drei Sprachen unterhielt. Jack und Ricky verstanden Französisch, sprachen es aber mit starkem englischen Akzent. Wenn sie ein Wort nicht wußten, nahmen sie das englische, manchmal benutzten sie seltsame Wortkombinationen. Ich verstand nicht alles, was sie sagten, aber manches konnte ich erraten, und ich lernte schnell. Untereinander sprachen sie englisch, dann verstand ich fast nichts, und ich ärgerte mich, daß sie eine Art Geheimsprache hatten. Ich rächte mich, indem ich mit Vater und Mama deutsch sprach.

«Jack, Ricky, ihr könntet Jess mal draußen alles zeigen», sagte Vater nach dem Essen. Wir gingen in den Vorgarten, und Jack erklärte mir in seiner spöttischen Art die offensichtlichen Dinge. *«This is le garage»*, verkündete er und zeigte auf die Garage. *«That's la porte. That's la rue.»*

Ricky lachte sich bei jedem Hinweis halbtot.

Ich sagte mit übertriebener Verwunderung. *«Really? That's la porte? That's la rue?»* Dann fragte ich: «Und wo ist der *salon de jardin*?»

«Salon de jardin?» wiederholte Jack, als hätte ich nach etwas ganz Seltsamem gefragt.

«Salon de jardin?» äffte Ricky ihn nach.

«Ja, Vater hat mir geschrieben, es gibt hier einen *salon de jardin.*» Ich stellte mir eine Art Wintergarten vor, mit üppigen exotischen Pflanzen und Korbmöbeln und einer spanischen Wand und kostbaren dickbauchigen Vasen.

«Ach, du meinst den *salon de jardin*!» Jack zeigte auf eine Ecke des Gartens, vor meinem Zimmer. *«Over there.»*

Ich stapfte quer über den Rasen und entdeckte nichts weiter als eine quadratische Betonplatte, gerade so groß, daß zwei oder drei Gartenstühle darauf paßten. Die beiden waren mir gefolgt.

«Meinst du vielleicht das hier?»

«Ja, was denn sonst?»

«Oh, ich hab' mir was ganz andres vorgestellt.»

«Was denn?» fragte Ricky mit unschuldiger Miene.

Ich beschrieb meine Vorstellung, mit so vielen englischen Wörtern wie möglich, und Ricky bekam einen Lachkrampf.

Ich versetzte ihm eine Kopfnuß. «Hör gefälligst auf zu lachen!» schrie ich wütend.

«He, laß meinen Bruder in Ruhe, ja?» sagte Jack; er fühlte sich wohl als sein Beschützer.

«Ist ja auch mein Bruder!» sagte ich.

Ricky kicherte verlegen.

Ich rannte zum Gartentor zurück, stellte mich auf den unteren Querbalken und ließ den Torflügel auf und zu schwingen. Ich tat so, als wären die beiden Luft für mich. Aus dem Augenwinkel beobachtete ich, daß sie zu mir herüberkamen, was ich als Pluspunkt für mich wertete. Jack zündete sich eine Zigarette an.

«Darfst du schon rauchen?»

«Wie du siehst.»

Aus dem Paradies ertönte ein Schuß, und Ricky erklärte mir, es sei die Vogelscheuche. «Sie schießt alle zehn Minuten. Sollen wir mal hingehen?»

«Ich weiß nicht», sagte ich. «Lieber nicht.» Ich trug meine besten Schuhe, die schwarzweißen Lackschuhe, und hatte keine Lust, durch matschige Äcker zu stapfen. Außerdem traute ich Ricky nicht, ich hatte das Gefühl, er hatte irgendeine Gemeinheit vor. Etwas, das er dafür hielt; ich glaubte nicht, daß er zu einer wirklichen Gemeinheit fähig war. Jack schon eher. Jack auf jeden Fall. Vor Jack mußte ich mich in acht nehmen, er mochte mich nicht. Ricky mochte mich wahrscheinlich auch nicht, aber das war mir gleich. Und außerdem mochte ich ihn selbst nicht. Mochte ich Jack? Ich betrachtete Jack verstohlen; sein dunkles Haar sah aus, als würde er es nie kämmen, aber sein Gesicht war hübsch – wenn er nur etwas freundlicher dreinschauen würde. Er sah mich an, er hatte meinen Blick bemerkt. Ich schaute schnell weg, ertappt, machte mein Gesicht ausdruckslos. Ich entschied, daß ich ihn auch nicht mochte.

Wir sprachen ein bißchen über Forges und das Collège, und Jack klärte mich auf, daß ich Mademoiselle Con als Klassenlehrerin haben würde; er sagte, sie sei ein absoluter Horror. Jack war zwei Klassen über mir, Ricky eine Klasse unter mir.

Ich fragte, wie es in Liverpool gewesen sei, und Jack sagte, er wäre lieber dort geblieben. Er wies mit einer Kopfbewegung die Straße hinauf in Richtung Mauquenchy. «Dieses öde Kaff hier. Nicht mal ein Geschäft. Na ja, Forges und Buchy sind nicht ganz so beschissen.»

«In Liverpool hat Jack eine Streetgang angeführt», sagte Ricky. «Und ich war zweiter Anführer», fügte er wichtigtuerisch hinzu.

«Warum seid ihr denn nicht in Liverpool geblieben, wenn es da so toll war», fragte ich scheinheilig.

«Frag nicht soviel», sagte Jack.

Wir schwiegen eine Zeitlang, während ich mit dem

quietschenden Torflügel hin- und herglitt und Jack nur dastand und rauchte und Ricky die Stiere ärgerte, indem er Kieselsteine nach ihnen warf.

Jack schnippte seine Zigarettenkippe auf die Straße, knapp über meine Schulter hinweg. Er forderte mich auf, in den *gîte* zu gehen, um irgend etwas zu tun; ich verstand nicht, was. Dann wurde mir klar, daß ich den Rollladen an meinem Fenster herunterlassen sollte.

«Warum denn?» fragte ich mißtrauisch.

«Wirst du schon sehen.»

«Wenn du meinst.» Ich schlenderte zum *gîte* hinüber, betont langsam.

«Und jetzt paß mal auf», sagte Jack, als ich wieder draußen war. Er klemmte zwei Finger unter den grauen Kunststoffladen und schob ihn mühelos hoch, als handle es sich um ein Spielzeug. «Jeder Einbrecher kann hier rein.» Er spuckte in den Garten, dann ging er mit seinen langen federnden Schritten zur Garage, holte sein Fahrrad heraus und radelte davon.

Vater erschien in der Haustür: «Jack, denk dran, heute abend halb acht!» (Vater und Mama wollten mit uns im Grand Hôtel zu Abend essen.)

«*Yeah*», rief Jack zurück, ohne sich umzudrehen. Es klang nicht sonderlich interessiert.

Ricky machte Jacks Spucken nach, kam aber nicht so weit, dann wickelte er einen rosafarbenen Kaugummi aus; er ließ das Papier auf den Rasen fallen.

«Jack hat gesagt, von ihm aus hättest du ruhig wegbleiben können.»

Ich musterte ihn, er schien die Wahrheit zu sagen. Ich

wußte ohnehin, daß es die Wahrheit war, es paßte zu Jack. Ich setzte eine gleichgültige Miene auf und zuckte die Achseln, als ließe es mich kalt. Es ließ mich wirklich kalt.

«Und von dir aus?» fragte ich und ärgerte mich im selben Moment über die Frage.

«Weiß ich noch nicht.» Ricky kaute schmatzend, mit offenem Mund, ich sah den Kaugummi zwischen seinen kleinen weißen Zähnen. Seine Zunge war knallrosa von dem Farbstoff, wie die eines Stoffhündchens.

«Vielleicht wenn du mir morgen früh im Super-U Lutscher kaufst. Einen Zehnerpack.»

Ich lachte laut, verächtlich. «Du spinnst wohl», sagte ich auf deutsch; er verstand die Wörter nicht, aber den Tonfall. Seine Mundwinkel fielen herab, er hatte sich wohl schon eingebildet, mich in der Hand zu haben.

«Ich glaub' nicht, daß du wirklich meine Schwester bist», sagte er.

«Aber sicher. Ich bin deine große Schwester, und demnächst mußt du tun, was ich dir sage!»

Als Antwort blies Ricky seinen Kaugummi auf und zerschlug die Blase mit der flachen Hand. Ich schnitt ihm eine furchterregende Grimasse. Zumindest hoffte ich, sie sei furchterregend.

Am Abend warteten wir eine halbe Stunde vergeblich auf Jack, dann fuhren wir zu viert zum Grand Hôtel, in Mamas Wagen. Ricky und ich saßen hinten. Ich war froh darüber, daß Jack nicht dabei war, ich bemühte mich, froh darüber zu sein, und es gelang mir, fast.

Es war schon dunkel, und das Casino, auf einer kleinen Anhöhe über dem Park, war hell erleuchtet. Durch die Fenster versuchte ich, ins Innere zu spähen, sie waren riesig, bogenförmig, aber alles, was ich sah, waren Kronleuchter, vielleicht waren sie aus Kristall. Ich sah einen Wagen vorfahren, eine schwarze Limousine, in dem glänzenden Lack spiegelten sich Lichter wie in dunklem Wasser. Ein Mann stieg aus, dann eine Frau im Pelzmantel, unter dem ein Abendkleid glitzerte; der Mann öffnete ihr die Wagentür und schlug sie hinter ihr wieder zu. Ich war neidisch, ich hätte etwas darum gegeben, einen Abend lang die Frau zu sein.

Ich hatte nicht auf Rickys Geschwätz geachtet. Jetzt sagte er, er besitze auch ein Roulettespiel. «Das hat meine Mutter mir geschenkt. Wenn ich groß bin, sprenge ich die Bank.»

«Ach ja?»

«Zusammen mit Jack.»

«Deine eigene Bank?»

«Natürlich nicht, *silly*. Eine richtige. Die hier in Forges. Oder die in Deauville.»

«Warum nicht gleich die in Monte Carlo?»

«Ja, warum nicht?» sagte Ricky, er hatte die Frage ernst genommen.

Beim Essen tranken Vater und Mama noch mehr Wein und waren gesprächig; Mama schien es nicht mal zu stören, daß Vater sich schon wieder über die Merowinger ausließ. Sie machte Witze. «Stell dir vor, es gibt Reinkarnation», sagte sie, «dann stehst du möglicherweise vor deinem eigenen Skelett.»

Vater sagte, er schreibe gerade ein Kapitel über das Liebesleben der Merowinger, es sei noch viel zuwenig erforscht.

«Kann man das Liebesleben aus den Gräbern ersehen?» spöttelte Mama.

Ricky war schweigsam geworden; wenn ich ihn ansprach, gab er nur einsilbige Antworten. Er war voll auf sein Essen konzentriert, ein Riesenberg von Pommes frites mit Ketchup und Mayonnaise. Am Nachmittag hatte er damit angegeben, auf der letzten Klassenfahrt in einer Nacht zehn Tüten Kartoffelchips verdrückt zu haben; ich sollte ihn wohl dafür bewundern. Wahrscheinlich hielten die Ober und die anderen Gäste ihn für Mamas Sohn und meinen Bruder. Ich hätte es vorgezogen, wenn es Jack gewesen wäre.

Nach dem Essen sagte Mama, sie wolle früh zu Bett gehen, weil sie morgen die lange Fahrt habe. Wir begleiteten sie aufs Zimmer. Zum Abschied umarmte sie mich und gab mir schmatzende Küsse auf die Wangen; Duft umnebelte mich, exotische Seifen und ein Parfüm, das ich noch nicht an ihr kannte. Auch Ricky bekam einen Kuß. Ich hätte gern gewußt, ob Jack auch einen bekommen hätte. Und ob er ihn sich hätte geben lassen. Wahrscheinlich nicht. Außen am Schrank hing das türkisfarbene Lurexkleid, das Mama die Nacht zuvor im Casino getragen hatte, und Vater warf ihr in scherzhaftem Ton vor, sie wolle uns sicher los sein, um gleich wieder ihrer Spielleidenschaft zu frönen, aber sie sagte, sie habe ihr ganzes Geld verspielt. «Ein Jammer, daß du nicht noch ein paar Tage hierbleibst», sagte Vater.

«Ein Jammer», sagte Mama. Ich wußte nicht, ob sie es ernst meinte. Vielleicht wußte sie es selbst nicht.

Mama brachte uns nach unten ans Taxi. Bevor ich einstieg, umarmte sie mich noch mal. «Du wirst mir fehlen», sagte sie.

Ich war soviel Zärtlichkeit nicht von ihr gewöhnt. Es war wohl ein bißchen Show dabei, aber nur ein bißchen. Ich spürte einen Kloß im Hals.

Ricky setzte sich vorne neben den Fahrer, Vater und ich stiegen hinten ein. Der Wagen brauste los, Vater und ich winkten durch die Rückscheibe, Mama winkte mit einem weißen Taschentuch, dann waren wir um eine Kurve gebogen. Wir glitten an Häusern vorbei, Villen mit erleuchteten Fenstern in düsteren Gärten, dann lag die Stadt hinter uns.

Vater hatte seinen Arm um mich gelegt. Mein Kopf ruhte an seiner Schulter, meine Schläfe an dem kratzigen Stoff seines Jacketts. Vater roch nach Tabak und Rasierwasser und Wein und nach etwas Undefinierbarem, das ich mit den Merowingern in Verbindung brachte. Draußen die dunkle Landschaft, Lichter schwebten vorüber, schnell oder langsam, je nach Entfernung. Mama und ich hatten einander versprochen, uns oft zu schreiben, Briefe und Ansichtskarten, und ich würde sie jede Woche anrufen, von einer Zelle aus; der *gîte* besaß immer noch kein Telefon. Auch Alex hatte versprochen, mir zu schreiben.

Im *gîte* brannte Licht. Jack saß in der *salle de séjour* am Tisch und zeichnete etwas auf ein Blatt Papier, mit einem angeknabberten Bleistiftstummel. Das Wachstuch war voller Krümel und Ränder und Flecken.

Ricky begann sogleich, im Kühlschrank nach etwas Eßbarem zu stöbern, aber Vater forderte ihn auf, mit ihm in den Schuppen zu gehen, um Kaminholz hereinzuholen. Ricky verzog lustlos den Mund, fügte sich aber. Ich setzte mich Jack gegenüber an den Tisch und schaute ihm beim Zeichnen zu. Ich glaubte, Motorräder zu erkennen, aber es konnte auch etwas ganz anderes sein. Ich hätte allzugern gewußt, was er zeichnete, aber ich wagte nicht zu fragen, weil er so vertieft war. Außerdem ging etwas Abweisendes von ihm aus, wie unsichtbare Strahlen oder Wellen, es war jetzt noch stärker als heute mittag.

«Was zeichnest du da?» hörte ich mich zu meiner eigenen Überraschung fragen.

«Nichts.» Er zerknüllte das Blatt, drehte sich zum Kamin um und warf es in die Glut, wo es sofort in Flammen aufging. Dann wandte er sich mir zu und starrte mich an, seine Augen hell, mit kleinen harten Pupillen, und ich wußte, er hatte wirklich gesagt, was Ricky mir weitergesagt hatte – daß ich von ihm aus hätte wegbleiben können, und er wünschte immer noch, ich wäre weggeblieben, er mochte mich wirklich nicht. Anstatt zurückzustarren, mit gleicher Münze heimzuzahlen, passierte mir das Schlimmste: Ich schlug die Hände vors Gesicht und brach in Tränen aus.

Ich sprang auf, mein Stuhl scharrte laut und häßlich über die Steinfliesen. Ich rannte in mein Zimmer und warf mich im Dunkeln aufs Bett, wild schluchzend, ich konnte mich nicht beruhigen. Jemand kam herein und knipste das Licht an, Vater. Er legte eine Hand auf meine Schulter. «Was ist denn los? Was hast du denn?»

«Laß mich in Ruh!» schrie ich mit tränenerstickter, hysterischer Stimme.

Er zog sich zurück, und ich weinte haltlos in die muffige, von Tränen und Rotz feuchte Decke und haßte mich dafür, und Jack haßte ich auch. Ich hatte verloren. Ich wußte, ich würde diese Schlappe in mühsamen, zähen Schritten wiedergutmachen müssen. Ich wußte, daß sie nicht wiedergutzumachen war. Jack verachtete mich.

7

Ein krähender Hahn weckte mich, ich sah trübes Dämmerlicht durch Rolladenritzen schimmern. Einen Augenblick lang war ich verwirrt, dann fiel mir ein, daß ich im *gîte* war.

Es war kalt, ich fror und zog die Decke bis ans Kinn; wie üblich hatte ich das Laken ans Fußende gestrampelt. Meine Matratze war uneben, mit kleinen und größeren Höckern, die sich in meinen Rücken bohrten. Wenn ich mich bewegte, quietschten die Sprungfedern.

Im *gîte* war es still; Vater, Jack und Ricky schliefen wohl noch. In der Nacht war ich einmal wach geworden und hatte Jack und Ricky leise reden und lachen hören; ich hatte gehört, wie sie Platten auf ihren *pick-up* legten, und war neidisch gewesen, daß sie zu zweit waren und ich war allein. Der Hahn krähte wieder, ein andrer weiter weg antwortete mit brüchiger Stimme. Ich mußte aufs Klo, aber der Gedanke an die Steinfliesen schreckte mich ab. Ich versuchte, mich zu erinnern, was ich geträumt hatte. Es fiel mir nicht ein. Statt dessen dachte ich an die Schlappe vom Vorabend und schämte mich.

Als ich die Augen wieder öffnete, war helleres Licht in den Ritzen, ein Windstoß rüttelte am Rolladen. Ich hörte kleine Geräusche aus der *salle de séjour*, das Scharren einer Schaufel auf dem Steinboden; das mußte Vater sein.

Ich schwang die Beine aus dem Bett, balancierte zwischen den Kisten und Kartons und Cidreflaschen zum Fenster und zog erwartungsvoll den Rolladen hoch. Ich blickte in wirbelnden Schneeregen, tiefhängende graue Wolken verdüsterten den Himmel. Die Vogelscheuche war verschwunden, wahrscheinlich hatte der Wind sie umgelegt, oder einer ihrer Schüsse war nach hinten losgegangen.

In der *salle de séjour* kniete Vater auf einem Stuhlkissen vor dem Kamin, er fegte Asche auf die Schaufel. Ich schlich mich von hinten an ihn heran und hielt ihm die Augen zu.

«Ich bin die grausame Fredegunde», sagte ich mit verstellter Stimme. «Du wirst mir heute den ganzen Tag zu Diensten sein! Sonst lasse ich dich auf ein wildes Pferd binden und zerreißen!»

Er wimmerte um Gnade.

Ich gab seine Augen frei, und er schichtete Holzscheite in der Feuerstelle auf und schob Zündklötzchen dazwischen und Seiten aus alten *Paris Match*-Nummern, die ich für ihn herausriß und zerknüllte. Ich hielt eines der langen Streichhölzer an das Papier, das sofort lichterloh brannte; im Kamin sauste es, als würde die Luft nach oben gesogen.

Ich deckte den Tisch, Vater kochte Kaffee und Kakao und Eier und wärmte ein paar Baguettes im Backofen auf. Zwischendurch klopfte er an Jacks und Rickys Tür. Ich hoffte, sie würden weiterschlafen, ich hätte lieber mit Vater allein gefrühstückt.

Ich hörte Jacks Stimme, energisch, im Kommandoton, er warf Ricky aus dem Bett. Die Tür knallte, als sie ins Bad gingen, dann Protestgeheul, als Ricky unter die kalte Dusche gezerrt wurde. Er kam als erster heraus, das nasse Haar angeklatscht, was ihn jungenhafter aussehen ließ als seine kinnlangen blonden Locken.

«Ich hab' eiskalt geduscht!»

«Ja, aber nur, weil ich dich festgehalten hab', du Held!» schrie Jack durch die Badezimmertür.

«Hast du mitgekriegt, Jess», sagte Vater, «wie Jack sich mal wieder angestellt hat, weil Ricky ihn unter die kalte Brause geschubst hat?»

Ricky schaute halb geschmeichelt, halb unsicher drein.

Beim Frühstück fragte uns Vater, was wir heute machen wollten. Jack biß ein großes Stück von seinem Schinkenbrot ab und sagte mit vollem Mund: «Wir treffen uns mit den andern.» Sein Tonfall war endgültig – unnötig, ein weiteres Wort darüber zu verlieren.

«Nehmt Jess mit.»

«Wir fahren mit den Rädern», sagte Jack abweisend; er schien keinen Wert darauf zu legen, mich dabeizuhaben.

Ricky grinste mich an. «Du kannst bei Jack hintendrauf sitzen», sagte er großzügig.

Ich hatte nicht viel Lust, mit ihnen loszuziehen, wohin auch immer, aber ich hatte noch weniger Lust, allein im *gîte* herumzuhocken. Vater fuhr heute morgen nach Rouen und hatte gesagt, er könne mich nicht brauchen, ich würde mich nur langweilen. Außerdem war ich neugierig, wer die andern waren, die Jack erwähnt hatte.

Als wir losfuhren, hatte es aufgehört zu regnen, und die Sonne brach durch, aber die Straße war noch naß, sie gleißte in dem scharfen Licht. Ich saß auf Jacks Gepäckträger, die Beine nach einer Seite; ich hielt mich an den Sprungfedern unter dem Sattel fest. Jack schlug ein scharfes Tempo an, und Ricky kam ins Schnaufen, besonders in den Steigungen. Angestachelt durch Jacks Spötteleien und mein beifälliges Kichern trat er wütend in die Pedale, vor Anstrengung schnitt er Grimassen, sein Gesicht war krebsrot. Bergab radelte Jack wie wild drauflos. Unter meinen Füßen war der Asphalt ein zurückrasendes Band, Wind sauste mir um die Ohren. «Schneller! Schneller!» schrie ich. Mir war mulmig zumute, aber auf keinen Fall wollte ich es ihn merken lassen – ein erster Schritt, um die Schlappe von gestern abend gutzumachen.

Wir kamen an ein paar Bauernhöfen vorbei, mit schlammigen Einfahrten und halb verfallenen Scheunen. Zu manchen der Höfe gehörte ein Taubenturm, ein runder Backsteinturm mit kegelförmigem Dach; Vater hatte mir erzählt, daß man früher Tauben darin gehalten hatte, jetzt standen sie nur noch so da.

«Wo fahren wir hin?» fragte ich, als wir durch eine kleine Ortschaft mit einem Wegkreuz radelten.

«Ferté.»

Ich fragte nicht weiter. Jack und Ricky hatten angefangen, sich zu unterhalten, wie immer sprachen sie englisch miteinander. Ich verstand fast nichts, ich hörte trotzdem fasziniert zu.

An einer stärkeren Steigung stieg Ricky vom Rad und schickte sich an, es zu schieben.

«Los, Mann, steig auf!» sagte Jack barsch.

Ricky zog den Kopf ein, mißachtete aber Jacks Befehl. Jack sprang vom Rad, gab es mir zu halten und packte Ricky am Nacken. «Spuck den Kaugummi aus!»

Ricky spuckte seinen Kaugummi in den Graben.

«So, jetzt steig auf! Und dann steigst du nicht mehr ab, bis du oben bist, verstanden!»

Jack und ich blieben stehen und beobachteten, wie Ricky sich abmühte. Er stemmte sich mit aller Kraft in die Pedale, wurde aber immer langsamer. Jack schrie drohende Ermunterungen. Ricky schaffte es bis zur Hälfte der Steigung. Das Rad stand einen Augenblick lang still; kurz bevor es umkippte, sprang Ricky ab.

«Ich kann nicht, ich schaff' das nicht!» rief er kläglich.

«Komm zurück!»

Ricky zögerte.

«Na los, Mann!»

Ricky kam im Schrittempo zu uns heruntergeradelt.

«So, jetzt noch mal!»

Dieses Mal schaffte Ricky zwei Drittel, dann ließ er das Rad fallen, rannte ein Stück weiter die Straße hoch und bog in einen Feldweg ab.

Jack spurtete los.

«Ach, laß ihn doch!» schrie ich, aber Jack achtete nicht auf mich.

Es war ein wildes Rennen, ich hätte nicht gedacht, daß Rickys kurze dicke Beine so flink wären. Jack jagte quer über den Acker, eine Abkürzung. Ricky schrie, als Jack ihn am Kragen packte, er strampelte und ruderte mit den Armen. Jack drehte mit einer einzigen schnellen Bewegung Rickys Arm auf den Rücken. Er schob ihn vor sich her den Berg hinunter bis zum Fahrrad, das mitten auf der Straße lag.

«Los, heb's auf!»

«Jack, nun laß ihn doch in Ruh!» sagte ich, als sie unten angekommen waren.

Rickys Lippen zitterten. Obwohl ich ihn eigentlich nicht so besonders leiden konnte, verspürte ich das Bedürfnis, ihn zu beschützen, ich fühlte mich solidarisch mit ihm.

«Los jetzt!» befahl Jack unerbittlich.

Ricky kämpfte sich erneut die Steigung hoch. Ein paarmal sah es so aus, als käme er nicht mehr vom Fleck. Mein Herz klopfte, ich fragte mich, was Jack tun würde, wenn Ricky ein drittes Mal aufgab, vielleicht irgend etwas Brutales.

Ricky schaffte es bis oben. Er strahlte vor Stolz, er warf sich in die Brust und grinste zu uns herunter. Jetzt war es an Jack, sich abzustrampeln. Er hatte es schwerer, mit meinem zusätzlichen Gewicht auf dem Gepäckträger. Fast wünschte ich, er würde es selbst nicht schaffen; eine Weile versuchte ich, mich möglichst schwer zu machen.

Als wir oben waren, schaute Ricky mit gerunzelter Stirn auf seine Armbanduhr. «Drei Minuten, vierzehn Sekunden. Eine passable Zeit.»

«Halt's Maul, du Affe.» Jack gab ihm eine Kopfnuß, scherzhaft.

Danach alberten sie herum und lachten über Witze, die ich nicht verstand; ich merkte plötzlich, wie gut sie sich verstanden, trotz Jacks Schikanen. Sie hatten ihre eigene Sprache, ihre eigenen Regeln; es war, als wäre ich gar nicht vorhanden. Ich fühlte eine plötzliche scharfe Eifersucht auf ihr gutes Einverständnis. Ich grollte Ricky, weil er sich kein bißchen dankbar dafür zeigte, daß ich zu ihm gehalten hatte. Ich wünschte, er hätte es nicht geschafft, und gleichzeitig schämte ich mich meiner Gemeinheit.

Ferté lag auf einem Hügel. Oben auf der Kuppe war ein weitläufiger asphaltierter Platz, er war leer bis auf eine kleine Gruppe von Jungen, in Jacks Alter oder ein bißchen jünger; sie standen um ein lilafarbenes Mofa herum. Zu meiner Erleichterung sah ich, daß auch zwei Mädchen dabei waren. Einer der Jungen saß auf dem Mofa, er gab dauernd Gas, und alle schrien, um das Knattern zu übertönen.

Jack und Ricky lehnten ihre Fahrräder gegen eine

niedrige Mauer. Jack trat sofort zu dem Jungen auf dem Mofa und redete auf ihn ein, in seinem seltsamen Gemisch aus Englisch und Französisch. Der Junge hieß Kléber; er war dunkelhaarig und kräftig und hatte einen Anflug von Schnäuzer. Er trug eine Schirmmütze, der durchsichtige grüne Schirm warf einen grünen Schatten auf sein Gesicht.

Die beiden Mädchen waren vielleicht ein, zwei Jahre älter als ich. Die eine hatte ein mißmutiges Gesicht und dunkelbraunes, fast schwarzes Haar, das ihr in wirren, verfilzt aussehenden Strähnen über den Rücken fiel. Die andere war blond, ein häßliches, gelbliches Blond, mit irgendeinem billigen Mittel aufgehellt, aber sie sah freundlicher aus als die Schwarzhaarige.

«*Salut*», sagte ich.

Sie erwiderten meinen Gruß nur flüchtig, herablassend; die Schwarzhaarige taxierte mich einen Moment und tuschelte der Blonden etwas zu. Kléber ratterte los, ein paar Runden um den Platz, dann Schlangenlinien; der Motor sirrte wie ein wütendes Rieseninsekt. Die anderen johlten und klatschten Beifall, die beiden Mädchen schrien spöttische Bemerkungen.

Nach Kléber fuhren andere mit dem Mofa herum, auch die Schwarzhaarige, sie hieß Fleurette. Jack fuhr zuerst allein, dann mit Ricky. Ricky hockte hintendrauf wie ein Klammeräffchen, er grinste und winkte. Jack gab wie wild Gas und bremste scharf und verschwand in der abschüssigen Gasse. Später, als sie zurück waren und abstiegen, ahmte Ricky Jacks lange Schritte nach. Ich kicherte, es sah so lächerlich aus bei ihm. Er fühlte sich ertappt und warf mir einen Blick zu, der wohl finster sein sollte.

«Wie heißt du?» fragte mich Fleurette; der Blick ihrer kleinen schwarzen Augen war abschätzig, abweisend.

«Jess.» Ich lächelte, aber sie lächelte nicht zurück.

«Ich bin die Schwester von Jack», erklärte ich. «Und von Ricky.»

«Haben die 'ne Schwester? He Jack, hast du 'ne Schwester?»

Jack, der neben dem Mofa kauerte und irgendwas am Auspuff untersuchte, gab einen Laut von sich, der sowohl ja als auch nein bedeuten konnte. Eher nein.

Sie fingen an zu beratschlagen, was sie als nächstes tun sollten; alle redeten und schrien durcheinander. Ich setzte mich auf die Mauer, ein bißchen abseits, und streichelte eine Katze, die von irgendwoher aufgetaucht war. Ich verstand nicht alles, nur soviel, daß sie nach Sigy fahren und dort etwas nicht ganz Astreines anstellen und anschließend wieder auf den Platz heraufkommen wollten. Zwei oder drei der Jungen und das blonde Mädchen waren gegen den Plan, aber Jack und Fleurette, die wohl das Sagen hatten, setzten sich durch.

«Du fährst mit Kléber», schrie Jack mir durch das Geknatter des Mofas zu.

«Ich fahr' lieber bei dir auf dem Rad mit.» Ich sprang auf und machte Anstalten, mich wieder auf den Gepäckträger zu setzen.

«Mit Kléber!» schrie Jack.

Sie radelten los. Ich hatte keine Lust, auf dem Mofa mitzufahren und stand unschlüssig da.

Jack drehte sich zu mir um. «Was ist jetzt? Kommst du?»

«Ich warte lieber hier.»

Er zuckte die Achseln, und ich setzte mich wieder. Sie verschwanden in der schattigen Gasse; ich hörte ihre sich entfernenden Stimmen, das Knattern des Mofas. Die Katze schmiegte sich mit hoch aufgerichtetem Schwanz an meine Beine. Sie hatte ein graugetigertes, struppiges Fell und nur noch ein Auge, ein grünes. Das andere war bis auf einen schmalen Schlitz geschlossen, wie verklebt, hinter dem Schlitz war nichts, ein Loch. Sie war mager, ich fühlte ihre Knochen unter der Hand, zart wie Fischgräten. Ich fühlte ihren Herzschlag – ein schnelles Pochen, als habe sie einen kleinen aufgeregten Vogel in der Brust, der mit dem Schnabel gegen die Rippen pickte, um hinauszugelangen und wegzufliegen. Als ich die Hand herabhängen ließ, miaute sie kläglich und stupste ihr Maul in meinen Handteller, und ich streichelte sie weiter. Die Sonne war warm und grell hier oben, aber der Wind fegte kalt über den Platz. Eine alte Frau mit Kopftuch überquerte ihn, gefolgt von ihrem Schatten; dann lag der Platz wieder leer da. Einige der Häuser waren halb verfallen, mit zerbrochenen Fensterscheiben und verwitterten Türen; schiefe schmiedeeiserne Gitter zierten die kümmerlichen Vorgärten.

Ich seufzte. Dann erzählte ich der Einäugigen, was ich in den letzten beiden Tagen erlebt hatte. Es schien mir viel länger her zu sein als vorgestern, daß ich zum letztenmal die Möwen gefüttert hatte und mit Mama durch das Autobahn-Schneegestöber gefahren war. Und daß ich gehofft hatte, Jack sei wie Alex. Unvermittelt und ohne Vorwarnung überfiel mich Heimweh. Ich spürte eine Träne über meine Wange rinnen und fing sie mit der Zunge auf, ich wollte nicht schon wieder heulen. «Es wird dir schon noch hier gefallen», hatte Vater gestern abend gesagt, als ich den Weinkrampf überwunden und mich beruhigt hatte und noch ein bißchen mit ihm am Kaminfeuer saß und Jack und Ricky schon im Bett waren. «Es wird dir gefallen. Ganz bestimmt.»

Ich war nicht überzeugt gewesen. Ich war auch jetzt nicht überzeugt.

«Weißt du was?» sagte ich zu der schnurrenden Katze. *«Je suis désillusionnée. Dés-il-lu-sion-née!»*

Ich saß auf einem Meilenstein am Rand einer Feldstraße und untersuchte die Blase an meiner Ferse. Sie war aufgegangen und blutete. Hinter mir war eine Hecke, vor mir ein unkrautüberwuchertes Feld. Ich hob mein Gesicht zur Sonne und schloß die Augen. Irgendwo hoch oben trillerte eine Lerche. Hinter meinen Lidern war es glutrot und warm, aber mit einemmal verdunkelte es sich, als ob ein Licht ausgeknipst würde. Ich öffnete die Augen und sah, daß eine riesige Wolke die Sonne verfinsterte.

Ich hatte keine Ahnung, wie weit es noch bis zum *gîte* war. Ich war bestimmt schon eine Stunde unterwegs. Vielleicht hatte ich mich verlaufen, die Feldstraßen sahen alle gleich aus. Ich hatte eine Ewigkeit oben auf dem Platz in Ferté gewartet. Ich war ein bißchen umhergeschlendert und hatte die Katze gerufen, die durch ein zerbrochenes Fenster in ein leeres Haus geschlüpft war, aber sie ließ sich nicht mehr blicken. Dann zeichnete ich mir ein Hinkelhäuschen, und als ich auch davon genug hatte, fiel mir ein, daß ich gar nicht wußte, wann sie zurückkämen. Sie kamen und kamen nicht, und ich machte mich zu Fuß auf den Heimweg.

Ich hörte, wie sich ein Auto näherte, es tauchte links von mir aus der Senke auf. Es verlangsamte seine Fahrt und kam mit quietschenden Bremsen vor mir zum Stehen. Es war ein cremefarbener R 4, mit Beulen und verbogener Stoßstange und dunkelrot ausgebesserten Stellen. Eine Frau saß am Steuer. Im hinteren Teil des Wagens stand ein Schwein.

Die Frau lehnte sich herüber und kurbelte das Beifahrerfenster herunter. «Bist du nicht die Kleine von Monsieur Bertrand?»

«Ja.»

Sie stieß die Wagentür auf. «Steig ein, ich nehm' dich mit. Ich bin Madame Grasset.»

Ich stieg ein bißchen zögernd ein; gottlob stand das Schwein hinter einem Metallgitter. Es stank. Madame Grasset hatte ein scharfes, verknittertes Gesicht und wirre graue Locken, die an der Seite mit einer straßverzierten Spange gebändigt waren. Sie trug eine gelbe Bluse, einen grünen Pullover und einen weiten grünen Rock, der sich mit dem grünen Pullover biß. Sie hatte denselben Geruch an sich wie das Schwein, nur schwächer und mit anderen Gerüchen vermischt.

«Wieso bist du denn ganz allein unterwegs?»

Ich erzählte ihr von Jack und Ricky und der Gruppe

und Ferté und daß ich nicht länger hatte warten wollen.

«Dieser Jack! Läßt dich ganz allein hier herumlaufen! Das ist ja wohl die Höhe! Dem werd' ich mal den Marsch blasen.»

Ein Schreck durchfuhr mich. «Nein, nein», beteuerte ich, «er wollte mich ja mitnehmen, aber *ich* wollte nicht.» Jack sollte auf keinen Fall glauben, ich hätte ihn verpetzt. Madame Grasset blickte drein, als sei sie nicht recht überzeugt, aber sie sagte nichts mehr.

Sie fing an, mir die Namen der Feldblumen zu erklären, die am Straßenrand blühten, wilde Anemonen und Taubnesseln und Sumpfdotterblumen. Dann erklärte sie mir, die grünen kugeligen Gewächse in den noch kahlen Apfelbäumen seien Misteln, üble Schmarotzer, die den Bäumen den Saft aussaugten.

«Fahr mit auf den Hof», sagte sie schließlich. «Dein Vater hat ein Hähnchen bestellt, du kannst es abholen.»

Wir sausten am *gîte* vorbei, dann bog Madame Grasset in den Hof ab; die Einfahrt war ebenso schlammig wie die der andern Höfe, die ich gesehen hatte. Drei tote Krähen hingen an einem Seil über einer Miete, die mit schwarzer Plastikplane abgedeckt war. Im Innenhof stoben Hühner mit empörtem Gegacker auseinander, ein großer dunkelbrauner Hund kam uns entgegengetrottet. Als ich ausstieg, knurrte er mich an, ein leises, gefährliches Knurren. Er hatte eine spitze Schnauze und wilde, hellgrüne Augen. Ich stand ganz still, vor Angst gelähmt.

«Toto, va-t'en!» herrschte Madame Grasset ihn an. Er gehorchte, ein bißchen widerwillig, und trottete davon.

Ich atmete auf, aber als ich weiterging, spürte ich, daß ich weiche Knie hatte.

«Du wirst dich schon noch mit ihm anfreunden», sagte Madame Grasset. Was ich bezweifelte.

Madame Grasset trieb das widerspenstige Schwein, das Lucy hieß, mit Hilfe eines Stocks und einiger Schimpfwörter in einen der Ställe. Sie erzählte, der Hof werde seit vorigem Herbst nicht mehr bewirtschaftet, sie halte nur noch die Hühner und das Schwein und ein paar Tauben, und nur noch Pierre, der Maulwurffänger, arbeite bei ihr; das Land sei an eine *société* verpachtet. Wenn Madame Grasset redete, legte sich die Haut um ihren Mund in lauter kurze Fältchen, senkrecht zu den Lippen, wie ein kleiner Zaun.

Wir gingen ins Haus hinüber. Das Hähnchen lag auf der Anrichte in der Küche. Madame Grasset schlug das weiße, blutbefleckte Papier zurück, in das es eingewikkelt war, und zeigte es mir. Mit seiner nackten, gelblichen Haut sah es aus, als fröre es. Ich ekelte mich, und gleichzeitig tat es mir leid.

«*Ce qu'il est beau,* wie schön es ist», sagte Madame Grasset und strich zärtlich mit dem Zeigefinger über den blutigen Hals. Vielleicht war es der Hahn, der mich heute morgen geweckt hatte.

Madame Grasset gab mir einen Keks und ein Glas süßen Cidre und erzählte von ihrem Vater, dem berühmten Apfelkundler aus Gaillefontaine. *Un pomologue réputé.* Sie zeigte mir ein Foto – ein steinalt aussehender Mann mit einem langen weißen Nikolausbart.

Ich war froh, als ich entkommen war und mit dem

Hähnchen in einem Plastikbeutel die Straße hinunterhumpelte – die Blase an der Ferse schmerzte inzwischen höllisch.

Die Fenster des *gîte* waren geschlossen, auch die Haustür war zu. Ich holte den Schlüssel aus der Mauernische in der Garage.

Die *salle de séjour* war kalt, das Kaminfeuer bis auf einen Rest von Glut heruntergebrannt. Ich ging ins Bad und verarztete meinen Fuß mit einem Pflaster. Wie jedesmal, wenn ich im Bad war, öffnete ich das Wandschränkchen und roch an Vaters Dachshaar-Rasierpinsel, dessen Geruch ich unwiderstehlich fand; es war ein seltsamer Geruch, scharf, seifig, kratzig. Der Griff war eckig und aus durchsichtigem Kunststoff, die unteren Enden der braunen Borsten darin eingeschlossen wie uralte Insekten in Bernstein. Ich stellte den Hocker unter das hochgelegene Fenster, das einzige Fenster des *gîte*, das vergittert war, stieg hinauf und spähte in die Apfelwiese. Ein paar Hühner pickten im Gras herum. Ich fauchte und krähte, dann knurrte ich wie ein bösartiger Hund. Sie erstarrten, ein Bein angezogen, den Kopf nach vorn gestreckt, und ich lachte sie laut aus. Danach wußte ich nichts mit mir anzufangen und schnitt meinem Spiegelbild verschiedene Grimassen. Ich ging schließlich in Jacks und Rickys Zimmer.

Es war karg möbliert, zwei schmale Betten, ein weißgestrichener Holztisch, an dem zwei Stühle standen, ein Regal. Das Nachttischchen an einem der Betten war ebenso wacklig wie das in meinem Zimmer. Es war kein Schrank vorhanden, Jacks und Rickys Sachen hingen an einem Garderobenbrett, unordentlich und zum größten Teil ohne Bügel. Die Betten waren nur oberflächlich gemacht, die karierten Decken hoben und senkten sich zu einer wilden Berg- und Tallandschaft über dem verknäulten Bettzeug. Die Wände waren mit Postern von Motorrädern, Rennautos und Segelschiffen gepflastert. Von der Tür grinste mich ein Merowingerskelett an – eine vergrößerte Fotografie.

Am meisten gefiel mir das wüste Durcheinander auf dem Tisch – Comichefte, angebrochene Kekspackungen, aufgeweichte und wieder hart gewordene Schokolade, ungespülte Tassen und Gläser, verschrumpelte Äpfel. Dazwischen Kassetten und Schallplatten; Johnny Cash und Stevie Wonder schienen ihre Favoriten zu sein. Ich entdeckte einen winzigen Galgen, Holzstückchen, die zusammengeklebt waren; ein Männchen aus dünnem Draht baumelte daran. Bestimmt war es Jacks Werk.

Ich zog die Tischschublade heraus und durchwühlte den Inhalt. Als ich das Zimmer betrat, hatte ich nicht vorgehabt, nach etwas Bestimmtem zu suchen, aber jetzt wußte ich, was ich finden wollte: ein Foto von Jacks und Rickys Mutter.

Ich hatte Vater gefragt, wie sie aussehe, aber wie üblich, wenn er jemanden beschrieb, hatte er sich vage ausgedrückt.

«Groß, klein, dick, dünn?» fragte ich.

«Eher groß, ja. Und eher dünn.»

«Welche Haarfarbe?»

«Blond.»

«Also so ähnlich wie Mama?»

«Nein, ganz anders.»

Ich fand kein Foto von ihr, weder in der Schublade noch im Nachtschränkchen, noch auf dem Regal.

Ich schämte mich meiner Schnüffelei. Jack und Ricky würden bestimmt nicht in meinen Sachen schnüffeln. Aber nicht, dachte ich dann, weil sie so viel edler waren als ich, sondern weil sie sich nicht für mich interessierten. Damit beruhigte ich mein Gewissen.

Ich machte mir in der Küche ein Sandwich mit Käse, und während ich es aß, spazierte ich ein bißchen im *gîte* umher; ich ging in Vaters Zimmer und warf einen Blick in den Schrank und in die Schreibtischschubladen, pro forma, als Ausgleich. Dann setzte ich mich an den Tisch in der *salle de séjour*.

Es war still. So still, daß ich die Uhr ticken hörte, die über dem Kamin an der Wand hing. Sie war rund, mit einer grünen Fassung; *BadekultUhr* stand in schwarzen Lettern auf dem Zifferblatt. Daneben die kitschige bunte Zeichnung einer dicken Frau mit Trachtenhaube und einem enormen Hinterteil, sie stopfte eine Gans. Obwohl alle Fenster des *gîte* geschlossen waren, fühlte ich eisige Luftzüge um meine Beine streichen; die Tür zu Vaters Zimmer, die nicht richtig schloß, schlug immer wieder leicht gegen den Rahmen. Ich dachte an die Skelette der toten Merowinger unter mir. Ich zwang mich, an etwas anderes zu denken. Ich dachte an Jacks und Rickys Mutter.

Plötzlich stand mir ihr Bild vor Augen. Es stammte aus einem Zeitungsartikel, den Conny Mama vorgelesen hatte; darin wurde von einer Frau berichtet, die im Zug randalierte und eine Nacht in der Ausnüchterungszelle zubringen mußte. Ich stellte mir Jacks und Rickys Mutter so vor, wie ich mir damals jene Frau vorgestellt hatte: mit aufgelösten Haaren, wutverzerrtem Gesicht, verschmiertem Lippenstift und Augen-Make-up, verrutschten künstlichen Wimpern, Maschen in den Seidenstrümpfen; sie kreischte, während ihre lackierten Fingernägel das Gesicht eines Mannes zerkratzten, der vergeblich versuchte, sie zu bändigen. Aber irgendwie schob sich das Bild von Mama dazwischen, Mama in einem furchtbaren Streit mit einem ihrer Liebhaber, einem ihrer Schiffschaukelbremser, zum Beispiel dem Maler, obwohl ich sie so nie erlebt hatte.

Es mußte die Stille im *gîte* sein, die meine Phantasie so aufwühlte, die Stille der Toten unter mir. Ich horchte. Ich merkte, wie Panik in mir hochkam. Ich sprang vom Stuhl, stürzte zur Haustür, riß sie auf und flüchtete mit wild klopfendem Herzen nach draußen.

Ich hatte es gerade noch geschafft zu entkommen.

8

Oberhalb des Paradieses war der Elsternwald, der *Bois de la Pie*, und ein Stück dahinter, jenseits einer Feldstraße, der etwas größere *Bois Dangereux*. Ich wußte nicht, warum er «Gefährlicher Wald» hieß, niemand konnte es mir sagen, selbst der Maulwurffänger Pierre nicht. «Wer weiß», sagte er mit seinem verschmitzten Grinsen. Ich brachte es in Verbindung mit etwas, das

Jack und Kléber behaupteten, daß sich vor vier Jahren dort ein Mann erhängt habe. Sie zeigten mir den Baum; die Borke sah aus wie graue Schlangenhaut.

An diesem Baum saßen wir öfter herum, auf gefällten Stämmen; die Größeren rauchten Zigaretten, Jack und Kléber, Fleurette, Léa und Roger. Fast zwei Wochen war ich jetzt schon hier, ich gehörte dazu, ich zog jeden Morgen zusammen mit Jack und Ricky los, und wir trafen uns mit der Clique. Ich gehörte dazu – und gehörte doch nicht dazu; ich gehörte zu denen, die nichts zu sagen hatten, die nicht mitreden durften: Ricky und ein hellblonder Junge namens Maurice und François, obwohl François schon sechzehn war; aber er war schüchtern. Er war über einsneunzig groß und klapperdürr, mit einem faszinierend häßlichen Profil, eine Art Dreieck mit einer riesigen knochigen Nase, die Mama Zinken genannt hätte, und einem fliehenden Kinn. Außer dem Schlangenhautbaum und dem Platz oben in Ferté gab es ein paar andere Orte, wo wir gerne herumlungerten. Zum Beispiel die Junkiehöhle. Die Junkiehöhle war ein verlassenes Haus; es stand an derselben Straße wie der *gîte*, Richtung Rouvray, ein Stück von der Straße zurück hinter Bäumen, eine ziemliche Bruchbude; von Zeit zu Zeit kamen abends Autos angefahren und fuhren in der Nacht wieder weg. Wir versuchten, durch die geschlossenen Läden zu spähen, konnten aber nichts erkennen; selbst im ersten Stock waren die Läden geschlossen. Jack und Kléber planten einen Einbruch. Fleurette und ich stachelten sie an, aber François war dagegen, und Léa und die andern waren ausnahmsweise auf seiner Seite. Außerdem trafen wir uns vor der *Mairie* in Bosc-Bordel oder am stillgelegten Bahnhof von Sigy oder an den Markthallen in Buchy. Ricky lieh mir großzügig sein Fahrrad, er selbst ließ sich von Kléber auf dem Mofa mitnehmen.

Wenn wir Geld hatten, gingen wir in Buchy ins Café de Commerce, gleich gegenüber den Hallen; wir tranken Orangeade oder Cola und hörten uns die Musicboxplatten an. Das Café de Commerce war eine Motorradfahrerkneipe; gerahmte Fotos von Motorrädern und Motorradrennen schmückten die Wände. Rechts vom Eingang stand eine Glastheke, in der allerhand zum Verkauf ausgestellt war, große Herrenarmbanduhren mit kompliziert aussehenden Zifferblättern und Stahlarmbändern, Feuerzeuge mit Abbildungen von Motorrädern und Oldtimern, allerlei Souvenirs. Ich bemerkte, daß Jack sich für die Feuerzeuge interessierte, aber er kaufte sich keins, sie waren ziemlich teuer. Manchmal sahen wir uns Rennen im Fernsehen an; der Apparat stand auf einem Holzbord an der Wand gegenüber der Theke. Zuerst fand ich die Rennen langweilig, aber schließlich war ich ebenso fasziniert wie die andern. Was mich vor allem faszinierte, waren die Unfälle; ich fing an, darauf zu warten. Am spannendsten war der entscheidende Moment nach einem Sturz: Blieb der Fahrer liegen, oder rappelte er sich auf? Einmal gab es einen spektakulären Unfall, das Motorrad überschlug sich, der Fahrer schlitterte über den Asphalt wie ein gestürzter Eiskunstläufer und durchbrach eine Absperrung, während die Maschine einen eigenständigen Tanz aufführte. Der Fahrer stand fast sofort auf, und später wurde angesagt, er habe sich nur den Arm verstaucht, morgen würde er wieder fahren. Wir pfiffen und klatschten Beifall.

Jack stellte sich jedesmal vor, der Sieger zu sein, das konnte ich an seinem Gesicht ablesen. Er sagte, mit achtzehn würde er sich ein Motorrad kaufen, eine von den schnellen japanischen Mühlen. Er sagte es in einem so selbstverständlichen Tonfall, daß ich ihm glaubte.

Das Café de Commerce gehörte zu den Dingen, die wir Vater erzählten, wenn er uns fragte, was wir gemacht hatten. Es gab Dinge, die wir nicht erzählten. Jack und Kléber schnappten sich Fische auf dem Fischmarkt in Forges und ließen sie in Briefkästen gleiten. Wir rauchten Zigaretten auf Friedhofsmauern, wir zwangen durch aufreizend langsames Überqueren der Straße wütende Autofahrer zum Halten. Wir schlitzten Müllsäcke auf und klebten in Telefonzellen den Münzeinwurf mit Kaugummi zu.

Jack und Kléber gingen in Forges über die Place Brévière, nebeneinander, im Gleichschritt, und zogen eine Show mit ihren Schnappmessern ab; sie warfen die aufspringenden Messer hoch und nach vorn gleichzeitig, im selben Rhythmus, und die Griffe landeten bei jedem dritten Schritt in ihrer Hand; zwischendurch vollführten sie dieselben wirbelnden Handbewegungen. Es sah angeberisch aus, aber auch gefährlich, als ließen sie nicht mit sich spaßen, als wäre es besser, sich nicht mit ihnen anzulegen.

Jack machte manchmal waghalsige Sachen. Er bezwang riesige Bäume. Er erklomm die Ruine in Roncherolles, eine freistehende hohe Ziegelsteinwand, Überbleibsel einer Scheune. Er machte Kunststückchen auf dem Mofa. Es war wohl ein bißchen Angeberei dabei, aber das war nicht das Entscheidende. Er tat es in erster Linie für sich selbst, weil er sich selbst gern herausforderte. Anschließend sagte er zu Kléber oder François oder Roger: *Jetzt du.* Es waren diese Dinge, die ihm sein Ansehen in der Clique eintrugen. Aber nicht nur. Es gab noch etwas anderes, auf das ich nicht den Finger legen konnte.

Es war Freitagnachmittag, und Jack, Ricky und ich schichteten im Verschlag hinter dem *gîte* das Kaminholz auf, das Pierre morgens abgeladen hatte. Pierre kam zum *gîte*, wenn irgendeine Arbeit zu erledigen war, eine Reparatur oder das Auswechseln der Gasflasche, aber zwischendurch kam er auch nur so. Dann sagte er, er habe einen ganz kleinen Moment Zeit. *«J'ai une petite minute.»* Er hatte stoppliges graues Haar und immer einen Zigarettenstummel im Mundwinkel, der meistens erloschen war; an der linken Hand fehlten ihm zwei Finger: Mittel- und Ringfinger. *«Un accident de travail»*, sagte er lakonisch, wenn man ihn fragte, wie er sie verloren habe, ein Arbeitsunfall. Er warf seine Baskenmütze geschickt auf den Fenstergriff und verlangte Kaffee und Kuchen und Rotwein wie im Restaurant.

«Je désire un café», sagte er mit charmantestem Lächeln.

«Un ballon de rouge, s'il vous plaît.»

«Vous avez des petits fours?»

Er redete mit Vater über Maulwürfe (für einen gefangenen Maulwurf bekam er fünf Francs) und über Maulwurffallen und Maulwurfhügel und den Zweiten Weltkrieg und die verschiedenen Arten von Ackererde und seine geschiedene Frau und seine drei Töchter, von denen eine, Sandrine, einen Friseursalon in Aumale betrieb; beim Reden klopfte er mit den Fingerkuppen auf den Tisch. Er schenkte Jack eine ausgediente Maulwurffalle und brachte Vater einen Trinkspruch bei:

A la tienne, Etienne
Sans ces garces de femmes
Nous serions tous heureux
Nous serions tous des frères.

Immer wenn Pierre gegangen war, wischte Vater sich mit dem Taschentuch über die schweißbedeckte Stirn.

Auch Madame Grasset kam des öfteren zum *gîte*. Sie kam unangemeldet und zu den unterschiedlichsten Zeiten. Im *gîte* fiel ihr jedesmal ein, daß sie dringend etwas überprüfen mußte – ob alle Fenster dicht schlossen, ob alle Lampen brannten, ob der Gasherd nicht eventuell kurz vor dem Explodieren stand. Wahrscheinlich war es ein Vorwand, um die einzelnen Zimmer betreten zu können.

Während wir die Scheite aufschichteten, unterhielten wir uns wie üblich in einem Gemisch aus Englisch und Französisch, es war fast eine private Sprache geworden. Jack und Ricky hatten mir schon eine Menge englische Wörter beigebracht, und ich ihnen ein paar deutsche; sie sprachen sie so seltsam aus, daß ich jedesmal einen

Lachanfall bekam. Wir arbeiteten schnell, friedlich; ich mochte die Arbeit. Ich mochte den Duft der Scheite und die kleinen hölzernen Geräusche. Ich mochte es, mit Jack zusammenzuarbeiten.

Als Jack zum Wasserhahn an der hinteren Hauswand hinüberging, um zu trinken, fragte Ricky mich halblaut, so daß Jack es nicht hören konnte: «Meinst du, es bleibt noch ein bißchen kalt?»

Ich wußte, warum er fragte. Sobald es warm wurde, würden wir an die Küste fahren, und Jack würde Ricky das Schwimmen beibringen. Er schleppte ihn schon seit längerem ins Hallenbad in Forges, aber Ricky hatte keine Fortschritte gemacht. Gestern war Jack der Geduldsfaden gerissen, er hatte Ricky vom Rand des Beckens gestoßen und dann hinterherspringen müssen, da Ricky nur hilflos um sich drosch. Das war das vorläufige Ende des Schwimmunterrichts. Ricky war dankbar für den Aufschub, gleichzeitig fürchtete er das Herannahen des Sommers mit den geplanten Ausflügen ans Meer.

«Oh, bestimmt bleibt es vorerst kalt», sagte ich. Ich meinte es ehrlich; die Bäume waren noch kahl, seit Tagen wehte ein frischer Nordwestwind, mit Schnee- und Graupelschauern. Als Ricky besonders sorgfältig ein paar Scheite auf den Stapel legte, konnte ich es mir nicht verkneifen hinzuzufügen: «Pierre hat allerdings gesagt, es wird bald warm, weil die Maulwürfe so aktiv sind.»

«Scheißmaulwürfe,» sagte Ricky und begann, an seinen Fingernägeln herumzubeißen, und ich verspürte Gewissensbisse, daß ich ihn beunruhigt hatte. Er hatte es nicht leicht; Jack verlangte ihm täglich Beweise von Mut und Körperkraft und Sportlichkeit ab. Ricky mußte auf die Eiche im Paradies klettern, mit nackten Beinen durch eiskalte Bäche waten, Gewichte heben, Holz hacken, Langlauf trainieren. Aber ich beneidete ihn auch, weil er so wichtig war für Jack, weil Jack sich so um ihn kümmerte, weil Jack sein großer Bruder war, es immer gewesen war und immer bleiben würde.

Ricky arbeitete jetzt schnell, hektisch, dann hielt er plötzlich inne und zischte mir zu: «Weißt du, was Jack und ich heute nacht machen?»

«Was denn?» Ich war mäßig interessiert, ich rechnete mit irgend etwas Läppischem. Jack stand immer noch am Wasserhahn, er hatte sich hinuntergebeugt und trank an dem sprühenden Strahl. Ricky warf ihm einen raschen Blick zu, dann kam er dicht an mich heran und hauchte mir seinen süßen Kaugummiatem ins Gesicht.

«Eine Nachtwanderung!»

«Ooh!» Neid erfüllte mich; ich war außerdem gekränkt, daß Jack es offensichtlich vor mir geheimhalten wollte.

«Wohin denn?»

«Top secret!» sagte Ricky wichtigtuerisch.

«Ach, sag doch! Ich sag's nicht weiter.»

Sein Mund flüsterte dicht an meinem Ohr. «Auf den Mont Hallebout!»

In diesem Augenblick kam Jack in den Schuppen zurück. «Halt's Maul!» sagte er.

«O Jack, kann ich nicht mitgehen?» platzte ich heraus.

«Vergiß es.» Er überprüfte die Scheite, die Ricky und

ich aufgeschichtet hatten, und rückte zwei oder drei zurecht; er wandte mir den Rücken zu. Ich fragte nicht weiter; ich merkte, daß es sinnlos war, er würde sich nicht umstimmen lassen, jedenfalls nicht jetzt. Trotzdem war ich wild entschlossen mitzumachen.

Als ich abends ins Bett ging, zog ich mir nur die Schuhe aus. Ich ließ meine Nachttischlampe brennen und blätterte in einem von Rickys Horrorcomics, während ich beständig durch die dünne Wand in ihr Zimmer hinüberhorchte. Nichts als das Übliche – ihr Reden und Kichern, Gegenstände, die auf den Boden fielen, das leise Geplärre des Transistorradios, das Quietschen der Bettfedern. Ich hörte Vater ins Bad und dann in sein Zimmer gehen, der Lichtspalt unter meiner Tür erlosch. Endlich, kurz vor Mitternacht, tat sich etwas: Die Musik verstummte, Jack fluchte unterdrückt, ein Stuhl scharrte über den Steinboden. Dann hinten im Garten ein dumpfer Aufprall, und noch einer – sie waren durch das Fenster geklettert, das ebenso wie das im Bad ziemlich weit oben in der Wand war, und hinausgesprungen.

Ich verknotete mit fliegenden Fingern die Schnürsenkel meiner Turnschuhe. Meinen Rolladen hochzuziehen machte zuviel Lärm, also schlich ich in Jacks und Rickys Zimmer hinüber. Ich knipste das Licht an und sofort wieder aus. Sie hatten eine Ecke des Tischs freigemacht und ihn vors Fenster gerückt. Im Dunkeln kletterte ich hinauf und kauerte auf dem Fenstersims, ich wartete eine Weile, bis meine Augen sich an das Dunkel gewöhnt hatten und ich vage Umrisse erkannte; rechts der Schuppen, in der Wiese die Apfelbäume, schwarze Schemen.

Ich sprang und fing mich mit den Händen ab, ich war in einem Grasbüschel gelandet, nichts passiert; ich wandte mich nach links und schlüpfte durch den Stacheldrahtzaun.

Die Stiere waren nicht zu sehen, ich hörte sie auch nicht, kein Schnauben, nichts, aber sie mußten irgendwo auf der Wiese sein, wahrscheinlich lagen sie an der Hecke. Mit klopfendem Herzen rannte ich über das Gras; es war naß von einem Schauer, und ich schlitterte und fiel fast hin. Ich kletterte durch das Gatter auf die Straße.

Sie gingen in Richtung Mauquenchy und waren schon fast am Bauernhof; ich sah sie im Schein der Laterne, die draußen vor der Einfahrt brannte, und hörte Ricky reden und lachen. Ich rannte über den Asphalt hinter ihnen her. Als ich sie fast eingeholt hatte, wandten sie sich um.

«Was willst du denn?» fragte Jack, seine Stimme war unfreundlich, abweisend.

«Ich geh' mit.» Ich keuchte, ich war außer Atem vom Laufen.

«Kommt nicht in Frage.»

«Warum denn nicht?»

«Los, jetzt geh schon zurück.»

«Ach Jack –»

«Wir können keine Mädchen gebrauchen», sagte Jack kühl. «Ja, wir können keine Mädchen gebrauchen», äffte Ricky ihn nach.

Sie drehten sich um und marschierten weiter.

Eine heillose Wut überkam mich. Aber während ich

dort stand und ihnen nachblickte, schmolz die Wut dahin und wich einer tiefen Niedergeschlagenheit. Jack würde mich niemals anerkennen, ich zählte nicht für ihn. Und Ricky richtete sich in allem nach Jack. An Ricky lag mir ohnehin nichts.

Ich ging langsam zurück und zwängte mich durch das Gatter; ich beeilte mich nicht mal auf der Stierwiese.

Das Geräusch eines umfallenden Stuhls weckte mich; sie waren zurück. Sie hatten Spaß gehabt, ich hörte es an ihren Stimmen, an dem unterdrückten Lachen. Dann leise Musik, Johnny Cash; ich kannte die Texte inzwischen fast auswendig, sie hörten sich immer wieder dieselben Songs an, *I was wild and I've seen the tiger smile … Queen of Heart …* und Rickys Lieblingssong, *San Quentin*. Ich lag wach auf meiner höckerigen Matratze und beobachtete ein Licht in den Ritzen des Rollladens – der Scheinwerfer eines Autos, das über den langgestreckten Hügelkamm fuhr. Ich roch den Moder der schimmelfleckigen Tapete und den Duft der Brotlaibe auf dem Schrank und den Geruch der Äpfel und Apfelsinen und der Porreestangen, die immer noch nicht in die Garage geschafft waren, und ich wünschte, Jacks und Rickys Mutter käme sie abholen und nähme sie mit nach England zurück und ich wohnte mit Vater allein im *gîte*.

Drei Tage später beging ich meinen ersten Ladendiebstahl. Ich ließ in einem Tabakladen in Buchy ein Feuerzeug mitgehen. Eigentlich wollte ich drei Ansichtskarten kaufen, eine für Mama und Fred, eine für Rose und eine für Alex, aber während ich sie aussuchte, sprangen mir die Feuerzeuge ins Auge. Sie lagen auf einem Regal neben dem Drehständer mit den Karten. Als der Ladeninhaber mir den Rücken zukehrte, griff meine Hand fast wie von selbst nach einem der Feuerzeuge und ließ es in meine Anoraktasche gleiten; es war einfach, so einfach, daß ich mich, als ich die Karten bezahlte, unter meinem Triumph schämte. Draußen, in sicherer Entfernung vom Laden, holte ich es heraus und betrachtete es. Es war ein hübsches Ding, ein Benzinfeuerzeug: silberfarben und quadratisch; *Hotel La Salle – Tearoom open from 6 a.m. to midnight* stand in schwungvoller, grünschillernder Schrift unter der Zeichnung des Hotels, eines Hauses mit Säulenportal, das von einer windzerzausten Palme beschattet war.

Abends reparierte Jack auf der Betonfläche vor der Garage sein Fahrrad. Es stand auf Sattel und Lenkstange, die Kette lag daneben. Ich kam mit dem Wäschekorb aus der Garage, ich hatte im hinteren Garten die Wäsche von der Leine genommen. Ich blieb stehen und schaute Jack zu, aber er beachtete mich nicht.

«Ha, was bin ich froh, daß ich übermorgen auch ein Fahrrad kriege», sagte ich schließlich, bloß um etwas zu sagen. Vater hatte mir versprochen, am Mittwoch mit mir in Forges zu Cycles Vauquet zu gehen.

Jack brummte etwas Unverständliches.

«Vielleicht könntest du ja mitgehen, wenn wir es kaufen», schlug ich vor, was Jack wieder mit einem Laut beantwortete, der alles mögliche bedeuten konnte.

Er kniete auf dem Boden und rieb mit einem Lappen

an der Kette herum, sein dunkles Haar hing ihm wirr ins Gesicht. Er schaute kein einziges Mal auf. Ich stellte den Wäschekorb ab, holte das Feuerzeug aus der Hosentasche und fing an, damit herumzuspielen. Ich stellte die Flamme abwechselnd klein und hoch, zündete es an und machte es wieder aus, roch daran. Der scharfe, intensive Geruch war scheußlich und zugleich unwiderstehlich. Jack drückte mit kräftigen, geschickten Fingern die Kette über die Zahnräder, dann drehte er eines der Pedale, um zu prüfen, ob die Kette richtig saß. Wie immer, wenn er etwas reparierte, war er vollkommen konzentriert, er machte keinen Handgriff zuviel. Die Kette funktionierte, und er drehte die Pedale schneller und schneller, bis das Hinterrad sauste.

«Paß auf, daß du den Speichen nicht zu nah kommst», sagte er; ich wußte nicht, ob er um mich oder um die Speichen besorgt war oder nur den Erwachsenen herauskehren wollte. Er richtete sich ächzend auf und rieb sich mit einem Lappen die öligen Hände ab. Ich spielte wieder mit dem Feuerzeug. «Hast du schon mal so'n schönes Feuerzeug gehabt?»

Jack warf einen flüchtigen Blick darauf. «Nein, glaub' nicht. Ich weiß nicht.» Er drehte das Fahrrad um, setzte sich auf den Gepäckträger und steckte sich eine Zigarette in den Mund.

«Gib mal her.»

Ich legte es in seine fordernd ausgestreckte Hand. Er zündete sich die Zigarette an; die Flamme war hoch und machte ein saugendes Geräusch.

«Ich hab's geklaut.»

«Wo?» Er betrachtete die Gravur, sie schien ihm zu gefallen.

«Buchy. In dem Tabakladen gegenüber den Hallen. Heute morgen.»

Jack blickte mich kurz an; ich sah Erstaunen, Anerkennung in seinen Augen, er hatte mir das nicht zugetraut.

«Du kannst es behalten», sagte ich lässig. «Ich schenke es dir.»

Er warf es ein kleines Stück in die Höhe, dann schlossen sich seine Finger darum. Er blickte mich mit seinen hellen Augen an und lächelte. Es war das erste Mal, daß Jack mich anlächelte.

Ich lächelte zurück. Dann bückte ich mich rasch, hob den Wäschekorb hoch, drehte mich um und flüchtete in den *gîte.*

9

In der Nacht wütete ein Sturm; die ganze Nacht über rüttelte der Wind am Rolladen und warf Regentropfen wie Kieselsteine dagegen. Am Morgen sprenkelten zerbrochene Dachziegel den Rasen vorm *gîte*, die Narzissen am *salon de jardin* lagen wie hingemäht. In der Stierwiese war einer der misteltragenden Apfelbäume umgekippt.

Auf dem Steinboden in meinem Zimmer, zwischen den Kisten und Flaschen, stand eine Wasserlache. Nach dem Frühstück rückten Jack und Vater den Schrank weg und begutachteten die durchweichte Tapete. Als hätte sie Unheil geahnt, kam Madame Grasset herbeigeeilt, ein lilafarbenes Hütchen auf den windzerzausten Locken; sie sagte, Pierre werde vorbeikommen und die Wand isolieren.

Der Sturm hielt den ganzen Tag an, Regen wehte wie nasse Tücher über die Felder; das Paradies versank in Matsch und Trostlosigkeit. Oben an einem der Gebäude des Hofs klapperte ein Wellblech, das lose vom Dach herunterhing. Die Stiere drängten sich an einer der baumhohen Hecken zusammen.

Nach dem Essen räumten Jack und Ricky den Tisch in der *salle de séjour* ab, breiteten ihr Roulettespiel aus und vertieften sich in die Ausarbeitung eines unfehlbaren Systems. Jack schrieb die Zahlenabfolge und den Wechsel von Rot und Schwarz, Pair und Impair in eine zerfledderte Kladde.

«Es gibt kein System», sagte Vater, während er sich eine Zigarre anzündete.

«Wenn's keins gibt, dann machen wir eben eins», sagte Jack, und sie spielten unbeirrt weiter.

Ich saß an einer Ecke des Tischs und schrieb einen Brief an Mama. Zum hundertstenmal betrachtete ich die Ansichtskarten, die sie und Fred mir aus Genf geschickt hatten. Am liebsten mochte ich die mit dem großen Schwan, der auf dem See schwamm. Dahinter die Fontäne des *Jet d'Eau* mit einem Regenbogen darin und dahinter das Panorama der Stadt und dahinter der Salève. Ich dachte daran, wie wir mit der Seilbahn auf den Salève hinaufschweben würden. Ich dachte an das schöne große Zimmer, das ich in der Wohnung im Chemin de Beau-Soleil haben würde.

Später ließen Jack und Ricky mich mitspielen. Wir spielten um richtiges Geld, jeder konnte sich Jetons kaufen, für Centime- anstatt Franc-Beträge. Jack spielte und machte gleichzeitig den Croupier, da wir Vater nicht dazu überreden konnten. Rickys Geburtstag war an einem Siebten, deshalb hatte er die Zahl sieben für sich reserviert, er durfte als einziger darauf setzen. Die Sieben gewann auffallend oft, mein Vorrat an Jetons schwand dahin. Wütend schrie ich, es sei Pfusch, das Roulettespiel sei schief, aber Ricky stritt es hitzig ab, und Jack ergriff Rickys Partei und behauptete, das seien schon die Erfolge des Systems, was mich noch wütender machte.

«Ruhe!» brüllte Vater aus dem Nebenzimmer.

Am Sonntagmorgen regnete es immer noch, und sofort nach dem Frühstück holten sie wieder das Roulette hervor. Diesmal spielte ich nicht mit. Ich half Vater beim Kochen und schlug den Eierschnee für den Vanillepudding steif. Dann schrieb ich den Brief an Mama weiter und schaute Jack und Ricky zu und dann Jack allein, nachdem Ricky sich verzogen hatte; er hatte nicht Jacks Ausdauer.

Eigentlich glaubte ich nicht an Jacks System. Aber er hatte beim Spielen etwas an sich, das mich doch daran glauben ließ, etwas Intensives und zugleich Kühl-Berechnendes, und ehe ich mich versah, war ich mit der Frage herausgeplatzt, die ich auf keinen Fall hatte stellen wollen: «Nimmst du mich mit, wenn du später 'ne Bank sprengst?» Ich dachte an die Frau in Abendkleid und Pelzmantel vorm Casino in Forges und wünschte wie nichts sonst in diesem Moment, Jack würde ja sagen. Als würde seine Zustimmung mich auf der Stelle in jene Frau verwandeln.

Er runzelte abwehrend die Stirn, er schrieb gerade eine Gewinnzahl auf. «Mal sehen», sagte er, ohne aufzuschauen.

Der Regen hörte auf, aber es blieb kalt und windig, mit schmutzigen, blutroten Sonnenuntergängen. Abends garten wir Kartoffeln in der Glut des Kaminfeuers. Wir halbierten sie und aßen das Innere mit einem Teelöffel heraus. Die Schalenhälften waren hart und sahen aus wie verbrannte Baumrinde, wie zwei kleine Boote.

Vater erzählte uns von der Gegend, von den riesigen Wäldern, die es früher hier gegeben hatte, von den Wegelagerern und Wölfen und schiefen Kirchtürmen. Meine Lieblingsgeschichte war die von dem alten ausgezehrten Klepper in Forges, der die Heilquelle entdeckte. Ricky hörte am liebsten Geschichten, in denen Leute überfallen und ausgeraubt wurden. Jack tat meistens gelangweilt, vielleicht langweilte er sich tatsächlich. Manchmal ging er nach draußen und lungerte auf dem Zementabsatz vor dem *gîte* herum, und dann preßte er plötzlich sein Gesicht von außen gegen die Scheibe und schnitt scheußliche Grimassen, was Ricky nicht vertragen konnte, obwohl er wußte, daß es Jack war. Einmal setzte Jack sich auf den dunklen Rasen und heulte den Mond an wie ein Wolf; ich sah das Weiße in seinen

Augen schimmern, ich war unsicher, ob er Spaß machte oder tatsächlich übergeschnappt war.

«Laß, du weckst die toten Merowinger auf», sagte Vater.

Jack sprang lachend auf und aß seelenruhig einen Riegel Schokolade.

Die Schule hatte begonnen, und Jack und Ricky und ich fuhren morgens mit dem Bus nach Forges. Die Haltestelle war oben an der Kreuzung unserer Feldstraße und der *route départementale*, die in östlicher Richtung nach Forges-les-Eaux und in westlicher Richtung über einen Hang des Mont Hallebout nach Buchy und weiter nach Rouen führte. An der Haltestelle trafen wir Fleurette und François und Maurice; wir vertrieben uns die Wartezeit mit Spielchen, zum Beispiel Schere, Stein, Papier. Meistens waren es Jack und Fleurette, die bestimmten, was gespielt wurde, und meistens gewannen sie. Wenn sie nicht gewannen, erklärten sie das Spiel für ungültig. François und Maurice verloren so gut wie immer. Wenn wir in Streit gerieten, ergriff ich Jacks Partei, aber es ärgerte mich, daß ich dann auch Fleurettes Partei ergreifen mußte. Auf wessen Seite ich mich auch schlug, François war stets auf meiner Seite, und manchmal wechselte ich unvermittelt das Lager, um ihm zu entkommen, aber er machte es mir schnell nach. Im Bus schaffte er es meistens, neben mir zu sitzen; seine Kleider rochen muffig, als hätten sie den ganzen Winter über im Keller oder in einer Kleidertruhe gelegen.

Ich ging gern zum Collège, aber Mademoiselle Con,

bei der ich Englisch hatte, war tatsächlich ein Horror. Eigentlich hieß sie Dupraz, aber wenn jemand etwas tat, das ihr nicht paßte, sagte sie: «*C'est con, va!*» Sie hatte einen rotblonden Pagenkopf und trug Miniröcke, für die sie eigentlich zu fett war, und zehenfreie Pumps und jadegrüne Netzstrümpfe und Strümpfe mit Schlangenmuster oder Karos oder Polkadots. Ich hatte Angst vor Mademoiselle Con und ärgerte mich gleichzeitig maßlos darüber. Sie konnte einem plötzlich, heftig das Gesicht zuwenden, als zücke sie eine Waffe. «Was willst du damit sagen?» Oder: «Wie bitte?!» Ihr Lächeln war künstlich wie Schminke. Ich bekam fast in jeder Stunde eine Strafarbeit auf, weil ich mit Marie-Laure schwatzte oder meine Bücher vergaß oder gedankenverloren aus dem Fenster starrte, anstatt Mademoiselle Cons lehrreichen Worten zu lauschen. In einer meiner Lieblingsphantasien gab ich Mademoiselle Con eine schlagfertige, kaltschnäuzige Antwort. Und Jack bewunderte mich dafür.

Wir warteten an der Bushaltestelle; wie üblich morgens vor der Schule schrieb Jack sämtliche Hausaufgaben von Fleurette ab. Er schrieb sogar die Englischaufgaben ab; Vater sagte, Jack habe für die englische Sprache eine völlig neue Rechtschreibung erfunden. Er saß auf dem Gras am Straßenrand, das Heft auf den hochgezogenen Knien, während Fleurette ihm gegenübersaß und mit gelangweilter Miene Kaugummi kaute; sie klemmte ihn zwischen die Schneidezähne und zog ihn mit zwei Fingern zu einem langen faserigen Streifen. Ricky und ich hockten ein bißchen abseits, wir spielten das Streichholzspiel, bei dem derjenige verliert, der das letzte nehmen muß. François und Maurice waren noch nicht da. Jack klappte mit einem zufriedenen Laut sein Heft zu, stopfte es in den Tornister und steckte sich eine Zigarette zwischen die Lippen.

«Gib mir auch eine», sagte Fleurette und streckte die Hand aus.

Jack reichte ihr eine.

«Krieg' ich auch 'ne Zigarette?» rief ich zu ihm hinüber und bereute es sofort.

«Du bist noch zu klein», sagte Jack und ließ das Päckchen in die Brusttasche seines Hemds gleiten. Fleurette führte die Zigarette zum Mund und beugte den Oberkörper vor, damit Jack sie ihr anzündete; das hatte sie sich garantiert irgendwo abgeguckt, wahrscheinlich in einer dieser albernen TV-Serien, nach denen sie süchtig war. Jack gab ihr Feuer mit dem *Hotel La Salle*-Feuerzeug, mit einer irrsinnig hohen Flamme. Die Art, wie Fleurette den Rauch ausblies, wie sie ihr langes schwarzes Haar zurückwarf, sagte mir, daß sie ihren Triumph über mich voll auskostete. Sie würdigte mich keines Blicks.

«He, du bist dran!» sagte Ricky.

Ich beachtete ihn nicht. Ich schrie: «Jack! Jack! Guck mal!»

Jack schaute zu mir herüber, verdrossen, widerwillig; ich war ihm lästig. Ich hatte eines der Streichhölzer angezündet; es war windstill, es brannte mit einer ruhigen Flamme. Ich steckte es in den Mund und schloß ihn rasch. Dann blies ich das winzige Rauchwölkchen aus – nach oben, wie Fleurette ihren Zigarettenrauch. Die Flamme war schon zu groß gewesen, ich hatte mir das Innere der Unterlippe verbrannt, aber das war mir gleichgültig. Fleurette bemühte sich, noch gelangweilter dreinzuschauen, aber Jack war interessiert. «Schmeiß mal rüber», sagte er und deutete mit dem Kinn auf die Schachtel.

Er zündete ein Streichholz an und steckte es ohne zu zögern in den Mund. Dann zwei.

«Ach nee, wie toll», sagte Fleurette und zog den Kaugummi lang. Jack warf die Schachtel Ricky zu. «Jetzt du!»

«Och, ich hab' keine Lust», sagte Ricky.

«Na los, Mann!»

Ricky führte ein brennendes Streichholz zum offenen Mund, zögernd, mit ängstlicher Miene, aber anstatt es hineinzustecken, blies er es aus.

Fleurette und ich lachten laut, ich lachte sogar noch lauter als sie.

«Los, noch mal!» befahl Jack.

Diesmal zögerte Ricky so lange, bis das Zündholz fast heruntergebrannt war; mit einem Schrei ließ er es fallen. Er verzog das Gesicht und blies sich auf die Finger.

«Du alte Flasche», sagte Jack und wandte sich mit einer verächtlichen Armbewegung ab.

Plötzlich schrie Ricky: «Jack! Jack!» und entfachte ein kleines Feuer mit drei oder vier Hölzern. Jack schaute zu ihm herüber, einen kurzen Moment, dann wurde er von Kléber abgelenkt, der auf seinem Mofa angerattert kam und ihm irgendwas zurief, so daß Jack nicht mitbekam, wie Ricky das Feuer schluckte.

Er mußte sich ziemlich verbrannt haben, aber bestimmt war es noch schlimmer für ihn, daß Jack seine Heldentat verpaßt hatte. Jack achtete überhaupt nicht mehr auf Ricky, er redete mit Kléber, sie redeten laut gegen den Motorenlärm des Mofas an. Ich sah, daß Ricky den Tränen nahe war, er biß die Zähne zusammen.

«Ach, laß sie doch quatschen», sagte ich. Ricky hatte sich gekränkt auf den kleinen Abhang am Straßengraben zurückgezogen, und ich setzte mich zu ihm. Ich kramte einen Riegel Schokolade aus meiner Schultasche, brach ihn und gab ihm die Hälfte. Wir saßen schweigend nebeneinander und aßen; er aß vorsichtig, betastete das Innere seiner Lippen. Ich zwang mich, fast mit Erfolg, nicht zu Jack, Fleurette und Kléber hinüberzublicken, die so taten, als besprächen sie Dinge von weltbewegender Wichtigkeit. Allmählich wurden Ricky und ich munterer, wir fingen an, eine Show abzuziehen, lachten wie verrückt und gaben vor, uns königlich zu amüsieren.

«Hör mal, hast du nicht Lust, nach der Schule mit mir Eis essen zu gehen?» fragte ich schließlich.

«Ich hab' kein Geld», sagte Ricky trübsinnig. Wie üblich hatte er am Samstag sofort sein gesamtes Taschengeld in Süßigkeiten umgesetzt.

«Geld ist kein Problem», sagte ich. «Meine Mutter hat mir was geschickt, ich hab' noch siebenunddreißig Francs. Ein großes Schokoeis mit Schlagsahne, was meinst du?»

«Ich weiß nicht.»

Ich zog verwundert die Augenbrauen hoch.

«Wir verpassen dann doch den Schulbus, oder?» sagte Ricky.

«Vater könnte uns abholen. Jack könnte ihm Bescheid sagen.»

«Jack will heute nach der Schule Langlauf mit mir machen.»

«Jack, Jack. Du richtest dich immer nach Jack, anstatt selbst mal was zu machen», stichelte ich. «Du bist schließlich kein Baby mehr, oder?»

«Aber –»

«Immer tust du, was Jack sagt! Ricky tu dies, Ricky tu das. Und jetzt traust du dich nicht mal, Eis essen zu gehen.»

Ricky bearbeitete die Erde mit einem Stöckchen, zog Striche und schlug kleine Steine beiseite.

«Wir haben 'ne Verabredung», sagte er heftig.

Ich verzog voller Verachtung den Mund; was war eine läppische Verabredung gegen einen Schokoeisbecher? Eigentlich war ich gar nicht so wild darauf, mit Ricky Eis essen zu gehen, aber ich wollte ihn auf meine Seite ziehen. Wenn ich Jack schon nicht haben konnte, wollte ich wenigstens Ricky haben. Ich wollte sie auseinanderbringen.

«Also, gehst du mit?»

«Ein Schokoeis mit Sahne?»

«Wie du willst. Du kannst auch was anderes haben. Pêche Melba. Dame Blanche. Oder ein Spaghettieis mit Kirschen oder Erdbeeren.» Ich leerte den Inhalt meines

Portemonnaies auf den Handteller, zählte das Geld, langsam, mit ostentativer Befriedigung.

Ricky drückte so stark auf den Stock, daß er brach. «Dame Blanche», sagte er.

Es kam nicht dazu. Mittags mußte Ricky sich übergeben, er hatte sich wohl in der Schulkantine überfressen. Er lag bleich und leise stöhnend auf der Liege im Sanitätsraum, wo Jack und ich ihn nach dem Unterricht abholten. Auf der Landstraße mußte der Bus für ihn halten, und Ricky sprang hinaus, mit zusammengepreßten Lippen und starrem Blick, und übergab sich an einer Hecke.

Zu Hause betteten wir ihn auf das braune Plüschcanapé, das Vater aus seinem Zimmer in die *salle de séjour* verbannt hatte. Vater hatte es eilig, er hatte eine Verabredung mit einem Kollegen in Forges. Jack aß im Stehen ein riesiges Schinkenbrot, sagte «Ciao» und knallte die Haustür hinter sich zu. Ich blieb mit Ricky allein.

Ich setzte mich an den Tisch, um die Hausaufgaben und die übliche Strafarbeit für Mademoiselle Con zu erledigen, aber Ricky äußerte alle zwei Minuten einen neuen Wunsch. Ich brachte ihm ein Glas Limonade, kühlte seine Stirn mit einem nassen Waschlappen, schüttelte ihm das Kopfkissen auf, besorgte ihm ein zweites. Wie lästig es mir war, ihn zu bedienen – anfangs, dann stellte ich fest, daß es mir Spaß machte. Ich war erfüllt von mütterlicher Fürsorge, gleichzeitig verspürte ich ein Gefühl von Macht, ein bisher unbekanntes Gefühl, ich kostete es aus. Ricky war wehleidig, ich war liebevoll-tyrannisch. Ich las ihm aus seinen Comics vor und erfüllte ihm jeden Essenswunsch – ein Stück Käse, eine Scheibe Brioche, ein Joghurt mit Kirschen –, unter der Bedingung, daß er den Pfefferminztee trank, den ich ihm aufgebrüht hatte. Er flehte um Gnade, aber ich war unerbittlich. Er trank das ungesüßte, scharf riechende Gebräu unter Grimassen und Lauten des Ekels. Er hatte Schmerzen hier und Schmerzen da. Er klagte über Kälte, und ich eilte mit einer Wolldecke herbei, dann mit einer Wärmflasche, die er sich auf den Bauch legte. Als ihn immer noch fror, holte ich Holz aus dem Schuppen und machte Feuer im Kamin; ich hatte so oft zugeschaut, wenn Vater oder Jack es taten, daß ich wußte, wie es ging. Ich schob riesige Scheite in die lodernden Flammen. Rickys Stirn glänzte von winzigen Schweißperlen, sein feines blondes Haar klebte in feuchten Babylöckchen an den Schläfen.

Er wollte ein bißchen fernsehen, und ich holte den tragbaren Apparat aus der Ecke neben dem Kamin und stellte ihn auf einen Stuhl, so daß Ricky vom Canapé aus bequem auf den Bildschirm schauen konnte. Ich zog die Vorhänge des hinteren Fensters zu und ließ vorne den Rolladen herunter. Ich ging die Programme durch, aber Ricky fand sie alle blöd, und schließlich schaltete ich den Apparat wieder aus.

Im Zimmer war ein vages Zwielicht, der Kamin verströmte eine Gluthitze, es war still bis auf Rickys geräuschvolles Atmen und das Sausen der Flammen und das Knacken und Knistern und Pfeifen der Holzscheite.

Ich rückte mir einen Stuhl neben das Canapé. «Jack ist viel zu hart zu dir», sagte ich.

«Wieso?»

«Was du alles machen mußt. Durch die Andelle waten! Du hättest dir die Füße abfrieren können.»

«Bah, das war ja gar nichts. Im Winter mußte ich barfuß durch den Schnee laufen. Und nachts läßt er das Fenster sperrangelweit offen. Selbst bei minus zwanzig Grad.»

«Bei minus zwanzig Grad?» Meine Stimme bebte vor Empörung.

«Und weißt du, was ich noch tun mußte?»

«Was denn?»

Ricky schwieg einen Augenblick, mit nach innen gerichtetem Blick, dann sagte er tonlos: «Ich glaub', ich muß wieder kotzen.» Hastig schlug er die Decke zurück, sein Gesicht hatte denselben verzweifelt-konzentrierten Ausdruck wie vorhin im Bus, als er hinausstürzte. Er rannte zum Klo, ich hörte ihn zwischen den einzelnen Brechattacken stöhnen und wimmern.

«Was mußtest du denn noch machen?» fragte ich, als er ermattet auf das Canapé zurücksank.

«Mit einem Expander trainieren.» Sein Tonfall war jetzt weinerlich, wehleidig.

«Mit einem Expander trainieren?» fragte ich voller Entsetzen.

«Ja, mit einem Expander.» Er sprach das Wort aus, als handle es sich um ein unbeschreibliches mittelalterliches Folterinstrument. «Jack ist wirklich brutal zu mir. Sehr, sehr brutal.»

«*Entsetzlich* brutal.»

«Was soll ich nur machen, wenn wir an die Küste fahren und ich muß schwimmen?» Rickys Lippen zitterten.

«Denk jetzt nicht dran.» Ich strich ihm mit der Hand über die heiße, feuchte Stirn, in einer Aufwallung von Zuneigung und Mitgefühl. «Mein armes Baby. *Mon pauvre sweet little bébé.*»

10

Es war Samstagnachmittag, ich war im *gîte* und wußte nichts Rechtes mit mir anzufangen. Jack war gleich nach dem Mittagessen mit dem Rad weggefahren, Vater saß wie üblich am Schreibtisch, und Ricky lag auf dem Bett und schmökerte in ein paar neuen Comics; er hatte zu nichts Lust, was immer ich ihm vorschlug. Ich ging schließlich nach draußen.

Das Wetter war durchwachsen, Sonne und Wolken; der Wind schmeckte nach Salz, er kam von der See. Es war Frühling geworden, in den Wiesen blühten die Apfelbäume, weißrosa und duftig, die Hecken und Sträucher waren grün. Ich rupfte im Rasen vorm *gîte* ein paar Blätter für Mademoiselle und Bruno, Löwenzahn, den mochten sie am liebsten. Sie gehörten zu der Kälberherde, die seit einer Woche auf der Wiese neben der Garageneinfahrt weidete, gegenüber der Stierwiese. Mademoiselle war das größte Kalb, fast schon eine junge Kuh; sie war schwarzweiß, mit schwarzen Rändern um die Augen, so daß es aussah, als trüge sie eine Brille. Bruno war ein kleiner brauner Stier. Die beiden waren die einzigen, die sich füttern ließen, und Vater und ich hatten sie getauft. Ich stand mit meinem Futter am Zaun, aber heute ließen sie sich nicht blicken; die Herde mußte auf dem oberen Teil der Wiese sein.

Auch im Paradies, auf der Weide jenseits der Straße, waren jetzt Rinder, fünf riesige Kühe, wahre Fleischberge, beigebraun wie ganz heller Milchkaffee. Sie blieben stets zusammen und wanderten langsam und ziellos umher oder lagen wiederkäuend im Gras oder standen im Schatten eines der Apfelbäume; bevor es regnete, galoppierten sie. Jack hatte sie die *five sisters* getauft. Eine der *five sisters* hielt sich immer ein bißchen abseits, sie gehörte nicht recht dazu, während die anderen Freundinnen waren, zwei und zwei.

Ich öffnete das quietschende Tor und schlenderte die Straße hinauf Richtung Hof, vielleicht konnte ich Madame Grasset besuchen; samstags nachmittags buk sie, und ich saß gern in ihrer Küche und schaute ihr zu und klönte ein bißchen mit ihr. Wenn sie Plätzchenteig ausrollte, durfte ich ihn ausstechen, mit den gewellten und gezackten und sternförmigen Metallförmchen. Vielleicht konnte ich gleichzeitig die Brioche abholen, die sie jeden Samstag für uns buk.

An der Einfahrt kam mir Toto entgegen, eine scheue Begegnung; er ließ sich inzwischen von mir streicheln, aber wir trauten einander noch nicht so recht. Er wedelte zögernd mit dem herabhängenden Schweif und beschnupperte meine Schuhe, dann trottete er in den Hof zurück.

Ich mochte Toto gern, aber Ricky hatte immer noch

schreckliche Angst vor ihm. Vielleicht hatte Toto es deswegen auf ihn abgesehen; er knurrte, sobald Ricky in seine Nähe kam, und vorige Woche hatte er sogar nach seiner Hand geschnappt, aber nicht zugebissen, wahrscheinlich weil Madame Grasset dabei war. Ricky war vor Schreck wie erstarrt gewesen, sein Handgelenk zwischen Totos entblößten Zähnen. Seitdem hatte er sich nicht mehr auf den Hof getraut, und wenn er vorbeigehen mußte, wechselte er auf die andere Straßenseite.

In der wärmenden Sonne verging mir die Lust, in Madame Grassets Küche zu hocken; die Brioche war ohnehin noch nicht fertig. Statt dessen schlenderte ich weiter die Straße entlang. Ich überquerte die ziemlich befahrene Landstraße und ging in den Ort hinein; an der Reihe hoher alter Buchen vorbei, an dem großen Hof mit der roten Scheune, dann war ich an der Kirche; sie war immer verschlossen, gegen die Plünderer, wie alle Kirchen hier, außer wenn eine Messe stattfand. Eine Frau mit Putzeimer und Schrubber kam aus der Schule, die auf der rechten Seite hinter der Kirche stand; die Fenster waren mit buntem Papier beklebt, Bäume und Häuser und Sterne. Links die Toreinfahrt zum *château*. Als ich hierherkam, hatte ich gedacht, das *château* sei ein Schloß, aber es war nur ein großes altes Haus in einem verwilderten Garten, der Park genannt wurde.

Aus der Einfahrt kläfften mich die beiden Promenadenmischungen an, schwarze, krummbeinige Köterchen; wir ärgerten sie manchmal. Sie wagten sich nicht weiter als bis zum offenstehenden Tor und nahmen sofort Reißaus, als ich einen großen Schritt auf sie zumachte. Sie waren hinterhältig, sie schlichen sich gern lautlos von hinten an und schnappten nach den Waden.

Ich folgte dem abschüssigen Hohlweg, der zwischen der Toreinfahrt und der Schule hinunterführte. Er war auf beiden Seiten stark mit Gebüsch bewachsen, hellgrüne Blätter; ich ging wie durch einen Tunnel, durch grünes Licht. Zwei Fahrspuren und dazwischen hohes Gras; der Boden war matschig, es hatte heute morgen heftig geregnet. Meine Schuhe hinterließen deutliche Abdrücke, ein geriffeltes Profil, es füllte sich sofort mit Wasser. Andere Abdrücke, Schuhsohlen, Hundepfoten, die Schlangenlinien zweier Fahrräder.

Der Weg führte zur Quelle Sainte-Anne hinunter. Es gab jede Menge Quellen hier; Madame Grasset sagte, die Gegend habe nasse Füße. Es gab noch eine andere Quelle mit Namen, die Quelle Saint-Samson, von deren Wasser man groß und stark wurde. Jack und Kléber und Ricky und die andern Jungen tranken manchmal daraus, während wir Mädchen sie verhöhnten. Sogar unter dem *gîte* war eine Quelle; Vater meinte, sie sei die Ursache dafür, daß ich so lebhaft träumte.

In einem Buch über die Gegend, das Vater mir gegeben hatte, war die Quelle Sainte-Anne als besonders romantischer Ort beschrieben, mit einem Bildstock und einem verwunschenen Teich, über den Libellen flogen; das Wasser der Quelle heilte angeblich Augenleiden. Ich war ein paarmal mit den anderen unten gewesen; der Bildstock war verfallen, die Statue der heiligen Anne verschwunden, Gerümpel lag herum, zerlöcherte Eimer, ausgediente Türen, Bretter, verrostetes Werkzeug. Um den

Teich zu sehen, mußte man einen Hang hochkraxeln, oben war ein Maschendrahtzaun mit einem Schild: *Entrée interdite*. Vielleicht waren ein paar von der Clique unten, vielleicht Jack; ich glaubte Stimmen gehört zu haben, ein Lachen, aber ich war mir nicht sicher. Zweige streiften meine nackten Beine, ich wehrte Insekten ab; ein kleiner Vogel schwirrte aus dem Gebüsch auf.

Ich hatte mich nicht getäuscht; als ich fast unten war, hörte ich die Stimmen wieder, Jacks Stimme, dann Fleurettes. Ich blieb stehen und lauschte. Sie unterhielten sich halblaut, lachten; sie waren wohl allein. Ich wußte, ich sollte umkehren, Jack wäre sauer, wenn ich jetzt auftauchte, und Fleurette würde mich mit ihrem feindselig-verächtlichen Blick taxieren; ich hatte nicht die geringste Lust, zu ihnen zu gehen. Ich spähte durch das Gestrüpp, dichtes Blattwerk, ich schob einen Zweig zur Seite, mein Herz klopfte. Ich sah den Bildstock, die Reste davon, abgeblätterte blaue Farbe auf den Backsteinen; die beiden Räder lagen bei dem Gerümpel auf dem Boden. Ich schlich ein paar Schritte weiter, gleich würde ich unten sein. Ich konnte sie jetzt sehen, sie saßen auf Holzkisten und rauchten, wahrscheinlich hatte er ihr die Zigarette mit dem *Hotel La Salle*-Feuerzeug angezündet. Jack sagte etwas, und sie warfen sich einen Blick zu und lachten.

Ich kehrte um, rannte fast, ich schlitterte über den glitschigen Weg, Matsch blieb an meinen Schuhsohlen kleben. Schließlich ging ich langsamer, im Vorbeigehen riß ich Blätter ab, grüner Saft an meinen Händen. Ich war schon fast oben, da hörte ich sie hinter mir, ein

Knacken und Rascheln im Gesträuch, als sie herausbrachen, sie gaben keinen Laut von sich. Ich blickte mich um, sie waren bis auf ein, zwei Meter herangekommen, zwei schwarze Teufelchen, ihre Lefzen waren zurückgezogen, die spitzen weißen Zähne entblößt, die gelben Augen funkelten bösartig. Am Wegrand lag ein Stock; ich bückte mich rasch und schlug nach ihnen, wirbelte den Stock dicht über den Boden, ebenso lautlos wie sie, eine wahnsinnige Wut hatte mich gepackt, ich wollte sie totschlagen. Sie wichen zurück, verschwanden mit eingekniffenen Schwänzen im Gebüsch.

Ich kam erst am späten Nachmittag nach Hause. Nachdem ich die beiden Schloßköter in die Flucht geschlagen hatte, hatte ich mein Fahrrad aus der Garage geholt und war nach Rouvray geradelt, um Christine zu besuchen, ein Mädchen aus meiner Klasse. Wir spielten Federball und sprachen dann über die Schule, über die Lehrer und über die Jungen in unserer Klasse; Christine schwärmte für einige, während ich sie allesamt fade oder unausstehlich fand. Sie fragte mich schließlich, was mein Vater eigentlich mache, und ich erzählte ihr von den Merowingern, von ihren mit Schmuck und Waffen ausgestatteten Gräbern, über denen wir schliefen, und von Fredegunde; wie immer malte ich ihre Grausamkeit noch ein bißchen aus. Es machte mir Spaß, daß Christine nicht wußte, was sie mir glauben sollte und was nicht.

Als ich am *gîte* ankam, spielte Ricky auf der Straße mit dem Fußball; er versuchte, ihn in ein Tor zu schießen, das er mit zwei Häufchen von Kieselsteinen markiert hatte. Er trainierte nicht freiwillig, sondern weil Jack es von ihm verlangte; bis morgen sollte er imstande sein, mindestens drei von fünf Bällen ins Tor zu bringen.

Ich stellte mein Rad in die Garage und sah, daß Jacks Rad noch nicht an seinem Platz war. Als ich den Kühlschrank nach etwas Eßbarem durchstöberte, rief Vater aus seinem Zimmer nach mir. Ohne von seinem Buch aufzublicken, in dem er gerade etwas unterstrich, fragte er: «Hast du an die Brioche gedacht?»

Ich hatte sie völlig vergessen. «Ist ja noch Zeit», sagte ich. «Ich geh' gleich noch mal zum Hof rauf und hol sie.»

Auf der Straße blieb ich bei Ricky stehen, der gerade aus dem Graben kraxelte. Er preßte den Ball gegen seinen Körper und ruderte mit dem freien Arm, um das Gleichgewicht zu halten; er schnaufte, und sein Gesicht hatte einen frustrierten Ausdruck. Ich sah zu, wie er sich den Ball auf dem Asphalt zurechtlegte, er rollte ihn mit den Spitzen seiner dicken gespreizten Finger ein paar Zentimeter nach rechts, dann wieder nach links, als käme es darauf an; vielleicht sollte es auch profihaft aussehen.

«Ich wette, du hast Angst, zum Hof raufzugehen», sagte ich.

Ricky warf einen schnellen, beunruhigten Blick die Straße hinauf. An der Einfahrt zum Hof trottete Toto herum.

«Warum soll ich zum Hof raufgehen?» Seine Stimme war aggressiv, wahrscheinlich wollte er seine Angst überspielen.

«Die Brioche holen. Aber ich wette, du hast zuviel Angst.»

«Überhaupt nicht.»

«Dann geh rauf und hol sie.»

Ricky trat mit aller Kraft gegen den Ball und verfehlte das Tor um mindestens zwei Meter. Als er mit dem Ball zurückkam und ihn erneut zurechtlegte, trat ich nahe an ihn heran und sagte leise, kühl: «Du, vielleicht ist das eine Mutprobe.»

«Ach, laß mich doch in Ruh!» Er schoß, weit daneben; diesmal flog der Ball in die Stierwiesenhecke und blieb darin stecken.

«Also?» fragte ich. «Gehst du?»

«Ach, geh doch selbst!» schrie Ricky, sein Gesicht war rot angelaufen.

«Tu ich auch.» Dann sagte ich, und in diesem Moment war ich die grausame Fredegunde: «Du bist ein Feigling. Morgen früh im Morgengrauen wirst du geköpft.»

Ich marschierte los, die Straße hinauf. Hinter mir trat Ricky gegen die Kieselhäufchen, ich hörte die Kiesel über den Asphalt springen, ein paar von ihnen flogen an meinen Beinen vorbei. Ich hob einen auf, warf ihn in die Höhe und fing ihn, wie einen Ball, immer wieder, bis ich am Hof ankam.

Ich saß in dem alten Schuppen am Elsternwald auf ein paar Jutesäcken und betrachtete trübe die Einrichtung, verrostete Geräte und eine Rolle Stacheldraht. Der Schuppen hatte keine Fenster, nur ein paar Schlitze unterhalb des Dachs, durch die der Wind pfiff. Sonnenstrahlen fielen schräg herein, dünne Lichtbalken, aber hier unten, wo ich saß, war es dämmrig. Spinnweben hingen wie Schleier von der Decke herab, sie waberten in den Luftzügen; ich ekelte mich. Es roch nach Mäusen, jedenfalls glaubte ich, daß es Mäusegeruch war, ich hatte keine Erfahrung damit.

Sie hatten mich eingesperrt, Jack und Ricky, Fleurette, Léa und Roger. Wir hatten hinter dem Schuppen herumgelungert, die Stimmung zwischen Langeweile und Gereiztheit, und plötzlich war Fleurette auf die Idee gekommen, einen von uns in den Schuppen zu sperren, nur so, zum Spaß. «Ibbedibbedapp und du bist ab!» schrie sie, und bei «ab» zeigte ihr Finger auf mich; das hatte sie absichtlich so gedreht. Ehe ich protestieren konnte, hatten sie mich schon gepackt und zerrten mich zur Tür. Ich trat nach ihren Schienbeinen, versuchte, meine Arme freizubekommen, aber ich kam nicht gegen sie an, sie lachten bloß. Ricky hielt die Tür weit für mich auf, und sie stießen mich hinein und schoben den Riegel vor. Ich hämmerte mit den Fäusten gegen die Tür, schrie, sie sollten mich rauslassen, dann gab ich es auf. Ich hörte, wie ihre Stimmen sich entfernten, ihr aufreizendes Gelächter.

Ich hatte keine Uhr, aber ich war bestimmt schon eine halbe Stunde hier eingesperrt. Ich lauschte, nichts als der Wind und die Vogelstimmen; vielleicht waren sie mit den Rädern weggefahren und hatten mich vergessen. Dann ein Schrei, gellend, panisch, langgezogen, ein Tier, das einer der Sperber erwischt hatte, wahrscheinlich ein kleines Karnickel. Es gab zwei oder drei Sperber hier, sie standen flügelschlagend in der Luft, meistens fingen sie Mäuse, manchmal holten sie sich junge Vögel aus Nestern. Jack hielt es mit den Sperbern, Ricky schloß sich ihm an, während ich es mit den Opfern hielt. Vater sagte, Raubvögel seien nützlich, weil es kaum Katzen hier gab.

Ich stand auf, drückte gegen die Tür, rohe Planken, auf zwei Querbretter genagelt. Ich spähte durch eine winzige Ritze und sah einen Ausschnitt des Paradieses, ein kühler Luftzug traf mein Auge. In einer erneuten Aufwallung von Wut versuchte ich, die Tür einzutreten, aber sie war stabil, und ich trug meine Turnschuhe. Ich setzte mich wieder auf die Jutesäcke und schlang die Arme um die angezogenen Knie. Eine Spinne lief über den Boden, eine von denen, die draußen die Schuppenwände bevölkerten; die Jungen (außer François) fingen sie manchmal, rissen ihnen die Beine aus und verfolgten uns Mädchen mit den Körpern, um sie uns in den Kragen zu stecken, während wir kreischend wegrannten.

Es war kühl im Schuppen, zugig, ich trug nur Shorts und eine Bluse und hatte eine Gänsehaut auf den Armen; ich spürte die Kälte des Steinbodens durch das Sackleinen hindurch. Ich haßte sie alle. Am meisten haßte ich Jack und Fleurette. Jack am meisten.

Schritte draußen, im nächsten Moment wurde der Riegel zurückgeschoben, die Tür ging auf. Ich blinzelte gegen das helle Licht. Es war Léa, sie war allein. Der Wind blies ihr gelbes Haar zur Seite, entblößte den dunklen Ansatz.

«Wir sind am Baum», sagte sie; damit war der Selbstmörderbaum im *Bois Dangereux* gemeint. «Kommst du mit?» Sie sprach in so selbstverständlichem Tonfall, als hätte ich freiwillig im Schuppen gesessen. Aber dann sagte sie, halb mitfühlend, halb herablassend: «Ach, mach dir nichts draus. Ist mir auch schon passiert.»

Ich war aufgestanden. «Scheiße», sagte ich, «ich hab' keine Lust mehr.»

«Mein Gott, nun fang bloß nicht an zu flennen.»

«Tu ich nie.»

Ich ging schnell an ihr vorbei, ohne sie anzusehen, ich wollte nach Hause. Ich rannte quer durchs Paradies, ein Stück über den Acker und dann über den Feldweg an der Apfelwiese entlang; die *five sisters* lagen im Gras und käuten wieder. Es war spät, die Schatten wurden lang.

Die Haustür war verschlossen, Vater war noch nicht da. Ich holte den Schlüssel aus der Mauernische, ging in mein Zimmer und legte mich aufs Bett; die Hände im Nacken verschränkt, starrte ich gegen die Zimmerdecke. Schließlich nahm ich das Comicheft vom Nachttisch, das Ricky mir ausgeliehen hatte, und blätterte lustlos darin herum.

Ich hörte Vater nach Hause kommen. Er hantierte in der Küche und in der *salle de séjour*; Geschirr klapperte, er deckte den Tisch fürs Abendbrot. Nach einiger Zeit öffnete er die Tür meines Zimmers und nahm eine Cidreflasche vom Boden. Er bemerkte mich nicht sofort, erst, als er sich wieder aufrichtete.

«Ach Jess, du bist schon da. Wo sind Jack und Ricky?»

«Weiß nicht», brummte ich.

«In zehn Minuten essen wir zu Abend.»

«Hab' keinen Hunger.»

Er sah mich an, forschend, runzelte die Stirn.

«Ist irgendwas?»

«Nein, was soll denn sein?» Meine Stimme war gereizt, abweisend, wenn er noch was fragte, würde ich ihn anfauchen oder in Tränen ausbrechen oder aufspringen und aus dem Haus laufen. Ich hielt das aufgeschlagene Comicheft vor mich wie einen Schutzschild.

«Vielleicht bekommst du ja doch noch ein bißchen Appetit», sagte Vater und ging endlich hinaus.

Kurz darauf drang der Duft von Speck und Eiern in mein Zimmer, ich hörte das Brutzeln. Ich merkte, daß ich hungrig war, blieb aber liegen; ich wollte nichts essen, ich wollte niemanden sehen.

Schließlich stand ich doch auf.

Vater war schon mit dem Essen fertig, er stand in der offenen Haustür, rauchte und blickte aufs Paradies, das in der Abendsonne dalag; Jack und Ricky waren nicht zu sehen. Ich setzte mich und machte mir ein Sandwich mit dem gebratenen Ei. Vater warf das Zigarillo auf den Rasen, der schon von seinen Stummeln gesprenkelt war; er trat hinter meinen Stuhl, strich mir übers Haar und gab mir einen Kuß auf den Scheitel. Ich hatte plötzlich einen Kloß im Hals.

«Was hältst du davon, wenn wir Sonntag an die Küste fahren?» fragte er.

«Wenn du meinst.» Ich war ganz wild darauf, an die Küste zu fahren, schon seit Wochen hatte ich Vater damit in den Ohren gelegen, aber jetzt kam meine Begeisterung nur langsam durch.

«Ich brauch' 'nen Badeanzug», sagte ich.

«Badeanzug? Du willst doch nicht etwa schwimmen? Das Wasser ist noch eisig.»

«Na und? Madame Grasset hat mir erzählt, sie ist mal bei elf Grad geschwommen.»

«Madame Grasset hat eine Lederhaut.»

«Krieg' ich denn jetzt den Badeanzug?»

«Aber sicher.»

Während ich aß, machte Vater Witze, ich mußte lachen, dann lachten wir über alles mögliche.

Ich lachte absichtlich laut, als Jack und Ricky zur Tür hereinkamen. Ich sah aus dem Augenwinkel, daß Jack mir einen Blick zuwarf; ich tat so, als sei nichts gewesen. Als existierte er nicht für mich. Das gab mir ein Triumphgefühl, es war meine Rache.

Wahrscheinlich hatte er erwartet, mich in Tränen aufgelöst vorzufinden.

Nach dem Essen, als Vater in sein Zimmer gegangen war, erledigte ich mit Jack den Abwasch – wir hatten für die Hausarbeit ein Rotationssystem –, während Ricky noch seinen Schokoladenpudding aß, seine dritte oder vierte Portion. Er streckte sie, indem er jedesmal nur ganz wenig vom Löffel ablutschte, so daß er jede Löffelportion mehrere Male in den Mund stecken konnte.

«Wißt ihr übrigens schon das Neueste?» fragte ich beiläufig.

«Nein, was denn?» fragte Ricky, alarmiert von irgend etwas in meinem Tonfall.

«Am Sonntag machen wir 'nen Ausflug. Es ist ja jetzt so schön warm geworden.»

Ricky hielt mit dem Essen inne. «Wohin?»

Ich sah ihn triumphierend an, dann fuhr ich fort, das Fleischmesser abzutrocknen, sorgfältig und gründlich; ich spiegelte mich in der Schneide, sah mich allerdings nur ganz verschwommen.

«Wohin denn, verdammt noch mal?»

«An die Küste.»

«Scheißküste», sagte Ricky und löffelte hastig seinen Pudding zu Ende. «Ich fahr' nicht mit.»

«Du fährst mit und lernst endlich schwimmen», sagte Jack. Ich fügte kühl, endgültig hinzu: «Vater hat gesagt, wir fahren alle.»

Ricky begann an den Nägeln zu kauen, dann ging er in sein Zimmer. Jack und ich machten den Abwasch zu Ende, ohne ein einziges Wort miteinander zu wechseln. Ich würdigte ihn keines Blicks. Ich beachtete es nicht mal, als er eine Untertasse auf den Steinboden fallenließ und die Scherben in alle Richtungen spritzten. Ich half ihm nicht beim Aufheben, ich schob ihm lediglich eine der Scherben mit der Fußspitze zu. Ich dachte mit Genugtuung an den Ausflug an die Küste und an Rickys Angst davor. Ich dachte mit ebenso großer Genugtuung an Jacks Ärger, wenn Ricky sich weigern würde, in das eiskalte Wasser zu gehen.

Doch als ich am Sonntagmorgen wach wurde, hörte ich Regen gegen den Rolladen prasseln, und es klarte auch während des Frühstücks nicht auf. Wir mußten den Ausflug verschieben.

«Aufgeschoben ist nicht aufgehoben», sagte ich in Rickys grinsendes Gesicht.

Nach meiner Gefangenschaft im Schuppen zog ich nicht mehr mit Jack und Ricky und der Clique los. Jack fragte mich ein- oder zweimal, ob ich nicht mitginge. Ich glaubte eine Spur von Reue aus seinem Tonfall herauszuhören, Bedauern, aber vielleicht täuschte ich mich. Er fragte eher beiläufig, während er sich mit etwas anderem beschäftigte, seine Schuhe zuschnürte oder mit seinem Springmesser an einem Stück Holz herumsäbelte. «Ich hab was Bessres vor», sagte ich kühl. Jack war mir gleichgültig. Ich wollte es dahin bringen, daß Jack mir gleichgültig war.

Ich hatte mich mit zwei Mädchen aus meiner Klasse angefreundet, Marie-Laure, neben der ich saß, und Sophie. Marie-Laure wohnte in dem Viertel hinterm Casino, in einem Backsteinhaus mit spitzem Giebel und Erker und Kletterrosen an der Hauswand; hübsche weiße Gardinen schmückten die Fenster. Hinter dem Haus war ein Garten, mit noch mehr Rosen und einem Brunnen, aus dem man mit Hilfe eines Schwengels Wasser heraufpumpen konnte; es war selbst an heißen Tagen kalt und frisch, wie eine Quelle. Marie-Laure wollte demnächst eine Gartenparty geben, und Sophie und ich waren eingeladen, wir würden sogar dabei helfen, den Garten zu dekorieren.

Sophie, die einen Pferdeschwanz und ein freches Gesicht und eine freche Klappe hatte, wurde fast ebenso oft von Mademoiselle Con erwischt wie ich, während Marie-

Laure, die ihre blauen Augen ganz groß und rund machen konnte und mit ihrem herzförmigen Gesicht und dem blonden Pagenkopf ein Bild der Unschuld war, fast immer verschont blieb. Sophie wohnte in der Rue du Bout de l'Enfer; ich stellte mir wegen des Straßennamens etwas Entsetzliches vor: am Ende der Hölle. Zu meiner Enttäuschung lag eine ganz normale Straße vor mir, eine der schattigen, kurzen Straßen, die vom Fischmarkt abführten, mit niedrigen alten Reihenhäusern zu beiden Seiten. Das Haus, in dem Sophie wohnte, war weiß gekalkt und hatte braune Läden und einen winzigen, wilden Vorgarten hinter einem schmiedeeisernen Gitter. Ein Stück weiter machte die Straße einen scharfen Knick nach rechts und endete an der riesigen Halle des Viehmarkts. Ich dachte, der Name der Straße rühre daher, daß dieser Markt die letzte Station vor dem Schlachthof war und deshalb eine Art Hölle, zumindest für die Rinder, aber Sophies Mutter lachte mich aus; sie sagte, der Name stamme aus jener Zeit, als in Forges noch Erz verhüttet und Eisen verarbeitet wurde und die Schmelzöfen in der Dunkelheit glühten wie Höllenschlunde.

Nach der Schule gingen wir alle drei entweder zu Marie-Laure oder zu Sophie. Wir machten so schnell wir konnten unsere Hausaufgaben, dann bummelten wir durch die Stadt und aßen ein Eis in der Bar du Centre oder im Café de Dieppe. Im Café de Dieppe hingen die Wände und Fenster voller Plakate: Jahrmarkt in Compainville, Wiesenfest in Mesnil-Mauger, Namensfest der Sainte-Anne in Pommereux. Eins der Plakate kündete das große Lastwagenfest an – ein Festzug der geschmückten Lastwagen, der *poids lourds*, dann eine Ausstellung und schließlich der absolute Höhepunkt, das *Rodéo exceptionnel.* Auf das Rodeo waren Jack und Ricky ganz wild.

Manchmal spazierten wir Arm in Arm zum Weiher hinunter, gegenüber dem Casino, und fütterten die Enten und die Wasserhühnchen und den unglücklichen Schwan, der nur noch einen Flügel besaß.

Sophie und ich übernachteten einmal bei Marie-Laure. Sie hatte ein Zimmer unter der Dachschräge, mit einer Luke, durch die ich die Sterne blinken sah. Wir redeten bis tief in die Nacht, klönten. Ich hielt sie mit schockierenden Geschichten in Atem. Ich erzählte, wie ich stundenlang gefesselt auf dem kalten Boden im Schuppen gelegen und mir an den Fesseln die Handgelenke blutig gerieben hatte. Ich erfand überdimensionale Spinnen und eine scheußliche Ratte.

Ich erzählte einiges von dem, was wir mit der Clique gemacht hatten – Sachen, die wir Vater nicht erzählten. Ich schilderte entsetzliche Mutproben, die Jack seinem jüngeren Bruder auferlegte.

«Puh», sagte Sophie. «Mit Jack würde ich mich ja nie einlassen. Und mit Fleurette und Kléber sowieso nicht.»

«Na, ich auch nicht», pflichtete Marie-Laure ihr bei.

«Dieser Jack ärgert uns auf dem Schulhof. Vorige Woche hab' ich gesehen, daß er Yvonne den Tischtennisschläger weggenommen hat. Er ist unmöglich.»

«Ach, ihr spinnt ja!» Meine plötzlich aufflammende Empörung überraschte mich selbst. «Ihr kennt ihn ja überhaupt nicht.»

«Leg ich auch gar keinen Wert drauf.» Sophie machte zur Bekräftigung ein furzendes Geräusch mit den Lippen.

«Vielleicht ist er zu dir ja netter?» sagte Marie-Laure, ein bißchen scheinheilig.

«Ich hab' ein Feuerzeug für ihn geklaut», sagte ich und hätte mir im selben Moment die Zunge abbeißen können. Ich hatte ein Geheimnis verraten. Ein Geheimnis zwischen Jack und mir. Falls es überhaupt noch eins war, vielleicht hatte er ja vor Fleurette damit angegeben. Immerhin behielt ich Jacks und Rickys randalierende Mutter für mich.

Ich behielt auch sonst einiges für mich, zum Beispiel die Mutproben, die ich selbst Ricky auferlegt hatte. Vorige Woche hatte ich ihm befohlen, quer über die Stierwiese zu laufen, und vorgestern abend in der Dämmerung hatte ich ihn allein zur Junkiehöhle geschickt. Beide Male war Jack nicht dabeigewesen, und beide Male hatte Ricky versagt.

Marie-Laures Party fand an einem Samstag statt. Am frühen Nachmittag kniete ich auf dem wackligen Hokker vor der Badewanne und wusch mir die Haare. Ich spülte hastig das Shampoo ab; der Wasserboiler heizte nachts auf und gab nur eine begrenzte Menge heißes Wasser her, es konnte ganz plötzlich eiskalt werden, was meistens im unpassendsten Moment geschah.

Vater hatte mir dreihundert Francs gegeben, damit ich mir für die Party etwas zum Anziehen kaufen konnte. Seit ich im *gîte* lebte – knapp drei Monate –, war ich aus allem herausgewachsen, was in Frage gekommen wäre. Ich hatte mir im Printemps in Rouen einen Minirock und ein T-Shirt gekauft, grün mit weißen Punkten; das restliche Geld hatte ich in eine Lackhandtasche, ebenfalls grün, und in mein erstes Make-up investiert.

In meinem Zimmer gab es keinen Spiegel, und ich ging in Vaters Zimmer hinüber, um meine Aufmachung vor dem Schrankspiegel zu begutachten.

Vater blickte mich über die Lesebrille hinweg an.

«Oh là là!» sagte er bewundernd. Seine Aufmerksamkeit machte mich verlegen, und ich flüchtete.

«Wann kommt Madame Guillot?» rief er mir nach.

«In 'ner Viertelstunde.»

«Bringt sie dich auch wieder nach Hause?»

«Ja, sicher.»

Madame Guillot war die Mutter von Christine, die ebenfalls eingeladen war. Sie hatten mir angeboten, mich im Auto mitzunehmen; sie kamen ohnehin hier vorbei.

Ich wartete am Tor. Es war ein sonniger, windiger Tag. Ich war aufgeregt, es war meine erste Party, seit ich hier war. Und ich war stolz, Marie-Laures Partys waren begehrt. Es machte mir außerdem Spaß, Jack und Ricky zu demonstrieren, daß ich ohne sie auskam. Jack war in der Garage und pumpte wie wild sein Fahrrad auf. Ricky lag in einem Liegestuhl im *salon de jardin*, unter dem blauen Sonnenschirm, den Madame Grasset uns vorbeigebracht hatte. Sein rechter Fuß war dick mit einem Eisbeutel bandagiert; er war heute morgen ein Stück barfuß gelaufen und prompt von einer Wespe gestochen worden. Er schien es zu genießen, Invalide zu sein, er ließ riesige Kaugummiblasen vor dem Mund zerplatzen; ich hörte das *Plopp*, *Plopp* bis zum Tor.

Ich lief über den Rasen zu Vaters Fenster, das weit offenstand. Laut und deutlich, so daß Ricky es hören mußte, fragte ich: «Fahren wir denn nun morgen an die Küste?»

Vater blies eine Zigarrenrauchwolke aus. «Aber ja. Das heißt, wenn das Wetter schön bleibt.»

«Pierre hat gesagt, morgen wird es sogar schöner», sagte ich noch lauter, wie zu einem Schwerhörigen. Ich warf Ricky einen hämischen Blick zu. Er kaute nervös auf seinem Kaugummi, es gab kein Entrinnen für ihn, Wespenstich hin, Wespenstich her; Jack hatte ihm unmißverständlich klargemacht, daß kaltes Meerwasser bei einem Wespenstich das beste Heilmittel sei.

Wieder am Tor, prüfte ich zum x-ten Mal mein Gesicht im Taschenspiegel; es wirkte ein bißchen fremd, wegen des Lidschattens und der Wimperntusche. Der Wind hatte mein Haar fast getrocknet, anstatt wie gewöhnlich zu einem Nackenschwanz zusammengebunden, trug ich es heute offen.

Ich hielt den Spiegel in einem anderen Winkel und beobachtete darin, wie Jack sein Fahrrad aus der Garage schob. Er stieg auf und rollte im Schrittempo an mir vorbei. Ich gab vor, ihn nicht zu bemerken, ich blickte konzentriert die Straße entlang in Richtung Rouvray-Catillon, wo jeden Moment Madame Guillots Wagen auftauchen mußte. Die Straße lag sonnig und leer da, nur der dünne Schatten der Telefonleitung auf dem Asphalt, wie eine dunkle Schnur, und die Schatten fliegender Schwalben. Ich wünschte, Madame Guillot käme jetzt, jetzt sofort, und ich könnte vor Jacks Augen in den Wagen steigen, und er wäre Luft für mich.

Jack stoppte draußen vor dem Tor, er stützte sich mit den Zehen auf dem Boden ab. «Wenn du willst, kannst du wieder mitfahren», sagte er. Wie großzügig. Als wäre ich nicht freiwillig weggeblieben, als hätten er und seine verdammte Clique mich ausgeschlossen. Trotzdem hörte ich darunter etwas anderes. Ein schlechtes Gewissen? Oder lag ihm tatsächlich daran, daß ich wieder mitmachte? Ich zuckte die Achseln und schaute weiterhin stur in Richtung Rouvray. Jack fuhr eine Acht, probierte die verschiedenen Gänge durch, trat die Pedale rückwärts, hielt wieder an.

«Jess?»

«Ja?»

«Das mit dem Schuppen, das war doch bloß Spaß.»

«Für mich war's kein Spaß.»

Jack spielte mit einem Pedal, ließ die Trittfläche herumwirbeln. «Fährst du jetzt mit oder nicht?»

«Du siehst doch, ich hab' was andres vor.»

Sein Gesicht verdüsterte sich, für einen flüchtigen Augenblick, dann zuckte er die Achseln.

Er radelte los, die Straße hinauf, in Richtung Mauquenchy. Er machte Tempo, er war im Nu oben am Bauernhof.

«Jack!»

«Jack!!»

Er bremste, blickte über die Schulter zurück. Ich schwenkte heftig den Arm. «Warte!»

Ich nahm mir nicht die Zeit, mein eigenes Rad aus der Garage zu holen; ich rannte los, wobei ich Ricky zuschrie: «Sag Madame Guillot und Christine, ich bin verhindert!» Im Vorbeirennen sah ich, wie Ricky den Kopf hob und mich mit offenem Mund anstarrte. Wahrscheinlich hatte er nichts kapiert, aber ich rannte weiter. Jack hatte angehalten.

«Ich fahr mit!»

Ich sprang auf den Gepäckträger. «Los, mach, eh diese Madame Guillot anrückt.»

11

Ich öffnete die Augen, und eine gleißende Helligkeit stand zwischen den Rolladenritzen, wie straff gespannte Perlenschnüre aus Licht. Heute würden wir ans Meer fahren! Ich warf die Decke zurück und schwang die Beine aus dem Bett.

Vater und Jack und Ricky reagierten alle drei verschlafen und mürrisch, als ich sie weckte; es war noch nicht mal sieben Uhr. Ich zog energisch die Läden in ihren Zimmern hoch, so daß das grelle Morgenlicht hereinflutete. Dann ging ich in die Küche, packte den Picknickkorb und bereitete das Frühstück zu, wobei ich ein bißchen Krach machte – die Schranktüren knallte und mit dem Geschirr klapperte und Messer und Löffel auf den Steinboden scheppern ließ; daß sie mir nur nicht wieder einschliefen!

Ich hatte die Außentür weit geöffnet und sah, daß

Bruno und Mademoiselle schon am Zaun standen und auf mich warteten, und ich ging mit ein paar alten Baguettestücken nach draußen. Ihr Atem dampfte, die Luft war noch kühl. Wie jedesmal versuchte ich, sie zu streicheln. Bruno mochte es nicht, er wehrte meine Hand mit einer heftigen Kopfbewegung ab, aber Mademoiselle ließ es sich gern gefallen; sie streckte ihren Kopf durch den Stacheldrahtzaun und leckte mir mit ihrer langen Reibeisenzunge über die Hand. Ich zog meine Sandalen aus und lief barfuß über das kühle, feuchte Gras ins Haus zurück.

Ich war noch nie am Meer gewesen, ich freute mich, aber der Gedanke an Marie-Laure beeinträchtigte meine Vorfreude. Ich hatte sie gekränkt. Ich war mit Jack erst abends nach Hause gekommen, gegen halb neun, zu spät, um noch zu Marie-Laures Party zu gehen. Vater hatte darauf bestanden, daß ich sie anrief und mich entschuldigte. So war ich nach Mauquenchy hochgeradelt, wo es eine Telefonzelle vor der *Mairie* gab. Die Party war noch im Gange, ich hörte Musik und Gelächter im Hintergrund und war nicht dabei. Ich verspürte ein scharfes Bedauern – einen Moment lang. Um Marie-Laure zu beschwichtigen, dachte ich daran zu sagen, Jack und die andern hätten mich wieder eingesperrt, aber es erschien mir unfair Jack gegenüber. So nahm ich Zuflucht zu einem platten Fahrradreifen, das war schließlich höhere Gewalt. Ich versprach Marie-Laure, ihr etwas Schönes von unserem Ausflug mitzubringen.

Beim Frühstück war Ricky auffallend still. Er aß mechanisch, selbst Madame Grassets phantastische Brioche, safrangelb und dick mit Erdbeermarmelade bestrichen, vermochte seine Laune nicht zu heben. Als er schließlich mit der fadenscheinigen Ausrede aufwartete, er müsse für eine Mathematikarbeit pauken und deshalb leider zu Hause bleiben, erntete er obendrein noch unser Gelächter und unseren Spott.

Es war Jack, der bemerkte, daß Mademoiselle auf die Straße entkommen war, wahrscheinlich durch ein Loch in der Hecke. Sie stand am Straßenrand und rupfte genüßlich das hohe saftige Gras ab. Ein Auto fuhr vorbei, mit unverminderter Geschwindigkeit.

Wir liefen nach draußen, Jack öffnete das Stacheldrahtgatter, und Vater, Ricky und ich trieben Mademoiselle mit Stöcken auf die Weide zurück, wobei Ricky durch wildes Gegröle und Herumfuchteln eher dagegen arbeitete, wohl in der Hoffnung, durch eine stundenlange Kuhjagd dem Ausflug doch noch zu entkommen. Aber wir schafften es. Jack schloß das schwankende Gatter, und Vater versperrte das größte Loch in der Hecke mit ein paar Brettern, während Mademoiselle zu uns herüberblickte; ich hatte nie gedacht, daß eine Kuh so beleidigt und empört dreinschauen kann.

Endlich war es soweit. Vater holte den Wagen aus der Garage, und wir verstauten unsere Sachen im Kofferraum – Badetücher und Decken und den riesigen Wasserball und die Klappstühle und den Picknickkorb, in den Ricky in letzter Sekunde noch Süßigkeiten und Comics hineinstopfte. Es war schon ziemlich warm, als wir losfuhren.

Gegen halb elf waren wir in Mers Les Bains. Wir folgten den Hinweisschildern *Plage*. Vater rangierte den Wagen in eine winzige Parklücke, das letzte Stück zum Strand legten wir zu Fuß zurück. Dann waren wir da, und ich erblickte zum erstenmal das Meer.

Das heißt, ich sah – zwischen unzähligen Badekabinen hindurch – kleine Ausschnitte. In den Ausschnitten kreuzten Surfer und Tretboote; weiter vorne, in der Brandung, hüpften Köpfe wie Bojen auf und ab. Der schmale Kieselstrand wimmelte von Badegästen. Wir schnitten einander Grimassen; dann machten wir kehrt und gingen in die Stadt zurück. Ich war maßlos enttäuscht, Jack wohl auch, während Ricky vor Erleichterung wie ein Wasserfall schwatzte.

«Mein Gott, kannst du nicht mal deine dämliche Klappe halten!» schnauzte ich ihn an. Er sah mich verwundert, gekränkt an, und ich schämte mich ein bißchen; er konnte schließlich nichts dafür, daß der Strand überfüllt war.

An einem weitläufigen Platz waren Straßencafés, und wir ließen uns im Schatten eines weißen Sonnenschirms nieder. Ein schmales, hohes Glas mit eisgekühlter Zitrone und einer auf den Rand gesteckten Zitronenscheibe tröstete mich ein wenig. Aus einem offenstehenden Fenster erscholl Opernmusik, aus einem andern dröhnte ein hektischer Radiokommentar. Touristen in unterschiedlichen Rötungs- und Bräunungsstadien schlenderten in Richtung Strand vorüber, bewehrt mit Sonnenbrillen und riesigen Stroh- und Plastiktaschen; wir machten Witze über sie, während Vater die Autokarte und diverse Broschüren studierte. Zwischen Le Tréport und Dieppe gab es laut Reiseführer ein paar kleinere Seebäder, die unbedeutend waren. Das lasse hoffen, sagte Vater. Rickys Miene verdüsterte sich erneut.

Wir fuhren mit heruntergekurbelten Fenstern weiter über die Küstenstraße; ab und zu erhaschte ich einen Blick aufs Meer, das ja eigentlich gar nicht das Meer war, sondern der Ärmelkanal. Wir kamen zu einem Ort, der in eine Bucht gebaut war, kleine pastellfarbene Häuser – Ferienhäuser, meinte Vater, an einigen waren die Läden noch geschlossen. Der Ort hieß Berneval-sur-Mer, er gefiel uns. Wir stiegen aus, und das Meer lag unter uns, blau wie auf einer Ansichtskarte, wie auf einem noch nassen Aquarell, in der Ferne verschwamm der Horizont. Ich entdeckte ein weißes Segel, und noch eins, und einen Dampfer mit Schornstein. Unten das Rauschen der Brandung; einen Moment lang wurde mir schwindlig vor Freude und Aufregung.

Ein steiler Pfad führte zwischen den Kreidefelsen zum Strand hinunter; hier und da waren schiefe Treppen in den steinigen Boden gehauen. Um uns herum und über uns kreischten die Möwen, als wir – Jack und ich – ungeduldig nach unten kletterten und rutschten. Vater und Ricky kraxelten uns vorsichtig nach.

Der Strand wirkte im Vergleich zu dem in Mers fast verlassen; er lag noch im Schatten der Felsen. Ehe Vater und Ricky unten angelangt waren, balancierte Jack schon über die Kiesel und watete ins Wasser, während ich noch das Badetuch über unsere Kleider breitete.

«Ist es kalt?» schrie ich.

«Lauwarm!»

Jack warf sich nach vorn und begann wild zu kraulen. Ich folgte ihm. Das Wasser umschloß meine Beine wie ein eisiger Ring, und ich zögerte. Jack schwamm auf der Stelle und schrie mir ungeduldige Ermunterungen zu. Ich beugte mich vor und machte mir Arme und Oberkörper naß, ließ mich ins Wasser gleiten. Die Kälte nahm mir den Atem, ein paar Herzschläge lang, dann war es herrlich. Die Brandung war nicht stark, kleine Wellen, ich ließ mich von ihnen hochtragen; schließlich schwamm ich zu Jack hinaus.

«Nicht zu weit raus!» schrie Vater uns vom Strand nach und fuchtelte mit den Armen. Jack und ich lachten und winkten zurück, dann drehten wir uns um und schwammen wie auf Kommando los, dem offenen Meer zu, und plötzlich war es ein Wettschwimmen. Jack schlug mich nur knapp.

«Du schwimmst nicht schlecht», sagte er, noch außer Atem.

Ich war vor Freude und Stolz verlegen. «Ach, so lala», keuchte ich. Wir schwammen auf der Stelle, machten träge Flossenbewegungen mit Armen und Beinen.

«Deine Haare sehen aus wie Seetang», sagte Jack.

«Und deine erst mal!» sagte ich. «Wie –»

«Wie was?»

Jacks nasses Haar lag eng am Kopf an, sein Gesicht war kantig, mager. Ich schrie: «Wie eine Glatze, schwarz angestrichen.»

Jack spie einen Wasserstrahl in meine Richtung.

«Glaubst du, daß Ricky noch schwimmen lernt?» fragte ich skeptisch.

«Ja, klar. Wirst schon sehen.»

«Vater kann übrigens auch nicht schwimmen. Aber sag ihm nicht, daß ich's dir verraten hab'. Er sagt, wo er aufgewachsen ist, gab's nur einen Bach, der bis zu den Knien ging.» Ich lachte wild. «Und obendrein waren Krokodile drin.»

«Ach, du spinnst ja.» Er blickte sich um, dann sagte er: «Ich würd' gern mit 'nem Motorboot hier rumsausen.»

«Würdest du mich mitnehmen?»

Jack ließ mit offenen Augen den Kopf unter Wasser sinken und sah wie eine Wasserleiche aus. Luftblasen stiegen aus seinem Mund, dann tauchte sein Gesicht wieder auf.

«He!» schrie ich, «ich hab' gefragt, ob du mich mitnimmst.»

Jack spie einen Strahl Wasser aus, silberne Tropfen im Sonnenlicht. «Warum nicht?»

Ich freute mich, als hätte Jack mich tatsächlich zu einer Bootsfahrt eingeladen. Ich stellte mir vor, wie wir ins Meer hinausjagten, und ich saß vorn auf dem Bug wie eine Galionsfigur, und Gischt schäumte an beiden Seiten vorbei, und Jack zog einen weiten Kreisbogen, ohne das Tempo zu drosseln.

«Ich würd' gern tauchen», sagte ich. «Bis auf den Grund.»

«Und was glaubst du, was du da findest?»

Ich klemmte mir mit den Fingern die Nase zu und tauchte unter, nicht tief, vielleicht ein, zwei Meter. Ich öffnete die Augen, aber da war nichts als Wasser mit wabernden Schlieren von Schatten und kleinen Explosionen von Licht. Als ich wieder nach oben kam, war Jack davongeschwommen. Ich drehte mich auf den Rükken und trieb dahin und sah in den Himmel, der sich blau und schwindelerregend über mir wölbte. Ich genoß den Kontrast, die Kälte des Meeres unten und oben die heiße Sonne auf Bauch und Gesicht. Dann schloß ich die Augen und sah rotes Feuer, aber ich wußte nicht, ob es die Sonne war oder das Blut in meinen Lidern, helles, feuriges Blut, während mein restlicher Körper blutleer war, gefüllt mit Salzwasser und winzigen Meerestierchen und Sand und Kühle. Ich blickte mich um und sah, daß Jack auf mich zugekrault kam, fast bedrohlich, seine Arme zerpflügten das Wasser, seine Füße wirbelten eine Fontäne auf. Ich machte kehrt und floh mit hektischen Schwimmstößen, schwamm so schnell ich konnte zum Strand zurück, aber meine Arme und Beine erlahmten rasch, und Jack war vor mir dort.

Der Strand war inzwischen voller geworden. In der Steilwand lärmten die Möwen. Ich hatte mir die Kreidefelsen immer weiß vorgestellt, wie die Kreide in der Schule, aber sie waren gelblichgrau, schmutzig. Vater saß auf einem der Klappstühle, rauchte eine Zigarre und kämpfte mit einer Zeitung, an der der Wind zerrte. Ich ging vorsichtig über die dicken Kieselsteine zu ihm.

«Na, war's schön?» fragte er.

«O ja.» Ich bückte mich, um meine Haare auszuwringen, und merkte, daß ich durchgefroren war, ich hatte eine Gänsehaut auf den Armen und bibberte.

«Geh in die Sonne», sagte Vater.

Ricky hatte ein bißchen abseits ein Deckenlager mit

all unseren Sachen eingerichtet, er thronte in Badehose und Plastiksandalen in der Mitte, wie ein kleiner Buddha. Seine Arme und Beine waren goldbraun gebrannt, aber sonst war seine Haut milchigweiß, sie sah empfindlich aus. Ich trocknete mich ab. Jack wanderte ein Stück von uns entfernt auf dem Strand umher, er hob hier und da etwas auf und warf es wieder weg, einen Kiesel oder eine Muschel oder irgend etwas, das angeschwemmt worden war. Ich wäre gern zu ihm gegangen, aber ich hatte den Eindruck, daß er lieber allein sein wollte, daß er in seiner in sich gekehrten Stimmung war.

«Seit wann kannst du schon schwimmen?» fragte Ricky und schaute mit ängstlich-besorgtem Gesicht zu mir auf.

Ich setzte mich zu ihm auf die Decke. «Oh, schon ewig. Ich konnte schon schwimmen, als ich sieben war. Ich bin sogar schon mal in 'nem großen See geschwommen.»

Das stimmte nicht ganz, es war nur ein Baggersee gewesen, aber immerhin ein großer Baggersee.

«Hast du es denn schnell gelernt?»

Ich kicherte. «Und wie! Aber ich bin beinah dabei ertrunken. Im Hallenbad, mitten im Schwimmerbekken. Ich hab' Wasser eingeatmet und kriegte keine Luft mehr.»

Dramatisch und lautstark führte ich vor, wie ich verzweifelt nach Luft gerungen hatte. Eine junge Frau, die ein paar Meter von uns entfernt saß und ein kleines Kind bei sich hatte, schaute befremdet zu uns herüber. «Es war schrecklich», fuhr ich fort. «Jemand mußte mich retten.» Dann konnte ich mir nicht verkneifen hinzuzufügen: «Aber Jack hat gesagt, ich schwimme gut.»

Ricky schaute so unglücklich drein, daß er mir leid tat. Ich sagte: «Er hat gesagt, du lernst es auch noch, ganz bestimmt.»

«Warum muß ich überhaupt schwimmen lernen?»

«Schwimmen muß man eben können. Du könntest mal ertrinken, oder?»

«Ja wieso denn, wenn ich doch nie ins Wasser geh'?»

«Das weiß man nie.»

«Dann könnt ihr mich ja retten, Jack oder du.»

Ich sah ihn von der Seite an, er schien es ernst zu meinen. Er blinzelte; aus der Nähe und gegen das Licht bemerkte ich, wie lang seine Wimpern waren, lang und hübsch gebogen.

«Ist das Wasser denn sehr kalt?» fragte er, wobei er sich bemühte, beiläufig zu klingen, als interessiere ihn die Wassertemperatur nur ganz am Rande.

«Arktisch! Aber wenn du einmal drin bist, ist es okay. Und außerdem hast du ja viel mehr Fett als Jack und ich. Fett hält warm.»

«Und schwimmt oben», kicherte Ricky und grinste, aber als er Jack auf uns zukommen sah, fiel sein Grinsen in sich zusammen.

«Los, Mann», sagte Jack, forsch, aber nicht unfreundlich. «Erheb dich mal! Und zieh die Sandalen aus.»

«Aber der Wespenstich –»

«Dann laß sie von mir aus an.»

Ich sah zu, wie sie über die Kiesel stapften. Ein Wellenausläufer leckte über ihre Füße.

«Bah, das ist ja saukalt!» protestierte Ricky.

Jack erwiderte etwas, das ich nicht verstand, und nach kurzem Zögern watete Ricky brav hinter Jack ins Wasser. Als es ihm bis zur Taille reichte, mußte Ricky sich flach auf den Bauch legen, und Jack hielt seine Hände fest und ging langsam rückwärts ins tiefere Wasser, während Ricky mit den Beinen Schwimmbewegungen machte. Ich schaute ihnen fasziniert zu. Ich wünschte, Ricky würde es endlich lernen, gleichzeitig wünschte ich, er würde kläglich versagen. Ich unterdrückte den Wunsch, er war gemein, warum sollte ich ihm etwas Gemeines wünschen? Die Schwimmübungen schienen ganz gut zu klappen – solange Jack Ricky festhielt. Sobald er ihn losließ, begann Ricky in wilder Panik um sich zu schlagen, er verschluckte sich, hustete, schnappte nach Luft, und schließlich flüchtete er sich auf den Strand.

«Komm her!» schrie Jack.

«Ach, laß ihn!» rief Vater ihm zu. «Das reicht für heute. Spielt doch lieber noch ein bißchen Ball.»

Jack hatte keine Lust dazu, so spielte ich mit Ricky allein, ein kleines Stück hinter der Wasserlinie, aber schließlich waren wir alle vier den Strand leid, und wir packten unsere Siebensachen zusammen. Als wir den Pfad hochgeklettert waren, bemerkten wir am seitlichen, grasbewachsenen Abhang des Kreidefelsens zwei Jungen, ein Stück über uns; sie folgten einem schmalen Trampelpfad, der auf das flache Grasplateau oben auf den Klippen führte. Der Pfad verlief parallel zum Steilhang, ein paar Meter von diesem entfernt, er sah aus wie eine helle Linie, die jemand ohne Lineal auf den Abhang gezeichnet hatte. Jack schlug vor, daß wir auch hinaufsteigen sollten. Ich war Feuer und Flamme, aber Vater und Ricky wollten lieber in eine Bar-Tabac gehen. So luden wir unseren Badekrempel auf die beiden ab, mißachteten ihre Proteste und kletterten zu zweit hinauf.

«Gebt acht!» schrie Vater hinter uns her.

«Jaja!» schrien wir zurück, voller Nachsicht mit seiner überflüssigen Sorge, aber mit einer Spur Ungeduld.

Ich folgte Jack. Das Meer war schon weit unter uns; ich blickte lieber nicht hin. Die Sonne brannte uns heiß auf den Rücken; unsere Schatten krochen klein und gedrängt vor unseren Füßen den Pfad hinauf. Aber sobald wir oben waren, traf uns ein kühler, lebhafter Wind.

Das Plateau war leer, die beiden Jungen waren wohl weitergewandert oder auf einem anderen Weg abgestiegen. Wir schlenderten ein bißchen umher, durch das harte, zähe Gras, kundschafteten das Terrain aus. Hier und da standen ein paar niedrige Büsche, windzerzaust und karg. Der Strand war von hier oben nicht zu sehen, aber wir hörten das Rauschen der Brandung. Jack ließ sich im Gras nieder und zündete sich mit dem *Hotel La Salle*-Feuerzeug eine Zigarette an; er schützte die Flamme mit der hohlen Hand gegen den Wind. Es gefiel mir, daß er mein Feuerzeug benutzte. Ich setzte mich neben ihn.

«Gefällt dir das Feuerzeug noch?» fragte ich.

«Ja sicher», sagte er. Er spielte ein bißchen damit herum, stellte die Flamme hoch, versengte ein Grasbüschel. An der Art, wie er mit dem Feuerzeug umging, sah ich, daß es ihm tatsächlich gefiel. Die Flamme war blaß in der Sonne und flackerte wild und ging immer wieder aus.

«Ich hab's schon mal nachgefüllt», sagte Jack. Dann fragte er: «Hast du was zu essen dabei? Ich bin schwarz vor Hunger.»

Ich merkte plötzlich, daß ich selbst ausgehungert war. Ich wühlte in meiner grünen Lacktasche, die noch neu genug war, daß ich sie überallhin mitschleppte, und fand eine angebrochene Tafel Nestlé-Crunch. Während wir aßen, kramte ich dies und jenes hervor und verstaute es wieder.

«Genève», sagte ich und hielt eine von Mamas Ansichtskarten in Jacks Augenhöhe. «Geneva.» Die Karte zeigte den Segelhafen, ein Gewirr nackter Masten, sie ragten dunkel gegen die Silhouette der Altstadt und gegen einen grauen Himmel auf.

«Schön», sagte Jack, aber er warf nur einen flüchtigen Blick auf die Karte. Vielleicht hätte ich sie ihm besser nicht zeigen sollen; Jack und Ricky bekamen niemals Karten von ihrer Mutter, auch keine Briefe, überhaupt keine Post.

«Was macht deine Mutter in Geneva?» fragte Jack.

«Sie arbeitet an einer Hotelrezeption. Jedenfalls morgens. Nachmittags geht sie einkaufen, und abends geht sie mit Fred essen oder ins Kino oder ins Theater oder –»

«Fred?»

«Ihr neuer Mann.» Ich verstaute die Karte und fragte möglichst beiläufig: «Ist deine Mutter auch wieder verheiratet?»

«Vater und sie waren nie verheiratet.»

«Ach so ja, stimmt. Ist sie denn jetzt verheiratet?»

«Nein.»

Jack warf die Zigarette weg, sie qualmte im Gras weiter. Er legte sich flach hin, schlug die Beine übereinander, riß einen Grashalm aus und kaute darauf herum. Ich spürte, daß es aufdringlich war, weiter zu fragen, aber ich fragte trotzdem, scheinheilig, als wüßte ich nichts von ihr: «Was macht deine Mutter denn?»

Jacks Gesicht verschloß sich. «Gar nichts.» Sein Tonfall war nicht aggressiv, aber endgültig, als gäbe es über das Thema absolut nichts weiter zu sagen.

Wir schwiegen eine Zeitlang. Ich blickte aufs Meer. Schließlich sagte Jack einlenkend. «Na ja, sie macht 'ne Kur.»

«Ach ja?»

Aber er sagte nichts weiter. Er hatte sich aufgesetzt und rauchte wieder, kniff die Augen gegen die Sonne zusammen.

«Meine Mutter macht auch 'ne Kur», sagte ich. «Nächste Woche fängt sie damit an.»

«Ja?» Jack war mit einemmal interessiert. Er sah mich an, die Pupillen in seinen Augen waren klein und hart in dem scharfen Licht. Seine hellen Augen schüchterten mich immer noch ein.

«Weswegen?»

«Asthma. In Davos.»

«Ach so.» Jacks Interesse war wieder erloschen. Er klang fast enttäuscht, als hätte er gehofft oder erwartet, meine Mutter sei auch Alkoholikerin. Ein paar Augenblicke wünschte ich es selbst. Dann hätten Jack und ich etwas Gemeinsames. Ich dachte in diesem Moment nicht an Ricky, oder vielleicht dachte ich an ihn, aber er zählte nicht. Jack und ich hätten etwas, das uns von allen unterschied, von Fleurette und Kléber und Léa und all den andern, deren Mütter normal waren. Aber wir hatten ja auch so etwas Gemeinsames, nämlich daß unsere Mütter abwesend waren.

«Läßt du mich mal ziehen?»

Jack gab mir die Zigarette, ohne zu zögern. Es war eine filterlose, eine Gauloise; ich steckte sie vorsichtig zwischen die Lippen und machte einen Zug. Ich hatte erwartet, daß mir übel würde oder daß ich anfinge zu husten, aber der Wind riß mir den Rauch aus dem Mund, ich schmeckte fast nichts. Wir saßen eine Zeitlang schweigend da. Eine Möwe flog über uns hinweg, ihr Schatten huschte über das Gras. Jack ahmte ihren Schrei nach. Der Wind packte sie, als sie über den Steilhang hinwegsegelte, und warf sie nach oben, wie ein Stück Zeitungspapier in einem Herbststurm. Die Möwen hier waren groß, fast doppelt so groß wie die Flußmöwen am Rhein, ihre Schreie waren lauter, rauher. Ich erzählte Jack, wie ich die Möwen vom Balkon aus gefüttert hatte, aber er murmelte nur jaja und hörte kaum zu, er war mit den Gedanken anderswo, bei irgendwelchen Dingen, von denen ich keine Ahnung hatte. Ich hätte allzugern gewußt, woran er dachte. Ricky war durchsichtig für mich, durchschaubar, vorhersagbar, kontrollierbar. Jack war nichts von alledem, er entzog sich mir.

Jack rappelte sich mit einem Ächzen hoch und wanderte ziellos auf dem Plateau umher, im Vorbeistreifen bearbeitete er die kümmerlichen Sträucher mit seinem Messer. Ich beobachtete ihn, durch ein Gitternetz von Haaren, die der Wind mir andauernd ins Gesicht wehte; ich hielt sie mit der Hand zurück. Jack war ebenfalls ein Stück gewachsen, seit ich angekommen war, er erschien mir noch hagerer. *Hoher Seegang*, sagten Vater und ich, wenn wir allein waren, damit meinten wir seine langen federnden Schritte; *guck mal, da kommt der hohe Seegang*. Es war seltsam, daß zwei Brüder so verschieden sein konnten wie Jack und Ricky. Jack schaute zu mir herüber, er hatte vielleicht meinen Blick gespürt. Ich lächelte, aber er lächelte nicht zurück, er runzelte die Stirn, jedenfalls schien es mir so, auf die Entfernung und gegen das blendende Licht. Ich wandte mich ab und schaute wieder aufs Meer.

Es hatte von hier oben verschiedene Farben, ein helleres Blau vor der Küste, dahinter ein tieferes Blau, die beiden Bereiche deutlich voneinander getrennt. Nach links, gegen die Sonne, glitzerte es, ein Gleißen wie von Millionen Lichtscherben; ich schaute immer wieder hinein, obwohl es mir in den Augen weh tat. Ich entdeckte zwei Segelboote, weit draußen. Der Meereshorizont war eine unbewegte Linie; man kann sie nie erreichen, hatte Jack gesagt. Wenn man sich auf sie zubewegt, weicht sie zurück, sie bleibt immer gleich weit entfernt, ungefähr dreißig Kilometer. Irgendwo hinter dieser Linie lag England, Liverpool, wo Jack und Ricky so lange gelebt hatten, ohne daß ich etwas von ihnen ahnte, und ich dachte an das, was Vater gesagt hatte – daß England und Frankreich gar nicht immer getrennt gewesen waren, mit dem Ärmelkanal dazwischen, sondern daß sie vor langer Zeit (ich hatte vergessen, vor wie langer Zeit) auseinandergebrochen waren.

Die Scheinwerfer des Wagens rissen Büsche aus der Dunkelheit, Zaunpfähle und Telefonmasten und Hecken. Wir fuhren über eine der schmalen, unbeleuchteten Feldstraßen – eine Abkürzung, hatte Vater gesagt, er nahm auf unseren Ausflügen immer Abkürzungen, manchmal stellten sie sich als Umwege heraus. Wir überquerten eine belebtere Straße mit gestrichelter Mittellinie, tauchten wieder in die Dunkelheit der Landschaft ein. Kornfelder glitten vorüber, ein Bauernhof, eine Handvoll Häuser, hier und da ein erleuchtetes Fenster; an Kreuzungen hielt Vater nach Straßenschildern Ausschau.

Jack und ich saßen hinten, wie üblich; Ricky saß wegen seines nervösen Magens vorn auf dem Beifahrersitz. Auf den ersten Ausflügen hatte es manchmal Streit um den Platz vorn gegeben, inzwischen legten Jack und ich keinen Wert mehr darauf.

Es war spät geworden. Wir hatten das unverhoffte Glück gehabt, durch einen Ort zu kommen, in dem Kirmes war. Vater hatte zuerst weiterfahren wollen, aber in seinen Mundwinkeln war sehr schnell die Andeutung jenes Lächelns erschienen, das ein Ja ankündigte, und wir hatten nicht lockergelassen. «Nur eine Stunde! Eine halbe!» Aus einer Stunde waren fast drei geworden.

Jack war eingeschlafen, er lag wie hingeworfen da, das Gesicht halb von mir abgewandt. Ich betrachtete ihn, die Scheinwerfer eines entgegenkommenden Wagens glitten über ihn, ich sah die harte Linie seines Wangenknochens, die Kiefer fest aufeinandergepreßt, als knirsche er mit den Zähnen.

Ich dachte an die Fahrt auf dem Kettenkarussell; Jack innen, ich außen. Vater und Ricky standen unten, Rickys Gesicht hinter einem riesigen rosafarbenen Ballon von Zuckerwatte. Ich winkte, wenn ich an ihnen vorbeiflog, in immer kürzeren Abständen, aber dann schaute ich nicht mehr hin, es machte mich schwindlig. Gegen Ende der Fahrt, als das Karussell sich langsamer drehte, packte Jack meinen Sitz und stieß ihn nach außen, immer wieder; ich kreischte vor Schreck und Vergnügen.

Ich öffnete meine Handtasche und holte die Rose hervor, roch dran, obwohl ich wußte, daß sie nicht duftete, sie war ja künstlich. Jack hatte sie an einer Schießbude gewonnen und nicht haben wollen, und die Schießbudenfrau hatte sie mir gegeben. Sie war weiß, die Blütenblätter aus einem harten gazeähnlichen Stoff, auch der Stiel war weiß.

Jack wachte auf, als Vater den Wagen an den Straßenrand fuhr und anhielt; wie üblich geschah dies wegen Rickys schwacher Blase. Ricky stopfte sich noch schnell die letzte Handvoll Popcorn in den Mund; Vater stieg mit ihm aus.

Jack rieb sich die Augen. «Wo sind wir, was ist denn los?» fragte er mürrisch.

«Vater und Ricky sind pissen», sagte ich und kicherte. Sie standen ein Stück hinter dem Wagen an einer Hecke, in der Dunkelheit, ich konnte sie eher erahnen als sehen. Vater hatte den Motor laufen lassen, die Scheinwerfer erhellten die Straße vor uns; sie war ein Stück lang gerade, rechts eine Hecke, links ein Drahtzaun. Jack öffnete leise die Wagentür, stieg aus, schlich geduckt nach vorn und glitt hinter das Steuer. Er löste die Handbremse und legte den Gang ein, und der Wagen setzte sich in Bewegung. Jack fuhr langsam, Schrittempo, dann gab er mehr Gas und schaltete in den zweiten Gang, geschickt, jedenfalls schien es mir so. Ich lehnte mich nach vorn, zwischen die Sitze. «Los, Mann, schneller!» Meine Stimme überschlug sich fast vor Aufregung, es war aufregender als ein Spätfilm im Fernsehen; es *war* ein Film: Wir hatten das Auto gestohlen, wir waren ein Gangsterpaar, auf Autodiebstahl spezialisiert, niemand konnte uns kriegen, obwohl sie hinter uns her waren, gleich würden sie hinter uns auftauchen, mit Blaulicht und Sirenengeheul, eine wilde Jagd, aber Jack würde sie abhängen.

«Na los, gib Gas!» schrie ich. Ich spähte durch die Rückscheibe, aber statt der Polizeiautos waren da nur Vater und Ricky, vage Schemen in der Dunkelheit, sie rannten hinter uns her, Ricky sogar etwas schneller als Vater; ich glaubte zu erkennen, daß Vater wild gestikulierte. Dann hatten wir sie abgehängt.

Jack schaltete in den dritten Gang, bremste dann aber vor einer Kurve, ein bißchen scharf; ich fing mich mit den Händen an den Rückenlehnen ab. Jack schlich um die Kurve, dann hielt er an.

«Das reicht», sagte er. Er zog die Handbremse, gab ein paarmal Gas im Leerlauf.

«Bist du schon oft gefahren?»

«Nicht so oft. Ein paarmal kurze Strecken.»

«Du fährst gut.»

«Ist ja nicht viel dabei.» Er sprach, als sei es ein Kinderspiel, jedenfalls für ihn, aber ich glaubte herauszuhören, daß er sich über das Kompliment freute.

«Soll ich's dir beibringen?» fragte er.

«Ich weiß nicht. Jetzt?»

«Nein, natürlich nicht jetzt. Später mal. Später bring' ich's dir mal bei.»

«Hast du es Ricky auch schon beigebracht?»

Jack kicherte. «Bin doch kein Selbstmörder.»

Er probierte verschiedene Schalter aus, Fernlicht, Standlicht, die Blinker, den Scheibenwischer, drückte kurz auf die Hupe. Er öffnete die Tür, und als Vater und Ricky angeschnauft kamen, schrie er: «Wir nehmen keine Anhalter mit.»

Ricky platzte fast vor Empörung, er rang nach Luft wie ein Fisch auf dem Trockenen und brachte kaum ein Wort heraus.

«Jack», keuchte Vater, «ich hoffe, du bist dir im klaren –»

«*Sorry*», sagte Jack. Dann, grinsend: «Seid froh, daß wir auf euch gewartet haben.»

Vater wischte sich mit einem Taschentuch über die Stirn.

Vor dem *gîte* forderte Vater Ricky auf auszusteigen und das Tor zu öffnen.

«Laß nur, ich mach's schon», sagte Jack, und ehe Ricky sich überhaupt rühren konnte, war Jack schon am Tor. Er zerrte daran, fummelte an dem Schloß herum. «Ach Scheiße, es klemmt mal wieder, dieses Scheißtor!»

«Jack, du weißt, daß ich diese Ausdrücke –»

«Jaja, ich weiß, *sorry*», sagte Jack. «Das Tor klemmt. Park auf der Straße. Fahr weiter, dahinten ist mehr Platz.» Er dirigierte Vater mit übertriebenen Gesten auf die Einfahrt zu der Stierwiese, ein Stück die Straße hinauf.

Vater entriegelte das Tor, es ließ sich leicht wie immer öffnen. Jack zuckte die Achseln. «Ach, laß den Wagen ruhig dahinten stehen. Vielleicht hast du Glück und es fährt jemand rein, dann kannst du die Versicherung kassieren und dir was Bessres kaufen.»

In meinem Zimmer legte ich die Rose in meine Geheimschublade, eine kleine Schublade unten im Schrank; ich hatte den Knauf abgeschraubt und unter der Matratze versteckt, so daß niemand sie öffnen konnte außer mir. Ich bewahrte meine Schätze darin auf, Bobolina und Roses Kamel und einen Strandkiesel mit rosafarbenen Sprenkeln, mein Poesiealbum und die Zeichnung von Brunichilde auf dem wilden Pferd und die Ansichtskarte von Alex aus Köln.

Ich lag noch eine Zeitlang wach; meine Haut glühte von der Sonne und roch nach Salzwasser und Sonnenöl. In dem kleinen Teich im Paradies quakten die Frösche, sonst war es still. Hinter meinen Augen stieg der Tag wieder auf, ein wunderbarer Tag – das Schwimmen im Meer und das Wiesenplateau oben auf den Klippen, die Karussellfahrten und unsere Flucht im gestohlenen Auto, sie wurde in meiner Phantasie wilder und wilder.

Ich war fast eingeschlafen, als ein Geräusch mich wieder hellwach machte, es war leise, aber ungewohnt, das Klack einer Tür, die vorsichtig zugezogen wird – jemand war nach draußen gegangen. Ich tastete mich im Dunkeln ans Fenster und spähte durch die Rolladenritzen. Er ging über den Rasen, es war Jack, ich erkannte ihn im Mondlicht. Er kletterte über das Tor und wandte sich nach rechts, wo das Auto stand; er blickte prüfend zum *gîte* herüber, auf Vaters Fenster, dann war er hinter der hohen Hecke verschwunden.

Ich überlegte keine Sekunde, zog mir in Windeseile die Turnschuhe an und schlich zur Haustür, so wie ich war, im Schlafanzug. Ich lauschte, alles still, nur das Gequake der Frösche. Dann Motorengeräusch, Jack hatte den Wagen gestartet.

Ich öffnete leise die Tür und rannte quer über den Rasen; Vaters Fenster war dunkel hinter dem Rolladen. Am Tor angekommen, sah ich nur noch die Rücklichter, der Wagen entfernte sich in Richtung Mauquenchy. Ich war zu spät; ich stampfte mit dem Fuß auf vor Ärger. Dann sah ich, daß Jack blinkte, er bog nach links ab, wendete in der Einfahrt des Bauernhofs und kam zurück.

Ich lief ein Stück die Straße hinauf, dem Auto entgegen, weg vom *gîte*, weg aus Vaters Blickfeld, falls er aufwachte. Ich stand im Scheinwerferlicht und winkte, machte Jack wilde Zeichen anzuhalten. Er stoppte, und ich öffnete die Beifahrertür.

«Was machst du denn hier?» Seine Stimme klang verärgert.

«Laß mich mitfahren!» sagte ich drängend. «Ach Jack, bitte!» Er runzelte abwehrend die Stirn, er würde nein sagen.

«Na los, steig ein», sagte er barsch.

Er fuhr mit einem Ruck los, dann würgte er den Motor ab. «Verdammte Scheiße», sagte er und betätigte den Anlasser, während ich an ihm vorbei auf den *gîte* lugte, halb in der Erwartung, Lichter angehen und Vater herausstürzen zu sehen, aber es tat sich nichts, alles blieb dunkel, Vaters Rolladen geschlossen, die Haustür zu.

Jack hatte es geschafft, wir fuhren. Die Straße war ein kurzes Stück eben und stieg dann an. Jack fuhr langsam, vorsichtig, kroch die Steigung hinauf; dunkles Gebüsch an den Straßenrändern, die Landschaft war vage erhellt vom Mondlicht. Ich spähte durch die Bäume am Rand des Paradieses – die Junkiehöhle war finster heute nacht.

«Warum hast du am Hof gewendet?» Ich fragte halb in der Hoffnung, er habe es meinetwegen getan, vielleicht hatte er mich im Rückspiegel gesehen, aber Jack sagte, er habe keine Lust gehabt, auf der *route départementale* zu landen.

Ein Lichtschein auf der Anhöhe, er bewegte sich, wurde riesengroß, das Fernlicht eines entgegenkommenden Wagens. Der Bauernhof Le Randillon ragte schwarz und scharf vor dem Licht auf wie ein Scherenschnitt, ein klobiger Gebäudekomplex mit spitzen Giebeln, der Taubenturm mit seinem kegelförmigen Dach, Bäume, ein Telegraphenmast. Dann trafen uns die grellen Scheinwerfer, wurden aber sofort abgeblendet. Jack fuhr ganz rechts, halb auf dem Grasstreifen, um den Wagen vorbeizulassen. Ich schloß die Augen, ich wußte nicht, was mir mehr angst machte, ein Zusammenstoß oder der

Graben am Straßenrand, aber unter der Angst war ich sicher, daß nichts passieren würde, weil Jack am Steuer saß.

Als das Auto vorbei war, schaltete Jack das Fernlicht ein. Mit einem Schlag war die Nacht gespenstisch, wir fuhren durch eine kalte Unterwasserwelt, grell erleuchtet und zugleich düster, eine außerirdische Landschaft, die Kulisse von etwas Unbekanntem, Bedrohlichem. Jack und ich waren allein, die einzigen Überlebenden einer Katastrophe. Dort, auf der linken Seite, vor der Hecke, sprang weiß der Meilenstein ins Bild, auf dem ich gesessen hatte, als Madame Grasset mit ihrem verbeulten, nach Schwein stinkenden Renault vorbeikam, an jenem ersten Morgen, es war eine Ewigkeit her.

Lucy in the Sky with Diamonds, sangen Jack und Kléber, wenn sie das Schwein von Madame Grasset sahen.

«Wärst du lieber allein gefahren?» fragte ich.

«Zuerst ja.»

«Und jetzt?»

Jack zuckte die Achseln. «Ich hab' nichts dagegen, daß du dabei bist», sagte er großzügig. Dann fügte er hinzu: «Wenn du nicht petzt.»

«Wofür hältst du mich? Hab' ich jemals irgendwas gepetzt?»

«Kann ich das wissen?»

«Hab' ich das mit dem Schuppen gepetzt?»

«Du hast recht. Ich nehme es zurück», sagte Jack pompös.

Ich mußte lachen.

«Was ist denn jetzt los?»

«Du hast wie Alex geredet, jetzt gerade.»

«Alex?»

«Der Bruder meiner Mutter. Aber ich sag' nie Onkel zu ihm, bloß Alex. Er hat mir das mit dem brennenden Streichholz beigebracht. Und Kartentricks. Er fährt ein Motorrad. Einmal ist er verunglückt und mußte fast zwei Monate lang in einem Gipsbett liegen. Er hatte mir versprochen, mich mal mitzunehmen, aber dann mußte ich hierherkommen, und es hat nicht geklappt.»

«Wenn ich achtzehn bin, kauf' ich mir auch ein Motorrad.»

«Läßt du mich mal mitfahren?»

«Mal sehen.»

Wir schwiegen eine Zeitlang. Jack blickte konzentriert auf die Straße; sie war jetzt kurvenreich, es ging bergauf und bergab. Bis Rouvray kam uns nur noch ein einziger Wagen entgegen; er signalisierte mit der Lichthupe, und Jack schaltete das Fernlicht aus; die Unterwasserwelt verschwand, das kaltblaue Lämpchen neben dem Tacho erlosch.

«Warum hast du Ricky nicht mitgenommen?» fragte ich.

«Ich wollte erst mal allein fahren. Nächstes Mal nehm' ich ihn mit.»

Ich wünschte, ich hätte Ricky nicht erwähnt; ich wäre lieber noch mal mit Jack allein gefahren.

Wir waren in Rouvray; Jack fuhr im Schrittempo in den Ort hinein. Die Straßen waren wie ausgestorben, die Häuser dunkel, es war nach Mitternacht. Zwei Augen glühten im Scheinwerferlicht, bernsteingelb, ein Hund, der uns am Straßenrand entgegengetrottet kam. Jack blinkte und stoppte, um auf dem Platz vor der Kirche zu wenden.

«Ach bitte, Jack, laß uns noch nach Sigy fahren», bettelte ich.

«Ach was, das reicht.» Aber ich hörte seiner Stimme an, daß er selbst in Versuchung war.

«Sigy, bitte, es lohnt sich doch sonst kaum.»

«Und wenn uns das Benzin ausgeht?»

«Wieviel ist denn noch drin?»

«Zwanzig Liter.»

«Reicht das bis Sigy und zurück?»

Jack lachte. «Mann, du hast aber auch gar keine Ahnung.»

Die Straße nach Sigy war ein langes Stück ziemlich gerade, und Jack schaltete in den dritten, den vierten Gang. Die Tachonadel zitterte um die Siebzig, kroch auf achtzig. Ich hatte den Kopf zurückgelegt, rauchte eine imaginäre Zigarette und schaute auf das Asphaltband vor uns, hellgrau und körnig; es glitt auf die Kühlerhaube zu und wurde verschluckt. Ich wünschte, die Fahrt ginge nie zu Ende; sie war besser als jede Karussellfahrt, vielleicht sogar besser als das Schwimmen im Meer. Vielleicht sogar besser als eine Motorradfahrt mit Alex. Zumindest ebenso gut. Ein Karnickel hoppelte über die Straße, erstarrte, gebannt vom Scheinwerferlicht. Jack bremste scharf und machte im letzten Moment einen Schlenker, er fluchte. Dann fuhr er langsamer.

Wir waren in Sigy. Jack wendete am Ortseingang, vor der Post, einem winzigen gelben Haus mit willkürlichen

Öffnungszeiten, vor dem tagsüber ein paar zerrupfte Hühner im Staub scharrten. Jack hatte Schwierigkeiten mit dem Rückwärtsgang, und als er ihn endlich eingelegt hatte, würgte er zweimal den Motor ab. «*Oh shit! Shit and shit and double-shit*!» fluchte er.

Das Fluchen hatte geholfen; der Motor brummte gleichmäßig, beruhigend. Jack hatte schon ein bißchen Routine bekommen, er schlich nicht mehr so in den Kurven, bremste weicher. Auf dem letzten Stück bis zum *gîte*, den Hang hinunter, stellte er den Motor ab und ließ den Wagen ausrollen. Wir glitten lautlos am *gîte* vorbei, er war dunkel, alles in Ordnung.

Jack schaffte es nicht ganz bis zur Stierwieseneinfahrt und parkte ein paar Meter davor. Wir hofften, Vater würde es nicht bemerken. Jack zog die Handbremse an wie ein alter Routinier, und wir schlichen in den *gîte* zurück.

Beim Frühstück am nächsten Morgen fragte Vater uns wie üblich, ob wir gut geschlafen hätten.

Ich musterte sein Gesicht, aber er fragte es offensichtlich ohne Hintergedanken.

«Einigermaßen», sagte Ricky wehleidig, wahrscheinlich hatte er gestern abend zuviel Popcorn gegessen. Er schien Jacks Abwesenheit nicht bemerkt zu haben.

«Ich hab' gepennt wie ein Stinktier», sagte Jack.

«Wie ein Murmeltier», sagte Vater. «Es heißt, wie ein Murmeltier schlafen.»

«Stinktiere schlafen doch auch, oder?»

«Ich hab' geschlafen wie ein Merowingerskelett», sagte ich und gähnte, daß mir fast die Tränen kamen. «Und du?» fragte ich Vater.

«Wie ein alter Müdmann.»

«Also wie du selbst», sagte ich frech.

«Ich hab' dich schnarchen hören», sagte Ricky vorwurfsvoll zu Vater.

«Ich wette, du hast dein eigenes Echo gehört», sagte Jack.

Jack und ich tauschten einen Blick. Wir hatten ein Geheimnis. Wir waren Komplizen.

12

Es war Hochsommer, die Felder waren gelb und bräunlich geworden, und der Klatschmohn war fast verblüht. Die Ernte hatte begonnen, mit Korn und Strohballen beladene Wagen rollten am *gîte* vorbei, lärmende Mähdrescher; die Fahrer winkten uns zu und lachten, als ob es ein Vergnügen wäre, bei der Hitze zu schuften. In der Luft war der beißende Geruch von Spreu. Am Straßenrand stand die Schafgarbe mannshoch; ich pflückte einen Strauß für die *salle de séjour*, arrangierte ihn in der dickbauchigen Glasvase und stellte ihn auf den wachstuchbedeckten Tisch; er sah hübsch aus und stank wie ein nicht ausgemisteter Stall. Im *gîte* wimmelte es von Fliegen, und jeden Tag machten Jack, Ricky und ich Jagd auf sie, mit Lappen oder zusammengefalteten Zeitungen; wir zählten die erlegten, stellten Rekorde auf. Die Fassade des *gîte* war heiß von der Sonne, dünne Risse in den dunklen Backsteinen und Zementfugen, winzige Löcher und Spalten und Höhlen; häßliche und wunderschöne Insekten schlüpften hinein und heraus. Selbst nach Einbruch der Dunkelheit blieben die Backsteine noch lange warm; ich legte die flache Hand darauf, meinen Unterarm, ich mochte das Gefühl des rauhen warmen Steins auf der Haut, ein Sommergefühl.

Nachmittags saß ich im tiefen Schatten hinter dem *gîte* über den Hausaufgaben. Es war kühl dort, ein bißchen wie die Kühle eines Kellers; in der Stille hörte ich die Fliegen von innen gegen die Scheibe des *salle de séjour*-Fensters ticken, wie winzige Knöchel, wie ein geheimer Code, wie die Signale eines Gefangenen. Die Stiere waren unruhig und stießen mit den gesenkten Köpfen gegeneinander, aber nicht bösartig; sie bestiegen einander, fuhren einen langen, dünnen, pinkroten Penis aus. Ihre Muskeln zitterten an den Schulterblättern wie blitzschnell vom Wind geriffeltes Wasser. Schmale Zickzackspalten liefen durch die festgebackene graue Erde der Rabatten, die Blumen ließen die Köpfe hängen. Manchmal goß ich sie abends, meistens vergaß ich es. Am Abend des heißesten Tages stand über dem Mont Hallebout eine schmale Mondsichel, rosa im rosafarbenen Himmel, sie sank so rasch, daß man zusehen konnte; sie wurde kräftiger rosa, orange, dann verschluckte das Schwarz des Waldes sie; ich sah die scharfe Kontur der Hügelkuppe gegen den leeren Himmel.

Einmal, als wir abends nach Hause kamen, glitzerte die noch sonnenbeschienene Vorderseite des *gîte* silbrig, ein Gewirr silberglänzender labyrinthischer Linien, über die ganze Fläche der Fassade verteilt. Es war der getrocknete Schleim einer Schnecke. Jack fand sie, sie lag auf dem Zementabsatz vor dem *gîte*, ausgedörrt und hart geworden, ein kleines Stück Holz. Er hob sie auf und zeigte sie uns. Ich konnte nicht widerstehen und schlug von unten gegen seine flache, ausgestreckte Hand, und die Schnecke flog in hohem Bogen in den Rasen. Einen Augenblick lang waren Jacks helle Augen wütend; ich hatte Angst vor ihm, wenn er wütend war. Aber dann lachte er. «Such sie selbst», sagte er.

Wir fuhren jetzt jeden Sonntag an die Küste. Jack und ich versuchten, Vater zu überreden, auch samstags zu fahren, aber er sagte, er brauche einen ungestörten Tag in der Woche für seine Merowinger. Er hockte in seinem Zimmer am Schreibtisch, rauchte Zigarillos und füllte Blatt um Blatt mit seiner schwungvollen, unleserlichen Schrift; um ihn herum stapelten sich Bücher, schwankende Türme, die manchmal einkrachten.

Ricky konnte immer noch nicht schwimmen, er hatte einfach zuviel Angst. Obwohl Jack dauernd in seiner Nähe blieb, reagierte er mit Panik, sobald er keinen Grund mehr unter den Füßen hatte; er schlug um sich, schluckte Wasser, verschluckte sich. Einmal kam er weinend auf den Strand zurückgelaufen, wütend und verzweifelt, ich hörte ihn vor sich hinfluchen. Er tat mir leid.

«Ach, stell dich doch nicht so an», sagte Jack.

Manchmal, wenn ich allein mit Ricky war, hänselte ich ihn. Es war so einfach, ihn zu kränken, ich konnte nicht widerstehen, obwohl ich mir schäbig vorkam. Wenn er wieder obenauf war, rächte er sich; er stellte mir ein Bein, leerte meine Tasche aus oder klatschte mir im Vorbeigehen ein nasses Handtuch auf den Po. «Da saß 'ne Mücke», sagte er grinsend.

Jack schimpfte und fluchte über die mißlungenen Schwimmübungen, aber er lobte auch jeden winzigen Fortschritt; dann warf Ricky sich in die Brust, als hätte er eine Glanzleistung vollbracht.

Wenn wir vom Strand genug hatten, stiegen wir auf das Grasplateau hinauf. Vater ging in die Bar-Tabac, aber Ricky kam jetzt immer mit uns, vielleicht um seine Schlappe beim Schwimmen wettzumachen; hartnäckig und tapfer schnaufte er den steilen heißen Pfad hinter uns herauf, seine Beine machten doppelt so viele Schritte wie Jacks.

Manchmal waren andere Leute auf dem Plateau, oft waren wir allein. Wir streiften umher oder saßen im Gras und aßen Süßigkeiten, die Ricky jedesmal mitschleppte; mal gab er uns was ab, mal nicht. Wir spielten unsere Bushaltestelle-Spiele. Ich setzte mich abseits und schrieb an Mama und Fred, an Rose, an Alex; auf den Ansichtskarten waren das Meer und der Himmel so blau wie Tinte. Der Wind war stark hier oben, und Jack hatte einen Drachen gekauft, einen rot-grünen Lenkdrachen mit der Abbildung eines feuerspeienden Ungetüms. Er hielt die Schnüre fest, das Gewicht nach hinten gegen den Zug, die Knie gebeugt und die Arme vorgestreckt, wie ein Wasserskifahrer, wie der Wagenlenker bei dem altrömischen Wagenrennen, das ich mit Mama und Alex in einem Film gesehen hatte. Wir spielten Ball – nicht mit dem großen Wasserball, sondern mit einem kleineren, festeren, den wir im Picknickkorb hochschmuggelten, ohne Vaters Wissen; immerhin spielten wir in sicherer Entfernung vom Steilhang.

Ein einziges Mal kraxelte Vater mit uns herauf, er schnaufte und schwitzte und prustete und schaffte es nur mit Mühe. Wir lachten ihn aus, Ricky am lautesten. «Ja, Ricky», sagte er. «Ich hatte keinen großen Bruder wie du, der mich trainiert hat.»

Ricky schnitt eine Grimasse, die gegen seinen Willen in ein stolzes Grinsen überging.

Es war Nachmittag, wir waren am Strand von Le Tréport. Der Strand hier war Vater lieber als der von Berneval, er war weitläufiger und auf gleicher Ebene wie die Stadt, die schweißtreibende Kletterei blieb ihm erspart. Außerdem waren die Tabakbars näher, und es gab eine größere Anzahl davon. Eigentlich hatten wir mit der Zahnradbahn auf die Klippen hinauffahren wollen, sie war in unserem Reiseführer angepriesen, aber außer den völlig verrosteten Gleisen existierte nichts mehr davon.

Die rote Fahne war gehißt, wir durften nicht schwimmen; das ausgefranste Tuch bewegte sich träge in flauen Windstößen. Es war schwül, diesig, das Meer ölig grau, mit einem bösartigen Glitzern hier und da; ein Unwetter war angesagt. Jack und Ricky saßen mit gekreuzten Beinen auf der Decke, das Roulettespiel zwischen sich; sie tüftelten an ihrem System und waren nicht ansprechbar. Vater hatte sich seinen Klappstuhl ein bißchen abseits aufgestellt und las. Ich saß auf einem Handtuch und starrte aufs Meer; Langeweile hüllte mich ein wie eine trübe Wolke, die Zeit dehnte sich, ereignislos wie der Meereshorizont.

Ich rappelte mich schließlich auf und ging zum Parkplatz hinüber, um mir was zum Lesen aus dem Wagen zu holen, im Vorbeigehen warf ich einen kleinen Kieselstein in die Roulettescheibe, ignorierte den Protest. Als ich die *Paris Match*-Nummern aus dem Kofferraum nahm, hörte ich ein Bimmeln, es war ein Eiswagen, er stand ein Stück die Straße hinunter. Ich holte meine Handtasche aus dem Versteck unter dem Sitz, und während ich zu dem Wagen schlenderte, stellte ich in Gedanken das Eis zusammen, das ich mir kaufen würde, ein gigantisches Eis, mindestens acht verschiedene Sorten; ich besaß noch mein gesamtes Taschengeld. Sie würden Augen machen, besonders Ricky.

Es waren zwei Kunden vor mir, und als die Reihe an mir war, hörte ich mich zu meiner Überraschung drei Portionen verlangen, Zitrone für Jack, Erdbeer für Ricky, ihre Lieblingssorten, Malaga für mich selbst. Es war eine Anwandlung von Großzügigkeit, aber nicht nur, ich wollte sie damit kaufen, sie sollten merken, daß ich da war, sie sollten mir dankbar sein.

Als ich zum Strand zurückkam, waren Jack und Ricky verschwunden. Vater las immer noch, sein weißes, formloses Sonnenhütchen auf dem kahl werdenden Schädel, sein unvermeidliches Zigarillo zwischen den Fingern. Er blickte mich durch seine Sonnenbrille an, zwei getönte Gläser, die mit Hilfe von Haken an seiner richtigen Brille befestigt waren, er konnte sie hochklappen, so daß sie waagerecht wegstanden, eine Art gläserner Scheuklappen; ich fand, es sah lächerlich aus, es war mir peinlich.

«Wenn du die beiden suchst, die sind in die Stadt gegangen», sagte er.

«Oh», sagte ich enttäuscht. «Warum haben sie denn nicht auf mich gewartet?»

Vaters Augen glitten zu den Hörnchen, das Eis begann zu schmelzen, tropfte aus den aufgeweichten Spitzen.

«Wenn sie erfahren, daß du Eis für sie gekauft hast, werden sie sich ganz schön ärgern.»

«Aber warum hast du ihnen denn nicht gesagt, sie sollen auf mich warten?» Meine Stimme war anklagend, vorwurfsvoll.

Er verzog den Mund, zerknirscht, gleichzeitig ein wenig spöttisch, als nähme ich das alles zu wichtig.

«Ach Jessie, ich hab' nicht so weit gedacht.»

Ich drehte mich um und suchte angestrengt die Promenade ab, volle Straßencafés, Restaurants, Geschäfte und Boutiquen; es wimmelte von Touristen. Ich konnte sie nirgends entdecken, ich hatte es gar nicht erwartet.

«Wo sind sie denn hingegangen?»

Vater zog die Schultern hoch. *«Je ne* weiß *pas»*, sagte er in dem Gemisch von Französisch und Deutsch, das wir früher zu Hause manchmal gesprochen hatten; es hatte Mama aufgeregt, jetzt regte es mich auf.

Ich setzte mich auf mein Handtuch und leckte das sich verflüssigende Eis, ich verabscheute den säuerlich-kühlen Geschmack von Zitrone, den klebrig-süßen Erdbeergeschmack. Lustlos blätterte ich in den Illustrierten; Eis tropfte auf die Seiten, ich ließ es auf die Fotos tropfen, verunzierte die glatten, lächelnden Gesichter. Ich überlegte, allein in die Stadt zu gehen, vielleicht würde ich sie treffen, aber ich verwarf den Gedanken sofort, sie sollten nicht glauben, ich liefe ihnen nach; Vater würde mich ohnehin nicht allein losziehen lassen. Und außerdem wollten sie mich vielleicht gar nicht dabeihaben.

Sie trudelten erst nach über einer Stunde wieder ein, in bester Laune. Sie hatten in einem Plattenladen gestöbert, sich in den Kabinen Platten angehört und zwei gekauft, Stevie Wonder, ein Doppelalbum; diese Nacht würden sie sie bis zum Geht nicht mehr hören.

«Jess wäre gern mit euch gegangen», sagte Vater. «Ihr hättet ruhig auf sie warten können.»

Jack warf mir einen Blick zu, überrascht, eine Spur schuldbewußt, aber vielleicht redete ich mir das ein. Vater wollte noch etwas sagen, aber ich wehrte schnell ab. «Ist nicht so wichtig, wirklich nicht.»

«Das meine ich doch wohl auch», sagte Ricky großspurig. «Du brauchst schließlich nicht überall dabeizusein, oder?»

Er sagte etwas auf englisch zu Jack, das ich nicht verstand, und sie lachten. Ich schnitt Ricky eine Grimasse, er lachte noch lauter. Abrupt wandte ich mich ab.

Vielleicht lag es tatsächlich an der Quelle unterm *gîte*, daß ich nachts soviel träumte, wilde, verrückte Träume, manchmal Alpträume; beim Wachwerden erinnerte ich mich an sie.

Einmal träumte ich von Alex, aber ich konnte mich nicht an den Inhalt des Traums erinnern, ich wußte nur noch, daß Alex zugleich Jack gewesen war, sie waren ein und dieselbe Person, Alex-Jack, Jack-Alex. Es war seltsam, weil sie im Wachsein doch so verschieden waren.

Ein einziges Mal träumte ich von Ricky. Wir schwammen zusammen ins Meer hinaus, es war schön, wir schwammen schnell, leicht, mühelos, glitten über die Wellen, durch sie hindurch, Fischleiber, kühl und geschmeidig, das Wasser trug uns, aber die ganze Zeit über wünschte ich, es wäre nicht Ricky, der neben mir schwamm, sondern Jack. Wir waren weit draußen, als Ricky sich plötzlich verschluckte, er rang keuchend nach Luft, er ertrank, aber ich konnte nichts für ihn tun. Im nächsten Moment war er weg, und ich war es, die nach Luft rang, ich bekam keine Luft mehr, ich erstickte.

Ich wurde wach und schnappte immer noch nach Luft, und ich begriff, daß ich wirklich erstickte, daß es kein Traum war. Panik ergriff mich, ich schnellte hoch. Irgend etwas steckte in meinem Hals, eine Fischgräte, eine kleine Muschel, ich hatte mich daran verschluckt, ich wußte, es war aus, ich erstickte, niemand konnte mir helfen. Von panischer Angst erfüllt, fingerte ich in meinem Rachen herum, dann merkte ich, daß dort nichts war, keine Muschel, überhaupt nichts. Ich hatte mich im Schlaf an meiner Spucke verschluckt.

Ich ließ mich zurücksinken, zitternd vor Erleichterung. Mein rasendes Herz fing an, sich zu beruhigen, die

Panik löste sich langsam auf. Es war nicht das erste Mal, ich hatte schon früher nächtliche Erstickungsanfälle gehabt, als ich noch bei Mama lebte, nachdem Vater weggegangen war.

Ich lag da mit offenen Augen, mit dem Gefühl, gerade noch entkommen zu sein. In der großen Rolladenritze glänzte ein Stern, er stand über dem Mont Hallebout. Ich betrachtete ihn und wünschte, ich wäre in Genf und ginge zusammen mit Mama einkaufen und säße mit ihr in einem der Tea-Rooms, von denen sie mir geschrieben hatte, und wir tränken heißen Kakao, *un chocolat chaud avec chantilly*. Der Stern in der Ritze verschwamm, dann waren da zwei Sterne, liefen wieder zu einem zusammen und schwammen erneut auseinander, glitzerten mit langen, nadelscharfen, pulsierenden Strahlen.

Ich wischte mir die Tränen weg. Ich wollte nicht weinen, nie mehr. Ich wollte hart sein, wie das Glitzern des Sterns. Wie Kristall.

Ich war mit Ricky allein im *gîte*, es war Freitag, früher Abend. Jack war auf einer zweitägigen Klassenfahrt, Vater in Rouen; ein Kollege aus Forges hatte ihn in seinem Wagen mitgenommen. Kurz vor neun war Pierre am *gîte* aufgekreuzt; Vater habe auf dem Hof angerufen, es werde ein bißchen später als geplant, Mitternacht oder halb eins.

«Er hat mir aufgetragen, ich soll so lange bei euch bleiben.» Pierre grinste, sein verschmitztes Grinsen.

«Och, Pierre, das ist wirklich nicht nötig», sagte ich. «Wir wollen dir auf keinen Fall den Abend ruinieren.»

Ich warf einen Blick auf Ricky. «Aber vielleicht hat mein kleiner Bruder Angst?»

Ricky protestierte entrüstet. Pierre trank ein Glas Rotwein, führte uns eine neue Maulwurffalle vor und verlangte noch einen Kaffee und drei Kekse, *Madeleines longues*; wir hatten sie extra für ihn im Super-U gekauft. Schließlich drehte er sich eine Zigarette und radelte zum Hof zurück.

Es dämmerte, wir knipsten die Lampen an; dann war es dunkel. Ich schickte Ricky nach draußen, um den Laden am hinteren Fenster der *salle de séjour* zu schließen; alle anderen Fenster bis auf das vergitterte Badezimmerfenster hatten Rolläden, ich ließ sie herunterkrachen. Es war eine finstere Nacht, weder Mond noch Sterne am Himmel, es hatte sich nachmittags zugezogen. Das Paradies war eine dunkle Masse; oben am Hof brannte ein Licht, das einzige weit und breit, ich sah es durch die Büsche schimmern.

Wir saßen am Tisch in der *salle de séjour* und spielten Halma. Ich war kratzbürstig, ließ Ricky nicht die geringste Mogelei durchgehen; ich mogelte selbst und stritt es ab, blieb kühl, überlegen, während Ricky sich aufregte.

Mitten im Spiel legte ich plötzlich den Zeigefinger auf die Lippen und bedeutete ihm, still zu sein. Ich zeigte auf Vaters Zimmer, wandte den Kopf zur Seite und horchte, als hätte ich etwas Verdächtiges gehört. Ich machte große erschrockene Augen. Ricky erstarrte.

«Es ist jemand in der Garage!» flüsterte ich, und während wir unbewegt dasaßen und horchten, glaubte ich selbst ein bißchen an meine Lüge. Der Kühlschrank brummte und hörte mit einem Schüttern auf, ein leises Klirren von Tassen und Gläsern, dann war es still im *gîte*, eine knisternde Stille, man spürte sie auf der Haut, beim Atmen. Die *BadekultUhr* tickte. Ich stand ganz leise auf und schlich in Vaters Zimmer. Ich blieb reglos zwischen Bett und Schrank stehen, vielleicht eine Minute, dann ging ich auf Zehenspitzen in die *salle de séjour* zurück.

«Jemand klaut Vaters Auto!»

Wir berieten uns flüsternd. «Du mußt zum Hof rauflaufen, Pierre holen», sagte ich.

In Rickys Augen flackerte Angst; es war kurz vor Mitternacht.

«Soll *ich* rauflaufen, und du bleibst hier?» Ich ließ eine Spur von Verachtung in meinen Tonfall einfließen.

«Nein, nein.»

«Was dann?»

«Wir könnten doch beide zum Hof rauf», zischte Ricky. Einen Moment lang wußte ich nicht, was ich sagen sollte, an diese Möglichkeit hatte ich nicht gedacht. Dann flüsterte ich: «Wenn Vater nach Hause kommt, muß ich ihm ein Signal geben, er ist ahnungslos, es könnte gefährlich für ihn werden.»

«Aber –»

«Soll ich vielleicht Jack erzählen, du hattest zuviel Angst?»

«Ich geh' ja schon, verdammt noch mal.»

Ich öffnete leise die Haustür. Er schlüpfte hinaus und lief über den Rasen, tauchte in die Dunkelheit ein; ich hörte ihn über den Holzzaun steigen, der unser Grundstück zu der unbeleuchteten Straße hin begrenzte. Dann seine schnellen Schritte auf dem Asphalt, er rannte wie ein Verrückter.

Ich verschloß die Haustür, setzte mich wieder an den Tisch und wartete darauf, daß Ricky mit Pierre zurückkam. Was ich getan hatte, war gemein; ich schämte mich dafür. Ein Teil von mir schämte sich, ein anderer triumphierte.

Die Minuten verstrichen, sie kamen nicht, eine Viertelstunde, zwanzig Minuten. Der Kühlschrank brummte und hörte wieder auf, brummte und hörte auf. Ein Rascheln und Quieken im hinteren Garten, Nachttiere, keine Gefahr. Ein Wagen näherte sich aus der Richtung des Hofs, aber er fuhr vorbei, entfernte sich; Stille breitete sich wieder aus, wie eine Staubschicht, ich dachte an die Skelette der Toten unter mir. Ich überlegte, Ricky nachzugehen; vielleicht hatte ich etwas Falsches getan. Vielleicht war ich zu weit gegangen.

Wieder näherte sich ein Wagen, verlangsamte und hielt an; ein fremder Wagen, nicht der R 4 von Madame Grasset, dessen Motorengeräusch ich kannte. Ich löschte das Licht, öffnete die Haustür einen Spalt und versuchte, das Dunkel mit den Augen zu durchdringen, ich horchte.

Mehrere Leute, die leise ausstiegen, miteinander tuschelten, Männer; ich erkannte Rickys Stimme. Das Knirschen von Kies, sie kamen die Einfahrt herauf; ich konnte sie nur vage erkennen, Vater, Pierre und Ricky, und ein Mann, den ich nicht kannte, es mußte Vaters

Kollege sein. Ricky kam zu mir herübergelaufen. Ich hörte das Rumpeln des Garagentors, als es zur Seite geschoben wurde, ein paar Augenblicke Stille, sie leuchteten wohl mit Taschenlampen hinein; dann Vaters Stimme und die der anderen, sie wurden laut, amüsiert; eine Lachsalve.

Sie kamen zur Haustür, sie redeten alle durcheinander, erleichtert, vielleicht hatten sie selbst Angst gehabt. Irgendein Tier, das hinter dem Müllbeutel hergewesen sei, meinte Pierre, ein Wiesel oder ein Frettchen. Vater umarmte mich, hüllte mich in seinen Geruch nach Tabak und Rotwein; er tätschelte Rickys Kopf und lobte den Mut, den wir bewiesen hatten. «Ricky stand vor der Einfahrt zum Hof, als wir vorbeifuhren», sagte er stolz.

«Ich wollte grade reingehen», beteuerte Ricky. Das galt mir. Ich warf ihm einen verächtlichen Blick zu, aber er wich meinen Augen aus.

Vater lud Pierre und Monsieur Gérard zu einem Calvados ein; Ricky und ich wurden ins Bett geschickt. Ich hielt ihn fest, als er sich in sein Zimmer verdrücken wollte.

«Hör mal», sagte ich, «du willst mir doch nicht weismachen, daß du 'ne halbe Stunde von hier bis zum Hof gebraucht hast.»

«Es war so: Als ich ankam –»

«Gib zu, du hast dich nicht reingetraut wegen Toto.»

Fast noch mehr als wegen seiner Angst vor Toto verachtete ich ihn wegen seiner Unfähigkeit, sich eine Ausrede einfallen zu lassen. Ich ließ ihn stehen und ging ins Bad.

Als ich herauskam, ging Rickys Tür auf; er hatte mich abgepaßt. «Hör mal, Jess –»

«Ja?»

Er winkte mich ins Zimmer, und ich folgte ihm. Sein Bett war ein wüstes Durcheinander von Kissen und Laken und Decken, er hatte sich noch Jacks Kopfkissen und ein weiteres, unbezogenes Kissen dazugenommen, das er Gott weiß wo aufgetrieben hatte. Leere Chipstüten lagen herum, Fetzen von Schokoladenpapier, auf dem Tisch ragte aus dem gewöhnlichen Chaos eine Pyramide von Coladosen. Ich setzte mich auf die Kante von Jacks Bett, Ricky gegenüber.

«Ich wollte wirklich grade in den Hof gehen –»

«Und wenn jetzt tatsächlich jemand in der Garage gewesen wäre? Er hätte mich umbringen können. Bloß weil du zu feige warst, an Toto vorbeizugehen, ein einziges Mal, dieses eine Mal nur.» Ich fügte hinzu, knallte es wie eine Trumpfkarte hin: «Er hätte mich *vergewaltigen* können.»

Ricky kaute heftig an den Nägeln, mit gerunzelter Stirn, seine Augen blickten verwirrt. Schließlich sagte er drängend: «Hör mal, du sagst es nicht Jack?»

Das war es, weswegen er mich in sein Zimmer geholt hatte. Um mir das Versprechen abzunehmen, daß ich es nicht Jack erzählte.

Ich betrachtete prüfend meine Fingernägel, ließ mir Zeit. «Ich weiß nicht», sagte ich schließlich.

«Aber ich will nicht, daß du es Jack erzählst.»

«Ich seh' eigentlich nicht, warum Jack es nicht wissen soll.»

«Er regt sich dann nur auf.»

Ich zuckte die Achseln. «Für uns war's schließlich auch aufregend, oder?»

«Versprichst du mir, daß du es ihm nicht sagst?» Seine Stimme war jetzt unterwürfig.

Ich schwieg ein paar Sekunden. Dann sagte ich: «Ich verspreche dir, daß ich es ihm wahrscheinlich nicht sage.»

«Daß du es ihm *bestimmt* nicht sagst.»

Ich stand auf, ging zur Tür. Das Posterskelett grinste mich an.

«Höchstwahrscheinlich nicht», sagte ich kühl, endgültig. Immerhin hatte Ricky in Kauf genommen, mich mit einem Einbrecher allein zu lassen. Die Hand an der Klinke blieb ich stehen, wandte mich noch mal zu Ricky um. «Übrigens», sagte ich, «ich muß dir noch was sagen.»

«Ja?»

«Ich wußte von Anfang an, daß es kein Einbrecher war. Ich hab' dich reingelegt.»

Ricky starrte mich an, er wurde bleich, dann rot. Ehe er seiner Wut Luft machen konnte, sagte ich, mit der Stimme einer Mutter, die ihrem Kind sagt, daß sie enttäuscht von ihm ist: «Es war eine Mutprobe. Du hast sie nicht bestanden. Gute Nacht.»

Ich schloß sanft die Tür.

13

Die Sommerferien hatten begonnen, Hochstimmung erfüllte uns, ein Gefühl paradiesischer Freiheit. Nach drei Tagen hatte ich das Collège vergessen, obwohl ich eigentlich ganz gern hinging, trotz Mademoiselle Con. Ricky haßte das Collège, er war von uns allen am glücklichsten über die Ferien. Am ersten Nachmittag verzog er sich zu einer Süßigkeitenorgie hinter den *gîte*, er summte und sang und trompetete vor sich hin, Variationen zu *San Quentin*.

Unser Tagesrhythmus änderte sich. Wir frühstückten, wenn die Sonne schon fast im Zenit stand und der Schatten im Vorgarten zu einem schmalen Streifen am *gîte* zusammengeschmolzen war; abends blieben wir lange auf, bis weit in die Nacht, jede Nacht ein bißchen länger. Das schöne Wetter dauerte an, die Nächte waren warm und dufteten nach Heu, nach Erde und Kuhdung und wurmstichigen Äpfeln. Grillen zirpten, in dem kleinen Teich im Paradies quakte der Froschchor lauter denn je. Autos parkten vor der Junkiehöhle und fuhren ein paar Stunden später wieder weg; Männerstimmen drangen zu uns herüber, aber wir konnten nicht verstehen, was sie sagten; Autotüren schlugen zu, und Motoren heulten auf, die Lichtkegel der Scheinwerfer schnitten Stücke aus der Nacht. Sie fuhren in Richtung Rouvray oder am *gîte* vorbei. «Geh bloß nicht in die Nähe!» warnte ich Ricky. «Sonst schnappen sie dich.»

Wir trafen uns jetzt nur ab und zu mit der Clique, die wichtigsten Mitglieder – Kléber, Fleurette und Roger – waren ohnehin mit ihren Eltern verreist. Ein paarmal rafften wir uns zu einer Radtour auf, aber über den

Feldstraßen flimmerte eine Gluthitze, Staub wehte von den abgeernteten Feldern herüber, und Ricky und ich wurden bei jeder Rast von Insekten zerstochen. Nach einem platten Hinterreifen an Rickys Rad gaben wir die Fahrten auf.

Vater hatte Semesterferien, und wir unternahmen unsere Ausflüge jetzt auch wochentags. Wir fuhren an die Küste, nach Berneval, Le Tréport, Dieppe, und probierten ein paar kleine Strände westlich von Dieppe aus, Richtung Le Havre. Ricky machte Fortschritte beim Schwimmtraining, winzige Fortschritte, aber beim nächstenmal war es wieder ein einziges Versagen. Ich bewunderte Jacks Geduld. Er war geduldig, bis er wütend wurde, aber dann wurde er richtig wütend. Ricky tat, als pfeife er auf seinen Mißerfolg, bemühte sich, so zu tun, aber er konnte uns nicht täuschen, er war leicht zu durchschauen, durchsichtig wie Glas.

Eines frühen Morgens, als ich zum Klo ging, überraschte ich ihn in der *salle de séjour*, er lag bäuchlings auf der Sitzfläche eines Stuhls und übte Trockenschwimmen, ruderte hektisch, unbeholfen mit Armen und Beinen; sein Gesicht war krebsrot und verzerrt vor Anstrengung oder Furcht oder beidem.

Wenn wir nicht an die Küste fuhren, besichtigten wir Sehenswürdigkeiten im Binnenland, die Vater aussuchte, Herrenhäuser, Schlösser und Schloßruinen, alte Friedhöfe. Auf den Friedhöfen gab es verwitterte, schiefe Steinkreuze und verrostete Eisenkreuze und kleine Mausoleen. Auf vielen der neueren Grabsteine war neben dem Namenszug eine Fotografie eingearbeitet, das oval gerahmte Gesicht des oder der Verstorbenen. Manche lächelten, was mich seltsam berührte; es sah aus, als lächelten sie noch im Tode. Die Gräber waren hübsch, aber sie hatten selbst etwas Totes, Unveränderliches; künstliche Topfblumen schmückten sie, bunte Glassteine, Steinplättchen mit Majolikablüten oder mit Sprüchen:

J'ai prié pour vous à Lourdes.
Les temps passent. Le souvenir reste.

Die Kindergräber, unter einer Schicht weißer glänzender Steinchen, sahen kühl und unschuldig aus, weiß- oder silberngestrichene Gitter faßten sie ein, manche hatten ein kleines spitzgiebeliges Glashaus.

Die Ausflugsziele, die nicht am Meer lagen, langweilten uns schnell, besonders die Museen. Um Streit und Diskussionen zu vermeiden, gingen wir zu einem Losverfahren über. Wir schrieben unsere Wunschziele auf Zettel, die wir zusammengefaltet in einem alten henkellosen Blechkessel aufbewahrten. Jack, Ricky und ich durften abwechselnd eines der Lose ziehen. Jack machte sich einen Spaß daraus, uns zu täuschen. Er zog Berneval, worauf er ganz wild war, und schaute zutiefst enttäuscht drein; er zog das Musée des Antiquités in Rouen und mimte Begeisterung. Aber sehr bald wußte ich, was los war, seine Augen verrieten ihn. Ricky zog jedesmal eine kleine Show ab, seine rundliche Hand wühlte eine Ewigkeit in den Losen, bis sie endlich eines zutage förderte; er öffnete es im Zeitlupentempo und gab vor, es nicht richtig entziffern zu können. Vater und Jack machten spöttische Bemerkungen, während ich vor Ungeduld platzte; ich trampelte ein Stakkato auf den Steinboden und schrie: «Nun *mach* doch endlich!»

«La fête patronale de Sainte-Anne, Pommereux», las Ricky gewichtig vor und konnte seine Erleichterung nicht verbergen, er war jedesmal froh, wenn es nicht zur Küste ging.

«Wo ist Pommereux?» fragte ich. Ich hoffte, das Namensfest der heiligen Anne sei eine Art Jahrmarkt mit Buden, vielleicht waren ein paar Karussells dabei.

«Ich bleib' hier», erklärte Jack.

Mit einemmal erschien mir der Ausflug öde, sinnlos; ein kaum zu überstehender Tag. Wenn Jack nicht mitfuhr, wollte ich auch nicht mitfahren. «Ich bleib' auch hier», sagte ich.

«Wieso denn», fragte Ricky. «Ich find' Namensfeste von Heiligen echt geil.»

Ich rollte die Augen zur Decke. «Jack, ich glaub', dein Bruder ist übergeschnappt.»

«Wahrscheinlich denkt er, es gibt was zu mampfen», sagte Jack.

«Das Los hat entschieden, wir fahren alle», sagte Vater, und wir fuhren.

Wir saßen an einem der Holztische und tranken Limonade, Vater trank Bier. Es gab keine Karussells, aber einen Getränkestand, eine Pommes-frites-Bude, eine Bude mit Süßigkeiten und eine große Attraktion, die *Poule aux Numéros*. Eine Verlosung, erklärten uns zwei Frauen, die mit uns am Tisch saßen. Es herrschte Gedränge,

Luftballons stiegen auf. Die Preise lagen numeriert auf einem langen Tisch, nur der Hauptgewinn, ein lebendes Ferkel, stand in einem Käfig. Sein Gewicht unterlag drastischen Schwankungen; in der *Dépêche du Pays de Bray* war es mit fünfundzwanzig Kilogramm angegeben, auf den Programmen mit dreizehn und auf dem Poster im Café de Dieppe, erinnerte ich mich, mit achtundzwanzigeinhalb Kilogramm. Die anderen Preise waren ein zerlegtes Schwein, fünfzig Stück Kaninchen und Geflügel, sechs Lammkeulen und *Attractions diverses*. Vater kaufte vier Lose, eins für jeden von uns. Vater, Ricky und ich hatten Nieten, aber Jacks Los war ein Treffer. Vater und ich nahmen unser Pech gelassen hin; ich war eigentlich erleichtert, nicht das Ferkel gewonnen zu haben, was hätte ich mit einem Ferkel angefangen? Ich hätte es allenfalls im Paradies aussetzen oder es Lucy, Madame Grassets Sau, unterschieben können, aber sie hätte es möglicherweise gefressen.

Ricky kam nicht darüber hinweg, daß er eine Niete und Jack einen Treffer gezogen hatte.

«Du hast es dir selbst ausgesucht», sagte Vater.

«Ja, aber ich wollte eigentlich das nehmen, das Jack genommen hat.» Seine Stimme war halb entrüstet, halb weinerlich.

«O Mann», sagte Jack. «Du nervst mich.» Er warf ihm sein Gewinnlos hin. «Hier. Ist ja doch nur 'ne Salami oder 'n Hähnchenschenkel.»

Ricky nahm das Los, er hielt es mit einer Hand auf der Tischplatte fest und strich es mit der anderen glatt. *«One hundred and seventeen»*, proklamierte er. *«Cent dix-sept.*» Ich verspürte einen Anflug von Neid, weniger auf den noch unbekannten Preis als auf Rickys Glück. Endlich wurden die Nummern und die dazugehörigen Preise über Lautsprecher ausgerufen. Die Nummer hundertsiebzehn war ein Schweinskopf.

Ich sagte, mit leisem Ekel und Entsetzen in der Stimme: «Ich hab' gehört, die Schweinsköpfe sind lebendig.»

Ich sah Jack an, erhaschte seinen Blick; wir verständigten uns, eine Art Code.

«Ja, hab' ich auch gehört», sagte er mit todernstem Gesicht.

Ricky schaute einen Augenblick lang befremdet drein, ehe Jack und ich laut loslachten.

«Dann hol deinen Preis mal ab», sagte Vater.

Ricky trottete los und kam mit Süßigkeiten wieder, fünf Fläschchen mit bunten Zuckerkügelchen, er hatte den Schweinskopf gegen sie eingetauscht. Vater sagte, er habe ein schlechtes Geschäft gemacht, aber Ricky war sichtlich zufrieden.

Später, als Vater und Jack am Getränkestand waren, sagte ich zu Ricky, er müsse mir eigentlich ein Fläschchen abgeben. Ich sagte es, weil ich es für gerecht hielt, aber Ricky faßte es anders auf, ich sah es in dem Blick, den er mir zuwarf. Ach, so läuft das jetzt, sagten seine Augen, das hätte ich mir doch denken können. Er dachte an seine Schlappe in der Nacht des Einbrechers, er glaubte, es sei Erpressung, der Preis, den er bezahlen mußte, damit ich Jack gegenüber den Mund hielt. Ich hatte es nicht so gemeint, aber jetzt hatte er mir ungewollt einen Köder hingeworfen, und ich konnte nicht widerstehen.

«Gib mir zwei», sagte ich und streckte fordernd die Hand aus.

Er protestierte gegen die neue Forderung, dann gab er klein bei; er schob mir ein Fläschchen rüber, dann noch eins, widerstrebend, als tue seine Hand etwas, das er selbst nicht wollte, als mache er einen Schachzug und wisse, daß es das Matt für ihn bedeutete. Ich verspürte einen Anflug von Skrupel, nur einen Anflug; ich genoß die Macht, Möglichkeiten für die Zukunft taten sich auf. Ich öffnete eines der Fläschchen, steckte ein Kügelchen in den Mund, ein giftgrünes, und ließ es auf der Zunge zergehen. In meinem Mund breitete sich eine intensive Süße aus, obwohl es so winzig war.

Ich kicherte. «Da hast du dir das richtige ausgesucht», sagte ich spöttisch.

«Wieso?»

Ich wollte antworten, aber ich konnte nicht, ich fing an zu lachen, ein Lachkrampf, gegen den ich nicht ankam, ich bog mich vor Lachen, mein Bauch schmerzte, meine Augen tränten. «Weißt du, wie sie in Deutschland heißen?» brachte ich mit erstickter Stimme heraus.

«Wie denn?» fragte Ricky säuerlich, ihm war überhaupt nicht nach Lachen zumute.

«Liebesperlen», schrie ich. «*Love pearls*!»

«Ist mir doch scheißegal.» Wütend stopfte er sich eine Handvoll in den Mund, zerkaute sie krachend. Dann hielt er inne; er warf mir einen verschlagenen Blick zu, als sei ihm gerade eine Idee gekommen.

«Ist was?» fragte ich.

Ricky grinste, seine Wut war verraucht. «Liebesperlen! Ha!» sagte er, seine Stimme war jetzt anzüglich. «Weißt du was? Dann schenk doch eins von deinen Fläschchen Jack.»

Ich merkte, wie mir die Hitze ins Gesicht stieg, ich wußte vor Verlegenheit und Ärger nichts zu sagen. Ich ärgerte mich ebenso über mich selbst wie über Ricky, warum konnte ich nicht gelassen bleiben? Ricky sah mich grinsend an, ein hämisches, wissendes Grinsen. Ich senkte den Kopf, durchwühlte meine Tasche nach meiner Sonnenbrille, aber ich hatte sie im *gîte* liegenlassen.

«Jaja», sagte Ricky gedehnt, immer noch im gleichen anzüglichen Tonfall.

«Ach, du spinnst ja!» sagte ich heftig, viel zu heftig.

Ein Schatten fiel auf den Tisch, Jack, er stellte ein neues Glas Limonade vor mich hin.

«*Merci*», sagte ich so kühl wie möglich und sah weder ihn noch Ricky an.

«He Jack», sagte Ricky. «Willst du 'n Fläschchen Liebesperlen von Jess?»

«Behaltet den Mist», sagte Jack.

Als wir ein paar Tage später das Schloß Mesnières besichtigen sollten, setzten Jack, Ricky und ich uns ab. Eigentlich war ich neugierig auf die Hirschgalerie, die *Galerie des Cerfs*. Vater hatte uns die Beschreibung aus dem Reiseführer vorgelesen: Ein Saal mit sieben steinernen Hirschen auf Wandsimsen; sie waren lebensgroß und hatten echte Geweihe. Aber dann schloß ich mich doch lieber Jack und Ricky an.

«Diese dämlichen Hirsche», sagte Jack. «Was hast du davon, die anzugaffen?»

Schräg gegenüber dem Schloß, ein Stück von der Straße zurückgelegen, war ein kleiner Bahnhof, ein gelbgestrichenes Haus mit spitzem Giebel, das wie ein Wohnhaus aussah; rote Geranien in Tontöpfen schmückten die Fenster. Wir überquerten die Bahngleise an einem beschrankten Übergang und schlenderten auf den Bahnsteig. *Accès aux quais DIRECTION PARIS*, las ich auf einer blauen Hinweistafel.

Jack verschwand durch eine Holztür mit der Aufschrift *Messieurs*; Ricky und ich schlenderten den sonnigen Bahnsteig hinunter. In unserer Blickrichtung waren die Gleise ein langes Stück gerade; ich beschattete meine Augen mit der Hand gegen das Licht; ich meinte, in der Ferne einen Zug zu erkennen, winzig, wie eine Spielzeuglok, dann war ich sicher, daß es ein Zug war. Ricky erkannte ihn auch. Ich wandte mich um, Jack stand am Eingang des Bahnhofs und studierte den Fahrplan.

«Ein Zug!» schrie ich ihm zu und zeigte in die Richtung, aus der der Zug nahte.

«*Yeah!*» rief Jack zurück, nicht gerade übermäßig interessiert, er warf einen kurzen Blick die Gleise entlang und wandte sich wieder dem Plan zu. Am Bahnübergang blinkte das rote Licht, die Schranken gingen mit einem schrillen Klingeln herunter. Dohlen flogen von einem Acker auf wie hochgewirbeltes schwarzes Laub.

Der Zug wurde größer, man hörte ihn jetzt, er näherte sich schnell, ohne sein Tempo zu verringern, offensichtlich ein Schnellzug; er würde durch diesen verlassenen Provinzbahnhof hindurchrasen. Jetzt war er nur noch dreißig oder vierzig Meter entfernt, nur noch zwanzig Meter. Und ganz plötzlich, wie aus dem Nichts, war hinter meinen Augen eine Vision. Ich hielt sie fest, obwohl sie mir angst machte, sie machte mir angst und faszinierte mich, eine schreckliche Versuchung, ein Gefühl, als stünde ich ganz hoch oben auf einem geländerlosen Balkon. In dieser Vision sah ich Ricky die Gleise überqueren, auf den anderen Bahnsteig hinüberrennen, ganz knapp vor dem herandonnernden Zug. *Na los, Mann, sei kein Feigling*! Ich preßte die Lippen aufeinander, ballte die Fäuste.

Im nächsten Moment traf uns der Fahrtwind, wehte meine Haare zur Seite. Der Zug raste vorbei, die Abteile mit den Reisenden, jemand winkte, ein Junge, Ricky und ich winkten zurück, dann war der letzte Waggon vorüber.

Wir schlenderten zum Bahnhofsgebäude zurück. Mir fiel ein, daß ich noch einen Lutscher in der Tasche hatte, ich holte ihn heraus und zögerte eine Sekunde. «Hier», sagte ich und hielt ihn Ricky hin, «für dich.» Einen Moment lang sah ich Mißtrauen in seinen Augen, dann hellte sein Gesicht sich auf.

«*Thanks*», sagte er und pellte sachkundig das schon klebrig gewordene Papier ab.

Vater hatte gerade das Abendessen fertig, als Ricky draußen im Vorgarten aufschrie. Er kam hereingestolpert, einen Arm vorgestreckt; ein häßlicher Kratzer zog sich fast über den ganzen Unterarm, eine gestrichelte Linie; Blut quoll heraus, dicke dunkle Tropfen. Rickys Gesicht war vor Schmerz und Ekel verzerrt.

«Was hast du jetzt schon wieder angestellt?» fragte Vater.

«Am Stacheldrahtzaun aufgerissen», sagte Ricky weinerlich. «Diese verdammten Scheißkühe –»

«Mann, du bist doch ein Idiot», sagte Jack.

Ich sagte vorwurfsvoll: «Bestimmt hast du Mademoiselle wieder getriezt.» Ricky tat es gerne, er lockte die Rinder, indem er so tat, als hätte er etwas zu fressen für sie, dann ließ er eine Schachtel Streichhölzer vor ihrem Maul aufflammen oder machte das Summen von Hornissen nach oder ärgerte sie mit Stöcken.

«Komm mit ins Bad, ich mach' dir ein Pflaster drauf», sagte ich.

Ricky zog scharf die Luft ein, als ich die Wunde mit Alkohol abtupfte, hielt aber tapfer still. Ich verarztete ihn mit drei riesigen Wundpflastern. Vater bestand darauf, mit ihm nach Forges zur Ambulanz zu fahren und ihm eine Tetanusspritze geben zu lassen, für alle Fälle, die Zäune waren verdreckt. Ricky protestierte, gleichzeitig genoß er das Aufsehen, das er erregte; er hielt den Arm, als wäre er gebrochen oder aus feinstem Chinaporzellan.

«Ihr könnt schon mal essen», sagte Vater zu Jack und mir. Ich warf Jack einen kurzen Blick zu; ich war überzeugt, er würde sagen, er sei nicht hungrig, und mit dem Rad wegfahren; er schwänzte öfter eine Mahlzeit, er aß dann zwischendurch oder nachts oder trank einen ganzen Tag lang nur Kakao. Manchmal wurde ich mitten in der Nacht davon wach, daß er sich etwas aus dem Kühlschrank holte, Schubladen aufriß oder im Lebensmittelschrank stöberte.

Ich nahm die Pfanne vom Herd. Die Bratkartoffeln mit den gerösteten Zwiebeln und den Speckstücken dufteten verlockend, und Jack hatte sich an den Tisch gesetzt. Ich schob die Kartoffeln auf unsere Teller, dann die Spiegeleier aus der anderen Pfanne; sie hatten zu lange gebraten und waren hart und zäh geworden, wie Kunstfaserlappen, die Unterseite und die Ränder dunkelbraun verbrannt; sie erinnerten mich an Mamas Kochkünste.

Während des Essens las Jack in der *Dépêche du Pays de Bray*. Er las langsam und blieb immer wieder an einem unbekannten Wort hängen. «Was heißt *dédoubler*? ... Was heißt *pis-aller*?» Er sprach inzwischen ganz gut französisch, aber seltenere Wörter waren ihm unbekannt. Ich wußte sie nicht auf englisch und umschrieb sie, so gut ich konnte; manche Wörter kannte ich selbst nicht. Jack stocherte mit der Gabel auf dem Teller herum, ohne den Blick von der Zeitung zu lösen. Er zerschnitt das Ei mit der Gabelkante, ein häßliches Quietschen und Schaben auf dem Teller; ich verzog gequält das Gesicht, aber er bemerkte es gar nicht. Ein paarmal machte ich den Versuch, mit ihm zu reden, bekam aber nur einsilbige, zerstreute Antworten, wenn überhaupt.

«Was heißt *tuyau*, t-u-y-a-u?»

Es reichte. Ich schlug mit der Faust auf den Tisch, so

daß das Geschirr tanzte. «Verdammt noch mal, bin ich eine Vokabelmaschine?»

Endlich sah Jack mich an, erstaunt, als wäre ich ein seltsames Insekt, ein grünes Marsmännchen. Dann veränderte sich der Ausdruck in seinen Augen, sein erstaunter Blick wurde zu einem Starren, er wollte mich kleinkriegen. Ich starrte zurück, wandte den Blick nicht ab, erst recht brach ich nicht in Tränen aus; ich hatte dazugelernt. Aber Jacks Blick war nicht feindselig, wie am ersten Abend, eher herausfordernd; diesmal war das Starren eine Machtprobe. Wir starrten, jeder Moment eine Ewigkeit. Jacks Augen waren kühl, bohrend, selbstbewußt, ein dunkler Rand um die helle Iris, die Pupillen fixierten mich. Ich wollte wegsehen, ich hielt es nicht mehr aus, noch eine Sekunde und ich würde wegsehen. Ich sah nicht weg, ich konnte ebensogut starren wie er.

Ein Kitzeln auf meinem Arm, ich schlug nach der Fliege, dann noch einmal. Dann spürte ich, wie ein Lachen in mir hochstieg, ein nervöses Lachen, unkontrollierbar, meine Mundwinkel zuckten. Ich biß mir auf die Lippen, bis es weh tat; wer lachte, hatte ebenso verloren wie derjenige, der wegblickte. Es ging vorüber, eine seltsame Ruhe überkam mich, ich hatte mich in der Gewalt, die gefährlichen Klippen waren umschifft, nicht mal die Fliegen machten mir etwas aus, meine Augen waren blank, ausdruckslos. Ich konnte stundenlang weiterstarren. Aber Jack auch.

Ohne wegzusehen, fragte ich schließlich: «Was hältst du von Crêpes mit Apfelkompott?»

«Nicht übel», sagte Jack, und wir beendeten das Starren in stillschweigender Übereinkunft; keiner hatte gesiegt, keiner verloren.

Nicht übel war eine wilde Untertreibung. Crêpes mit Apfelkompott war Jacks Lieblingsnachspeise. Ich holte die fertige Backmischung aus dem Schrank, wir hatten sie im Super-U gekauft; ich rührte sie mit etwas Wasser und Zucker an und zerließ Butter in einer Pfanne, der größten, die ich finden konnte. Es war ein Kinderspiel, aber ich machte ein bißchen Show dabei, benutzte den elektrischen Schneebesen und die Küchenwaage und eine Batterie von Besteck, damit es möglichst kompliziert aussah; Jack hatte keine Ahnung von Küchendingen.

Ich war drauf und dran, den fertigen Teig in die Pfanne zu geben, als ich innehielt.

«Es kostet dich allerdings was», sagte ich, die Teigschüssel in der einen Hand, den Holzlöffel in der andern. «Ich mach's nicht umsonst.»

«Wie? Was ist jetzt los?»

«Ja du glaubst doch nicht, daß ich mich hier umsonst für dich abschufte.»

«Dann steck dir die Dinger doch an den Hut.»

«Okay», sagte ich und nahm die Pfanne vom Herd. «Wie du willst.»

«Was willst du denn, verdammt noch mal?»

«Eine nächtliche Autotour.»

«Du spinnst.»

«Wieso? Es geht doch, oder?»

«Den Wagen nachts aus der Garage zu holen macht viel zuviel Lärm.»

«Dann mußt du's eben hinkriegen, daß er draußen stehenbleibt.»

«Zweimal fällt Vater nicht drauf rein, daß das Tor nicht aufgeht.»

«Überleg dir was andres», sagte ich.

«Überleg du dir was.»

«Wieso ich? Du kannst das besser.»

«Okay, okay, jetzt mach voran», sagte Jack.

Ich schob die Pfanne wieder auf die Platte, wartete, bis die Butter brutzelte, und gab den Teig hinein. Ich buk die Crêpe von beiden Seiten; sie war nicht gerade goldgelb, wie es auf der Packung stand, und die eine Seite hatte angebrannte Stellen, aber das würde Jack nicht auffallen. Ich stellte die Pfanne und das Kompott auf den Tisch, dann holte ich die Calvadosflasche aus meinem Zimmer, das immer noch als Vorratskammer und Getränkebar diente. Behutsam träufelte ich Calvados auf die Crêpe. «Du darfst sie flambieren», sagte ich. Jack schaute mißtrauisch drein, aber dann entzündete er das *Hotel La Salle*-Feuerzeug. Er hielt die Flamme an die Crêpe, probierte verschiedene Stellen aus, drehte die Flamme hoch, aber es tat sich nichts. «Du mußt mehr von dem Zeug drauftun», sagte er.

Diesmal war ich großzügig, der Calvados zischte und brodelte in der heißen Pfanne. Jack kam mit dem Feuerzeug, es machte Whuff, und die Flammen schlugen einen halben Meter hoch, bläuliche Flammen mit züngelnden orangegelben Spitzen. Ich kreischte, die runde weiße Papierlampe über dem Tisch hatte Feuer gefangen. Jack löschte sie mit einem Glas Sprudel.

«Verdammt, ich hab' mir die Haare versengt», sagte er halb amüsiert, halb verärgert, und blies sich auf den Arm.

Als wir aßen, fragte ich: «Hast du dir schon was überlegt?»

«So schnell nicht.»

«Schmeckt es dir?»

«Leidlich», sagte er mit vollem Mund.

«Leidlich! Wie gemein du bist!»

Er lachte gutmütig. «Phantastisch.»

«Sonntag fahren wir wieder an die Küste», sagte ich nach einer Weile.

«Ja und?»

«Dann kommen wir spät zurück, und dann mußt du's hinkriegen, daß Vater das Auto draußen stehen läßt.»

«Hm.»

«Und dann machen wir die Tour.»

Jack aß stumm weiter.

«Okay?» drängte ich.

«Okay.»

Ich kicherte, der Calvados stieg mir zu Kopf, ich fühlte mich ein bißchen beschwipst. «Ich bin beschwipst», sagte ich, immer noch kichernd.

«Quatsch, der Alkohol ist doch verbrannt.»

«Wenn Ricky wüßte, daß wir flambierte Crêpes essen, während er malträtiert wird, er würde platzen vor Ärger.»

«Du ärgerst ihn gern, was?»

Ich führte die Gabel zum Mund und hielt in der Bewegung inne. «Wie kommst du darauf?»

Jack zuckte die Achseln. «Ist doch so, oder?»

«Er ärgert mich ja auch», sagte ich hitzig.

«Ach Jess, er ist doch noch klein.»

Ich war mir nicht sicher, ob er es ernst meinte.

«Du redest manchmal, als wärst du sein Vater oder so was.»

«War ich ja auch, ich meine, in gewisser Weise, ehe wir hierherkamen jedenfalls.»

Als wir zu Ende gegessen hatten, sagte Jack: «Kannst du dasselbe nicht noch mal machen?»

«Ist kein Teig mehr da.» Ich deckte den Tisch ab, wobei ich gegen einen Schluckauf kämpfte, klapperte mit dem Geschirr. Ich hoffte, Jack käme nicht auf die Idee, Ricky mit auf die nächtliche Autotour zu nehmen. In diesem Fall müßte ich mir was überlegen, um ihn auszubooten. Oder war das auch wieder gemein von mir? War ich gemein? Und wenn schon, dachte ich trotzig. Auf dem Weg zur Küche fiel mir ein Teller auf den Steinboden; ich ließ die Scherben liegen, fegte ein paar, die mir im Weg waren, mit dem Fuß beiseite. Jack stand auf und balancierte zwischen den Scherben zur Tür. «Mann, heb doch mal diesen Mist hier auf.»

«Heb ihn doch selbst auf.»

Ich fing an abzuwaschen. Es war drückend, völlig windstill; im *gîte* stand die Luft, obwohl wir Durchzug gemacht hatten. Der Himmel hatte sich zugezogen, in der Ferne grummelte es. Durch das Küchenfenster sah ich die *five sisters* über die Wiese galoppieren, mit hoch erhobenen Schwänzen; ich hörte das Stampfen der Hufe. Einer der Stiere brüllte zu ihnen hinüber, ein schriller, verzweifelter Trompetenton.

«Jack?»

Er stand in der Tür, lässig gegen den Rahmen gelehnt, die Hände in den Hosentaschen.

«He Jack!»

«Ja?»

«Du meinst es doch ernst mit unserer Autotour, oder?»

«O *sure*, sicher.» Er spuckte über den Rasen. Dann wandte er sich um und grinste: «Ich bring' dir das Fahren bei.»

Ich schlenderte an der Wiese entlang, auf der die *five sisters* weideten, zwei und zwei, die fünfte wie gewöhnlich etwas abseits. Es war schon spät, die Sonne war untergegangen, es begann zu dämmern. Nach dem Gewitter in der Nacht zuvor hatte es abgekühlt, ein starker kalter Wind wehte. Von Westen her zogen Wolken auf, mächtige, rasch wechselnde Wolkengebilde, gold, rosa, lila; der übrige Himmel war hellblau und klar, wie reingewaschen. Hoch oben ein Sperber; trotz der Windböen gelang es ihm, mit schnellem Flügelschlag an derselben Stelle zu bleiben; plötzlich glitt er mit ausgebreiteten Schwingen windabwärts.

Hinter der Weide bog ich schräg nach links ab, bergauf in Richtung Elsternwald; unterhalb des Waldes, an einem kleinen Abhang, saß Jack.

Ich ging vorsichtig, meine Augen waren auf den Boden gerichtet; Nacktschnecken krochen über den Weg, hell- und dunkelbraune, sie waren nach dem Regen herausgekommen, auf der Straße vorm *gîte* wimmelte es geradezu von ihnen. Ich mußte aufpassen, nicht auf sie zu treten, ich ekelte mich vor dem Matsch. Ricky ekelte sich noch mehr vor ihnen, obwohl er behauptete, er habe mal für ein englisches Pfund eine Nacktschnecke in den Mund genommen. Vielleicht hatte er sie vorher in Zucker gewälzt. Vor ein paar Tagen hatte ich den Rasen vorm *gîte* nach der kleinen hölzernen Schnecke abgesucht; ich wußte ungefähr, wo sie hingefallen war, und hatte sie schließlich gefunden; ich bewahrte sie in meiner Geheimschublade auf.

Das Gewitter war mitten in der Nacht losgebrochen, ein krachender Donnerschlag hatte mich geweckt, Regen prasselte gegen den Rolladen, ich sah durch die Ritzen hindurch, wie es blitzte: grelle neonbläuliche Blitze, denen fast sofort ein fetzendes Krachen folgte, ein Knallen und Splittern; ich duckte mich und hielt mir die Hände über den Kopf. Die anderen waren auch wach; wir schlossen im ganzen *gîte* die Fenster, dann dichteten wir den Spalt unter der Haustür mit Lappen gegen den Regen ab; das war schon Routine.

Der Regen hatte den ganzen Morgen über angehalten, das Gewitter war ein paarmal zurückgekommen, schwächer als in der Nacht, als hätte es seine Kraft verbraucht. Jedesmal, wenn ich aus dem Fenster sah, standen Bruno und Mademoiselle und die anderen Kälber zusammengedrängt unter den Apfelbäumen, und drüben im Paradies die *five sisters* genauso; die große Eiche versank hinter Regenschleiern, der Mont Hallebout war ein trister grauer Schemen. Jack, Ricky und ich spielten Roulette am Tisch in der *salle de séjour*, dann gingen wir zu Kartenspielen über, Mau-Mau und Canasta. Ricky hatte ein frisches Pflaster auf dem Arm; es lag ihm auf dem Magen, daß er noch mal zur Nachuntersuchung gehen mußte, weil die Wunde an einer Stelle entzündet war.

Dann hatte Jack keine Lust mehr zum Spielen und fuhr mit dem Rad weg, obwohl es immer noch regnete, wenn auch nicht mehr so stark. Ricky und ich spielten zu zweit weiter, aber wir gerieten immer wieder in Streit. Ich vermutete, daß die Karten gezinkt waren, weil er dauernd gewann; aber ich kam nicht dahinter, wie sie gezinkt waren. Ricky lachte und amüsierte sich, während ich immer wütender wurde. Vielleicht waren sie gar nicht gezinkt und er hatte bloß Glück, und ich war eine schlechte Verliererin. Mitten im Spiel warf ich ihm plötzlich meine Karten ins Gesicht, rannte in mein Zimmer und knallte die Tür hinter mir zu.

Jack kam am Nachmittag nach Hause, als wir gerade beim Kaffeetrinken saßen. Er war naß bis auf die Haut, triefende Haarsträhnen klebten ihm an Stirn und Schläfen, trotzdem war er gutgelaunt. Er verschwand in seinem Zimmer und kam kurze Zeit später wieder heraus; er hatte sich trockene Sachen angezogen und sein Haar straff nach hinten gekämmt.

«Mann, hab ich 'nen Kohldampf», sagte er und hob den Deckel vom Kessel; Vater hatte das Essen für ihn warm gehalten, Bohnensuppe mit Rindfleisch.

«Na, hast du 'ne schöne Tour gemacht?» fragte er, als Jack am Tisch saß und die Suppe aß.

«*Yeah*», sagte Jack. Er blies auf den Löffel und sagte

nichts weiter. Ich hätte allzu gerne gewußt, wo er gewesen war, was er gemacht hatte, aber ich wagte nicht zu fragen. Ich verspürte Eifersucht auf das Leben, das Jack unabhängig von uns führte, von dem wir nichts wußten. Vater hatte ebenfalls solch ein unabhängiges Leben, in Rouen, aber Ricky und ich nicht, höchstens in der Phantasie, obwohl ich glaubte, Ricky hatte nicht mal das. Ich hatte ein selbständiges, von den andern losgelöstes Leben gehabt, als ich mit Marie-Laure und Sophie befreundet gewesen war, aber ich hatte es wegen Jack aufgegeben. Ohne Jack wäre ich zu Marie-Laures Party gegangen und immer noch mit ihr befreundet. Nicht, daß wir verfeindet waren, sie hatte mir den platten Reifen abgekauft, aber danach hatte ich mich nachmittags nur noch selten mit ihr und Sophie getroffen, es war nicht mehr das gleiche; ohnehin waren sie seit Ferienbeginn verreist.

Während Jack aß, unterhielt er sich mit Vater. Ricky und ich spielten Schiffe versenken. Eigentlich hatte ich nicht viel Lust dazu, aber er hatte so lange gequengelt, bis ich nachgegeben hatte. Er schien meinen Wutanfall von heute morgen vergessen oder verziehen zu haben; Ricky war nicht nachtragend, das mochte ich an ihm.

Vater und Jack redeten über Automarken; Vater hatte vor, sich ein neues Auto zu kaufen. Sie erörterten Vor- und Nachteile, technische Daten; Jack wußte besser Bescheid als Vater. Wenn sie so miteinander redeten, hatte ich das Gefühl, daß Jack und Vater auf der einen Seite standen, der Erwachsenenseite, und Ricky und ich auf der anderen, wir waren die Kleinen. *Les petits*, sagte Madame Grasset manchmal, dann meinte sie Ricky und mich, und nicht Jack. Obwohl ich mich eigentlich erwachsen benehmen wollte, zog ich bei unserem Schiffe-Versenkspiel eine Show ab. Ich empörte mich lauthals über Lappalien und bekam unmotivierte Lachanfälle. Dabei ärgerte ich mich über mich selbst, weil ich mich so kindisch und albern benahm.

Wir fingen wieder an, uns zu streiten; es war meine Schuld, ich war wirklich eine schlechte Verliererin. Außerdem stimmte es, was Jack gestern abend gesagt hatte, ich ärgerte Ricky gern. Unsere Stimmen wurden immer lauter, zänkischer, und plötzlich herrschte Jack uns an: «Mann, könnt ihr nicht woanders spielen, ihr treibt einen ja in den Wahnsinn!»

Ricky und ich sahen uns an. Ricky zog in übertriebener Zerknirschung und Bußfertigkeit den Kopf ein und preßte den Mund zu einer schmalen Linie zusammen. Ich war beschämt über mein Verhalten, gleichzeitig ärgerte ich mich über Jack, ich war gekränkt. Ich fing an, den Tisch abzuräumen. Was für ein beschissener Tag. In der Küche, als ich abwusch und Ricky abtrocknete, sagte ich: «Also wenn ich ehrlich bin, ich find' dich viel netter als Jack.»

Ich warf einen verstohlenen Blick zu Jack hinüber; ich hatte so laut gesprochen, daß er es hören mußte, aber er achtete nicht auf mich, er hob seinen Teller an einer Seite an, um den letzten Rest Suppe auszulöffeln. Vielleicht hatte er es gehört, vielleicht nicht. Wenn ja, schien es ihm nicht das geringste auszumachen. Ricky war ganz verlegen geworden, er rieb mit dem Küchentuch an der metallenen Warmhaltekanne herum, bis sie spiegelblank war. Dann fing er an, das saubere Geschirr ineinanderzustellen, ordentlich und sorgfältig, und trug es zum Geschirrschrank hinüber, was eigentlich meine Aufgabe war. Ich hatte es nur wegen Jack gesagt, aber jetzt wurde mir bewußt, daß ich nicht gelogen hatte, ich fand Ricky tatsächlich netter. In diesem Moment jedenfalls.

Ich ging quer über ein Wiesenstück zu dem Abhang, an dem Jack saß, und blieb neben ihm stehen. Er schnitzte mit seinem Springmesser an einem Stück Holz herum, ein Stück von einem Ast; es konnte ein Boot werden oder ein seltsamer Fisch oder was ganz anderes. Vielleicht würde ich ihn fragen, ob er es mir schenkte, wenn es fertig war, dann würde ich es in meine Geheimschublade tun.

«Was wird das?» fragte ich.

«Frag mich was andres», sagte er, aber nicht unfreundlich.

Wir schwiegen eine Weile; er schnitzte weiter, ich sah ihm zu. Ich mochte es, wie er mit dem Messer umging, geschickt, konzentriert. Es war ein schönes Messer, mit einem glänzenden, schwarzen Griff; Jack war stolz darauf, er hatte erzählt, er habe es in Liverpool bei einer Wette gewonnen. Schließlich sagte ich: «Du denkst schon dran, was wir verabredet haben.»

«Ja, natürlich», brummte er. Dann, nach einer Pause: «Falls wir überhaupt Sonntag an die Küste fahren bei dem Scheißwetter.»

«Es wird wieder warm, ich hab' den Wetterbericht in der Zeitung gelesen. Am Samstag soll es schön werden.» Ich hatte mich neben ihn gesetzt; das Gras war fast schon trocken, seit dem Nachmittag hatte es nicht mehr geregnet.

«Hör mal», sagte ich, «ich hab' mir noch was überlegt.»

«Was denn?» Er fragte ohne besonderes Interesse. Er hielt das Holzstück auf Armeslänge entfernt, betrachtete es kritisch, mit leicht zusammengekniffenen Augen. Er säbelte noch ein paar Späne ab, dann warf er es weg wie ein Stück Abfall und klappte das Messer zu.

«Och, schade», sagte ich.

«War Mist.»

«Was ich mir überlegt hab'. Wir könnten nach Forges fahren, zum Casino.»

«Über die Landstraße fahr' ich nicht. Ich hab' keine Lust, mich erwischen zu lassen.» Jack spuckte aus, er schaffte es nicht weit; eine Windbö trieb seine Spucke in Fetzen zur Seite.

«Wir könnten über kleine Straßen fahren», sagte ich. «Zuerst Richtung Rouvray. Kurz vor Rouvray biegen wir nach links ab. Dann haben wir nur Feldstraßen und kommen fast am Casino raus. Ich bin neulich mit Vater so gefahren.»

«Jaja, ich weiß, ich kenn' die Strecke. Über La Chaule, kein Problem. Aber was willst du am Casino? Da kommen wir ja doch nicht rein.»

«Brauchen wir auch gar nicht. Wir gucken von außen rein, durch die großen Fenster. Da ist ein Hang, wo man sich im Gestrüpp verstecken kann, am Parkrand. Von da kann man ziemlich viel erkennen.»

Jack sagte nichts und kaute auf einem Grashalm herum.

«Warum nicht?» drängte ich. Dann, provozierend: «Oder hast du etwa Angst?»

«Wovor?»

Ich zuckte die Achseln. «Was weiß ich?»

«Ja, vielleicht», sagte er und kicherte, und ich wußte nicht, ob er wirklich Angst hatte oder sich über mich lustig machte.

«Also?»

«Okay, von mir aus nach Forges, wenn du unbedingt willst.»

Ich überlegte, ob ich erwähnen sollte, daß Ricky besser zu Hause bliebe, aber dann sagte ich nichts. Wenn Jack ihn mitnehmen wollte, konnte ich ohnehin nichts machen.

Ich schauderte, mir war kalt; ich hatte vergessen, meine Jacke anzuziehen, auf meinen Armen war eine Gänsehaut. Trotzdem blieb ich sitzen. Es fing an, dunkel zu werden. Der Himmel im Westen war jetzt schmutzigrot, purpur, dann verlöschten die Farben fast von einer Minute zur andern, die Wolken wurden grau. Im Osten stieg der Mond in den klaren Himmel.

Jack holte sein Zigarettenpäckchen aus der Brusttasche seines karierten Hemds, zog eine Zigarette heraus und steckte sie zwischen die Lippen. Dann zog er noch eine heraus und gab sie mir. «Hier», sagte er. Es war das erste Mal, daß er mir von sich aus eine Zigarette gab. Ich faßte es als Zeichen der Anerkennung auf und war stolz. Ich führte sie zum Mund und machte dieselbe Bewegung auf ihn zu wie damals Fleurette an der Bushaltestelle, und er zündete sie mir mit dem *Hotel La Salle*-Feuerzeug an. Ich blies den Rauch aus, und mir wurde bewußt, daß ich glücklich war.

Unten im *gîte* brannte Licht, in der *salle de séjour*, in Vaters Zimmer, in der Küche. Ich hörte eine der *five sisters* schnauben. Eigentlich mußten wir hinuntergehen; wir durften im Dunkeln draußen bleiben, aber nur in unmittelbarer Nähe des *gîte*. Jack schien nicht daran zu denken, also dachte ich auch nicht daran.

Wir rauchten, unsere Zigaretten glühten im Wind; vielleicht konnte Vater sie von unten sehen, dann würde er uns einen Vortrag halten, aber das war mir egal. Vielleicht würde Ricky sie sehen – Signale aus dem Paradies. Ich wollte Jack fragen, ob es immer noch zutraf, was er zu Ricky gesagt hatte, bevor ich herkam – daß ich seinetwegen hätte wegbleiben können. Ich überlegte, wie ich die Frage formulieren sollte. Je länger ich überlegte, desto schwieriger wurde es zu fragen, unmöglich. Wörter sammelten sich in meinem Gehirn, ein Durcheinander von Wörtern, wie hinter Gittern, hinter einer Glaswand, sie kamen nicht über meine Lippen.

Statt dessen platzte ich mit etwas heraus, das ich für mich hatte behalten wollen. «Weißt du, was Ricky gemacht hat?»

«Was denn?»

Ich kicherte. «Er hat auf der Straße fünf von diesen ekligen Schnecken zertreten. Fünf irrsinnig fette Dinger.»

«Bah, Schweinerei», sagte Jack und schnippte seine Zigarettenkippe weg. Dann blickte er mich von der Seite an; ich spürte seinen prüfenden Blick auf meinem Gesicht.

«Sag mal, hast du ihm das etwa befohlen?»

Ich lachte und warf meine Kippe in hohem Bogen den Hang hinunter, in den Wind.

14

Am Samstagabend brachte ich Vater ein Glas Cidre an den Schreibtisch; ich tat es jeden Abend, es war eines unserer Rituale. Er nahm einen Schluck und stellte es auf eine Ecke des Schreibtischs, die noch frei war. Ich hatte Lust, ein bißchen bei ihm im Zimmer zu bleiben – ich durfte es, wenn ich nicht redete, genau wie früher in der Hinterhofrumpelkammer. Ich ließ mich aufs Bett plumpsen, das mit einer hübschen türkisfarbenen Spreite bedeckt war; die Sprungfedern quietschten, als ich ein bißchen wippte.

Vater drehte sich zu mir um. «Na Jess, wie gefällt es dir denn inzwischen im Paradies?»

«Gut.»

«Das ist schön, das freut mich», sagte er und fügte hinzu: «Sehr.» Er hatte seine weiche Stimme. Wir lächelten einander an, dann wandte er sich wieder seiner Arbeit zu; ich hörte den Füllfederhalter über das Papier kratzen. Ich saß ganz still. In dem leicht verzerrten Spiegel auf der Schranktür, gegenüber dem weit offenen Fenster, sah ich das Paradies; gespiegelt wirkte es wie eine Landschaft in einer Glaskugel, zeitlos, unveränderlich, fast unwirklich. Ich dachte mit Überheblichkeit daran, wie ich mir das Paradies vorgestellt hatte, als Vater es zum erstenmal in seinem Brief erwähnte – mit einer hohen Mauer drumherum und einem bewachten Tor, weil Adam und Eva doch daraus vertrieben worden waren und nicht zurückkehren durften, aber hier gab es nur Hecken mit großen Löchern darin oder Stacheldrahtzäune, die *délabrées* waren; man konnte ganz leicht hindurchschlüpfen, wann immer man wollte.

Wenn es Adam und Eva wohl auch nie tatsächlich gegeben hatte, so galt meine Sympathie doch ihnen, nicht Gott. Ich fand, Gott hatte Eva in gewisser Weise hereingelegt: Warum ließ er die Äpfel überhaupt wachsen, wenn sie nicht gepflückt und gegessen werden durften? Ich selbst hätte jedenfalls ebenso gehandelt wie Eva.

In unserem Paradies blieben die Merowinger ungestört, aber an anderen Stellen hatte man die Gräber geöffnet. Vater hatte uns die Dinge beschrieben, die man darin gefunden hatte, Schmuck und Münzen aus Gold, Silber und Bronze, Waffen und Werkzeuge aus Feuerstein, der scharfe Kanten hatte, wenn er gebrochen wurde, Glasurnen und Vasen und Geschirr und Stoffe. Ich fand es nicht richtig, daß man den Toten diese Dinge wegnahm; es war schließlich das einzige, was sie noch besaßen. Man hatte sogar eins der Skelette aus seinem Grab geholt, irgendwelche Messungen an seinem Schädel und an seiner Wirbelsäule durchgeführt und es dann an einer Art Galgen aufgehängt. Es war das Skelett, dessen Foto innen an Jacks und Rickys Zimmertür hing; Jack fand Skelette *cool.*

Im Schrankspiegel sah ich Jack an einem Feldrand entlangschlendern. *Guck mal, da kommt der hohe Seegang.* Ich hätte Jack überall und aus jeder Entfernung an seinem Schritt erkannt. Er pfiff vor sich hin. Jetzt in der Abendstille trugen die Geräusche weit, ich hörte Toto bellen und dann eine Stimme, Madame Grassets Stimme, und Geräusche von weither, Motoren und ein Klopfen und andere Stimmen, dünn und winzig durch die Entfernung, aber klar. Plötzlich, ohne Vorüberlegung, für mich selbst überraschend, sagte ich: «Ach, kann ich nicht hierbleiben? Ich meine, muß ich denn unbedingt im Herbst nach Genf fahren?» Zum erstenmal war mir bewußt geworden, daß der Sommer nicht endlos war.

Vater hörte zu schreiben auf und drehte sich zu mir um. «Aber Jessie, der Sommer ist doch noch so lang!»

«Ich will aber lieber hierbleiben», beharrte ich störrisch.

«Und wenn du nächsten Sommer wiederkommst?»

Ich zeichnete mit dem Zeigefinger das Karomuster der Decke nach. «Ich will hierbleiben. Was soll ich in Genf? Ich hasse Genf!»

«Ich würde dich schon gerne hierbehalten. Aber ich weiß nicht, ob Mama damit einverstanden ist.»

«Kannst du nicht mit ihr reden?»

«Wenn du willst, ja sicher.»

Natürlich haßte ich Genf nicht. Im Gegenteil. Ich hatte Mamas und Freds Ansichtskarten an die Seitenwand meines Schranks geheftet, so daß ich vom Bett aus auf sie schaute, jeden Abend, bevor ich das Licht ausknipste. Ich dachte an das große schöne Zimmer, das auf mich wartete, und an die Sonntagsausflüge, die wir machen würden, Dampferfahrten über den See und mit der Seilbahn auf den Salève und mit der kleinen Eisenbahn nach Saint-Cergues hinauf. Aber hier im *gîte* war ich zu Hause. Zum erstenmal, seit Vater damals von Mama und mir weggegangen war, hatte ich das Gefühl, ein richtiges Zuhause zu haben. Die Vorstellung, von Vater und Jack und Ricky getrennt zu leben, war mir unerträglich. Ja, selbst von Ricky. Aber vor allem von Jack. Ich trug ein Armkettchen mit einem runden Silberanhänger, in den ich ein J hatte eingravieren lassen. J wie Jess. Wie Jack.

«Wir werden sehen», sagte Vater. «Es wird sich bestimmt eine Lösung finden, mit der du zufrieden bist.»

Wir schwiegen eine Zeitlang. Ich blickte wieder in den Spiegel, aber Jack war aus dem Spiegelbild herausgegangen. Ich flocht mein Haar zu einem Zopf an der Seite; es war heller geworden durch die Sonne und das Schwimmen im Meer; dann kämmte ich es mit den Fingern wieder aus.

«Fahren wir denn nun morgen an die Küste?» fragte ich. Nach dem Gewitter war es wieder schön geworden, heiß und sonnig.

«Aber sicher», sagte Vater.

Wir standen früh auf, beeilten uns mit dem Frühstück und fuhren dann sofort los. Es war ein strahlender Morgen mit einem wolkenlosen Himmel und einem leichten warm-kühlen Wind. Wir hatten ein volles Programm: vormittags Strand, mittags Picknick, vielleicht irgendwo oben auf den Klippen, nachmittags Le Havre. Le Havre war ein Vorschlag Jacks, er wollte sich unbedingt den Hafen ansehen. Ich hatte mich ihm angeschlossen, wie üblich, Ricky ebenfalls. Vater fand die Aussicht, in der Nachmittagshitze durch die Hafenstadt zu fahren, nicht verlockend, kapitulierte aber vor unserem Drängen.

Gegen zehn waren wir in Berneval. Es war schon warm. Jack und ich sprangen aus dem Wagen, wie immer konnten wir es kaum erwarten, endlich ins Wasser zu kommen. Ricky stieg gemächlich wie ein würdiger älterer Herr aus. Vater wischte sich mit einem zerknitterten Taschentuch den Schweiß von der Stirn und sagte mit einem Seufzer der Erschöpfung, er wolle erst mal in die Bar gehen. «Ich komme später an den Strand runter. Geht nur schon mal vor.»

«Okay», sagten Jack und ich großzügig.

«Trag du die Tasche», sagte ich zu Jack. «Dann nehm ich den Ball. Ricky, du trägst die Decke.» Ich packte den riesigen, rot-weiß gestreiften Wasserball, und wir zogen los, aber Ricky, der lustlos und widerstrebend die Decke aus dem Kofferraum genommen hatte, blieb stehen und sagte: «Ich geh' heute nicht mit an den Strand.»

«Na los, komm schon!» sagte Jack ungeduldig.

«Ach, laß ihn doch, wenn er nicht will», sagte Vater.

«Ja», sagte ich. «Laß ihn doch.» Mir war es recht, wenn er nicht mitkam, ich war viel lieber mit Jack allein.

Jack zuckte die Achseln; er klemmte sich die Decke unter den Arm, und wir marschierten zu zweit los.

«Ihr wißt ja, nicht zu weit raus!» rief Vater uns hinterher.

«Jaja.»

«Habt ihr gehört!» schrie Ricky übermütig, wobei er den Tonfall eines ungehaltenen Erwachsenen nachäffte.

«*Canaille*!» schrie ich zurück.

Der Strand war noch ziemlich leer. Wir breiteten die Decke aus und legten unsere Sachen darunter; Jack vergrub sein Messer und das *Hotel La Salle*-Feuerzeug unter den Kieseln. Die Kälte des Wassers war nicht länger ein Schock wie beim erstenmal, ich hatte mich daran gewöhnt; das Wasser war wohl auch wärmer geworden seitdem. Ich genoß das Schwimmen, wie jedesmal. Ich genoß es, neben Jack ins offene Meer hinauszuschwimmen; manchmal, wenn wir uns weiter voneinander entfernten, winkten wir uns zu, und ich fühlte mich sicher. Ich machte toten Mann, schwamm auf dem Rücken; dann kraulte ich, das hatte Jack mir beigebracht, aber ich konnte es noch nicht gut, ich bekam die Auf- und Abbewegung der Beine nicht richtig hin und geriet immer wieder aus dem Takt.

Ich ging vor Jack aus dem Wasser. Ich transportierte die Decke und unseren Krempel in die Nähe der Wasserlinie, dort war schon ein Streifen Sonne auf dem Strand. Ich wrang das Salzwasser aus meinen Haaren, trocknete mich ab und setzte mich. Der Strand war inzwischen voller geworden, ein paar Meter von mir entfernt saß die junge Frau mit dem kleinen Kind, die ich schon öfter hier gesehen hatte; das Kind war nackt bis auf einen roten Sonnenhut und brüllte. Sie versuchte vergeblich, es mit allerlei Spielzeug abzulenken. Eine Möwe segelte lautlos über mich hin, die Unterseite grau, sie bewegte den Kopf mit den schwarzen Knopfaugen hin und her; Möwen waren ständig auf der Suche nach etwas Eßbarem.

Ich beobachtete träge, wie Jack ans Ufer geschwommen kam und durch das seichte Wasser herauswatete, wie Taille, Hüften, Knie, Waden nacheinander auftauchten. Seine hellen Augen blitzten, als er auf mich zukam – als habe er irgendeine Gemeinheit vor, zum Beispiel die Mineralwasserflasche über mir auszuleeren oder mir ein ekliges Seetier ins Gesicht zu werfen, irgend etwas Wabbliges, Schleimiges, vor dem ich kreischend davonstürzen würde. Aber er tat nichts dergleichen. Ich warf ihm das Handtuch zu, und er rubbelte sich trocken, seine Rippen zeichneten sich unter der gebräunten Haut ab, seine Schultern waren eckig. Er zitterte trotz der Hitze und hatte bläuliche Lippen, er war zu lange im Wasser gewesen.

Er ließ sich neben mir auf der Decke nieder, kramte die Zigaretten und das Feuerzeug hervor und zündete sich eine an. Ich streckte die Hand aus, und er gab mir auch eine.

«Ist dir was eingefallen für heute nacht?» fragte ich.

«Meinst du mit dem Auto?»

«Ja klar.»

«Keine Sorge, das krieg' ich schon hin», sagte Jack, und ich glaubte ihm. Er warf Kiesel ins Wasser, zielte auf die Schaumkronen, auf die Wellenausläufer, die über die Kiesel leckten, durchsichtige, glänzende Zungen, auf irgendwelche Dinge, die ich nicht ausmachen konnte.

«Diesmal nehmen wir Ricky mit», sagte er.

«Ach, laß uns doch lieber ohne Ricky fahren.»

«Wieso denn?»

«Na, ich wette, daß er am Casino alles ruiniert. Bestimmt rutscht er den Hang runter oder muß im falschen Augenblick pinkeln oder sonst was.»

Jack lachte. «Ja, vielleicht.»

«Und außerdem», sagte ich, «würde er sich bestimmt verplappern.»

«Ach was. Wenn ich's ihm einschärfe, verplappert er sich nicht.»

«Na, ich weiß nicht.»

«Ich bin ja schon mal mit ihm gefahren.»

«In England?»

«Nein, hier.»

«Ach! Wann denn?»

«Ein paar Nächte, nachdem wir beide gefahren sind. Als das Auto mal nachts draußen stand.»

«Oh ...» Ich war zutiefst enttäuscht, verärgert. «Mann, warum habt ihr mich denn nicht mitgenommen?»

«Ach Jess, nimm doch nicht alles so tragisch.» Jack sprach in einem flapsigen, amüsierten Tonfall, als nähme er mich nicht ganz ernst.

«Hast du ihm von unserer Tour erzählt?» fragte ich.

«Ja sicher. Aber er hält bestimmt dicht.»

Als ob es mir darum ginge, daß Ricky dichthielt. Jack verstand überhaupt nichts. Er hatte unser Geheimnis verraten, und was noch schlimmer war, ich hatte angenommen, er und ich hätten ein Geheimnis, und in Wirklichkeit hatte er eins mit Ricky. Ich empfand es als Verrat. Aber wie sollte ich ihm das erklären?

«Bist du auch schon mit andern gefahren? Mit Kléber oder Fleurette oder so?»

Jack sah mich kurz von der Seite an. «Warum nimmst du das so wichtig?»

«Tu ich ja gar nicht», sagte ich, aber mein Tonfall verriet mich.

Jack zielte mit einem kleinen Kiesel nach einer fliegenden Möwe und verfehlte sie um ein paar Zentimeter.

«Komm, wir gehen noch mal ins Wasser.» Er versuchte, mich aufzumuntern, vielleicht schlug er es auch nur so vor.

«Ich hab' keine Lust», sagte ich abweisend. «Jetzt nicht.»

Hinter uns knirschte der Kies.

«Ach, hier seid ihr. Ich dachte, ihr wolltet unbedingt schwimmen.» Ricky; ich verzog den Mund.

«Wir sind schon längst wieder trocken, du Blödhammel!» schrie ich und warf ihm meine Zigarettenkippe zwischen die Füße. «Wieso bist du denn noch runtergekommen? Du wolltest doch heute nicht an den Strand.»

«Och, Vater hat jemand getroffen.»

«Los, Mann», kommandierte Jack. «Zieh dich aus, wir gehen ins Wasser.»

«Ach Jack, laß uns erst was spielen.» Ricky grapschte sich den Ball.

«Na los, mach schon!»

Ricky zog einen Schmollmund, ließ aber gehorsam den Ball fallen. Dann fing er an, sich im Zeitlupentempo auszuziehen. Er hatte inzwischen seine Angst vor den Schwimmübungen überwunden, sie waren zur Routine geworden, allerdings einer lästigen, auf die er gerne verzichtet hätte. Er stellte seine Sandalen ordentlich nebeneinander, faltete mit umständlicher Sorgfalt sein T-Shirt und seine Shorts, legte sie auf eine Ecke des ausgebreiteten Badetuchs, Kante auf Kante, und strich sie noch einmal glatt – jedesmal zögerte er auf die eine oder andre Weise seine Berührung mit dem Wasser hinaus. Ungeschickt, mit empfindlichen Füßen, stapfte er über die Kiesel hinter Jack her. Rickys Rücken war inzwischen ziegelrot; obwohl er blond war, hatte er die empfindliche Haut von Rothaarigen. «Paß auf die Sachen auf!» schrie Jack mir zu.

«Ja, mach ich!» schrie ich mürrisch zurück. Ich fischte die Kekspackung aus der Plastiktasche, aß ein paar Schokokekse und schaute Jack und Ricky zu, wie sie im flachen Wasser herumplanschten. Der Ärger über Jacks Autotour (oder sogar Touren) ohne mich war wie ein stachliger Ball in meinem Innern. Ich versuchte abwechselnd, mich damit zu arrangieren, daß Ricky heute nacht dabei sein würde, und mir etwas einfallen zu lassen, um ihn auszubooten. Mir fiel nichts ein. Links von mir, ein Stück entfernt, saßen zwei Jungen auf Handtüchern, ein Transistorradio plärrte; bestimmt Einheimische, sie waren dunkelbraun gebrannt und sahen aus, als schwämmen sie jeden Tag im Meer. Als sie merkten, daß ich zu ihnen hinüberschaute, sagte der eine etwas zum andern, und sie lachten. Dann starrten sie mich an und grinsten blöde. Ich blickte schnell weg, ich ärgerte mich, daß ich überhaupt zu ihnen hinübergeschaut hatte.

Ich hielt es schließlich nicht mehr aus, tatenlos herumzusitzen und mich zu ärgern. Ich schlüpfte in meine Sandalen und schlenderte umher, hielt nach Muscheln und hübsch geformten oder gefärbten Kieselsteinen Ausschau; ich wollte gerne eine jener Muscheln finden, in denen das Meer rauscht, wenn man sie ans Ohr hält. Ich blieb in der Nähe unserer Decke und warf hin und wieder einen Blick darauf, alles in Ordnung. Allmählich entfernte ich mich immer mehr, wanderte hierhin und dorthin, quer über den Strand und dann an der Wasserlinie entlang bis zu der Stelle, wo ein vorspringender Felsen und Geröll mir den Weg versperrten.

Ich hatte noch nichts gefunden, als ich hörte, wie Ricky mir etwas zurief. Ich drehte mich um und schirmte mit der Hand die Augen gegen die Sonne ab.

Ricky kam aus dem Wasser gewatet, freudig erregt, er hüpfte fast. «He, Jess!» schrie er.

«Ja?»

«Ich kann schwimmen!» Er winkte mir wie wild zu. Als ich näher kam, schrie er noch mal: «Ich kann schwimmen, ich kann's!»

«Schrei doch nicht so», sagte ich. «Ich hab's gehört. Gratuliere!»

Jack sagte: «Er hat drei Meter allein geschafft. Wurd auch langsam Zeit.»

Ich hörte, daß Jack stolz war. Sie waren albern, knufften sich gegenseitig. «Ha, es ist überhaupt nicht schwer», brüllte Ricky. «Überhaupt nichts dabei!»

«Hab' ich dir ja die ganze Zeit über gesagt, Mann», sagte Jack.

Ricky stieß einen langen, übertriebenen Seufzer der Erleichterung aus.

Ich freute mich für ihn, ich freute mich wirklich, er hatte sich bemüht, er hatte einiges ausgestanden, es wäre schäbig von mir gewesen, mich nicht zu freuen.

«O Ricky, wie toll!» sagte ich emphatisch.

Jack bückte sich und durchwühlte die Sachen, griff in die Taschen seines Hemds, seiner Hose.

«Hast du die Zigaretten weggenommen?»

«Die Zigaretten? Nein.» Ich blickte mich rasch um, die beiden Jungen waren verschwunden. Ich hob einen Zipfel der Decke hoch, half Jack beim Suchen, obwohl ich wußte, daß es sinnlos war; auch das *Hotel La Salle*-Feuerzeug und Jacks Messer waren weg, sein kostbares Springmesser.

«Sie müssen geklaut worden sein», sagte ich schuldbewußt.

«Verdammte Scheiße!» sagte Jack. «Du bist weggegangen, oder?» Er fragte wie im Kreuzverhör.

«Nur ganz kurz, wirklich, ich –»

«Verdammt noch mal, ich hab' dir doch gesagt, du sollst aufpassen! Und du hast auch noch ja gesagt! Du hast gesagt, du paßt auf!» Er schleuderte das Handtuch auf den Boden, dann sah er sich um, musterte die Leute, die auf dem Strand waren, sein Blick blieb kurz an der Stelle hängen, wo eben die beiden Jungen gesessen hatten. Ohne mich anzusehen, wandte er sich ab und ging ins Wasser zurück.

«Jack, warte, ich geh' mit!» schrie ich; ich wollte es ihm erklären, mich entschuldigen, ich wollte ihm sagen, ich würde ihm ein neues Messer kaufen, sogar eins klauen. Aber er achtete nicht auf mich, warf sich ins Wasser und begann wild zu kraulen.

Der Tag war verdorben, endgültig. Eine hilflose Wut überkam mich. Wie unfair von Jack, mir allein die Schuld zuzuschieben, es hätte ebensogut vorher passieren können, als wir beide im Wasser waren. Aber es war nun mal jetzt passiert. Und es war meine Schuld: Ein bißchen hatte ich auch deswegen nicht aufgepaßt, weil ich mich über Jack geärgert hatte. Meine Wut schmolz zusammen zu einem Kloß in der Kehle.

Ricky hatte sich Shorts und Hemd angezogen, um seine Haut gegen die Sonne zu schützen, und sich neben mich auf die Decke gesetzt. Er war aufreizend gut gelaunt, er schwatzte auf mich ein, schilderte mir alle Einzelheiten seines Schwimmerfolgs; er nahm meine Stimmung überhaupt nicht wahr. Ich versuchte wegzuhören, vergeblich. Sein Geschwätz machte mich erneut wütend, ich kochte innerlich, eine kochende Flüssigkeit, die immer höher stieg, plötzlich lief sie über. Ich sprang mit einem Fluch auf, raffte meine Kleider zusammen, Shorts, T-Shirt, Sandalen, zog mich mit heftigen Bewegungen an, stopfte mein nasses Handtuch in die Tasche und marschierte wortlos und ohne Ricky anzusehen Richtung Pfad.

«He, gehst du?» schrie Ricky.

«Wie du siehst!» schrie ich, ohne mich umzudrehen.

«Zur Bar-Tabac?»

«Nein, zum Nordpol!»

«Warte! Ich geh' mit.»

Ich kümmerte mich nicht um ihn und hastete weiter. Ich hörte, wie er hinter mir über den Kies lief, hinter mir her den Pfad hochkeuchte. Ich fluchte, ich wollte ihn los sein. Alles war unerträglich, die Hitze, das blendende Licht, Rickys Gegenwart; ich wollte allein sein.

Als ich oben war, fing ich an zu rennen, Richtung Dorf.

«He, Jess, warte!»

Ich rannte weiter. Unvermittelt, in einer scharfen Wendung, bog ich nach links auf den Graspfad ab, der auf das Klippenplateau hinaufführte. Ich hastete den steilen Abhang hinauf, mir wurde schwindlig, schwarz vor Augen, ich rutschte aus, krabbelte auf allen vieren weiter, ließ die Badetasche über den Boden schleifen. Ich hörte, wie Ricky hinter mir herschnaufte, ein Stück unterhalb von mir; meine Hetzerei war sinnlos, ich konnte ihn nicht abschütteln, er hatte es sich in den Kopf gesetzt, bei mir zu bleiben.

Niemand war auf dem Plateau. Es lag in der grellen Mittagssonne da, ohne den winzigsten Schatten, außer meinem eigenen und Rickys. Er war hinter mir aufgetaucht, so außer Atem, daß er nicht sprechen konnte. Mein eigener Atem ging stoßweise, und mir war immer noch leicht schwindlig von der überstürzten Kraxelei. Jetzt stand ich hier oben und wußte nicht, was ich tun sollte.

Ich schlenderte ein Stück über die Wiese, warf die Tasche ab und ließ mich auf dem Gras nieder, es war trocken und heiß. Ich sah aufs Meer, mit zusammengekniffenen Augen, gegen die Sonne, ein Glitzern wie von tausend Scherben und Splittern.

Ricky war mir nachgekommen und fing wieder an zu reden, unempfänglich für meine Igelstacheln. Ich ignorierte ihn, eine Zeitlang, dann platzte mir der Kragen.

«Verdammte Scheiße, *mußt* du mir überallhin nachlaufen wie ein Hündchen?»

Ricky schnappte nach Luft. «Ich lauf' dir ja gar nicht nach.»

«Was denn sonst?»

Ricky wandte mir beleidigt den Rücken zu und streifte lustlos auf dem Plateau umher, dann setzte er sich ins Gras, in einiger Entfernung von mir. Er imitierte Jacks Haltung, gekreuzte Knöchel, die Unterarme auf den gespreizten Knien, die Hände locker in der Mitte herabhängend. Aber bei Ricky wirkte es lächerlich, wegen der kurzen dicken Beine, und überhaupt; ich stieß ein Lachen aus. Ricky schaute verständnislos zu mir herüber, mit zusammengezogenen Brauen, er merkte wohl, daß ich mich über ihn lustig machte. Ich kramte in der Badetasche, fand aber zu meinem Leidwesen nichts Eßbares, die Kekse hatte ich unten liegenlassen, alles andere war im Picknickkorb. Ich cremte mir das Gesicht ein, mit Hilfe des goldgerahmten Taschenspiegels, ein Andenken an Mama, dann die Arme und Beine. Mein Sonnenbrand war weg, ich war braungebrannt wie nie zuvor. Die Sonne knallte auf das Plateau herunter, aber der starke böige Wind machte die Hitze erträglich. Zu beiden Seiten der Glitzerstraße hatte das Meer weiße Schaumkronen. Ricky, der sich wohl von meinem Anpfiff erholt hatte, rief angeberisch zu mir herüber. «Jack hat gesagt, noch ein paar Wochen, dann schwimm' ich mit euch raus.»

«Das glaubst du doch wohl selbst nicht.»

«Wieso nicht?»

Ich sagte nichts. Ich stand auf, holte den Ball aus der Tasche, den kleinen, und fing an, damit zu spielen. Ich warf ihn in die Luft, fing ihn auf, stieß ihn mit den Innenflächen der Unterarme hoch wie einen Volleyball.

«He, wieso soll ich das selbst nicht glauben?» schrie Ricky.

«Weil du zu feige bist.»

«Ich bin überhaupt nicht feige.»

«Frag Jack.»

Ricky runzelte finster die Stirn. «Was willst du damit sagen?»

«Jack hat selbst gesagt, du bist feige.»

Ricky schwieg ein paar Sekunden betroffen. Er war aufgestanden und kam auf mich zu; er sagte leise, wütend, mit verengten Augen: «Du hast gepetzt, stimmt's?»

«Was soll ich gepetzt haben?»

«Na, das mit dem Einbrecher in der Garage. Daß ich nicht in den Hof reingegangen bin.»

Ich hatte Jack nichts davon erzählt. Ich antwortete nicht, jonglierte mit dem Ball.

Ricky umklammerte meinen Arm mit seiner dicken, kräftigen Hand. «Stimmt's?»

Ich blickte auf seine Hand, als handle es sich um ein ekelerregendes Tier. «Laß mich los!»

Er drückte fester zu. «Ob es stimmt, will ich wissen!»

«Du sollst mich loslassen!»

Er schüttelte meinen Arm, dann ließ er mit einem Ruck los.

«Nun ja», sagte ich.

Sein Gesicht war nahe vor meinem. Ich war überrascht über die Kränkung in seinen graugrünen Augen.

«Du gemeines Miststück», sagte er, fast mit einem Schluchzen in der Stimme.

«Immer noch besser ein Miststück als feige.»

Nach einer Weile sagte ich kühl, herausfordernd: «Du kannst ja beweisen, daß du nicht feige bist.»

Er sah mich an, zwischen Hoffnung, Zweifel, Zorn.

«Ja wie denn?»

Ich schnappte den Ball auf, boxte ihn hoch, schnappte ihn wieder auf. Dann holte ich aus und warf ihn Richtung Steilhang, mit dem Wind. Er blieb zehn, zwölf Meter vom Hang entfernt liegen. Ich lief hinterher, warf ihn noch ein Stück weiter, dann noch ein Stück, mit beiden Händen, gebückt, ich zielte sorgfältig. Der Ball flog dicht über dem Boden, hüpfte ein paarmal, rollte aus, bis knapp vorm Klippenrand – so wie ich es beabsichtigt hatte.

«Los, hol ihn!»

Ricky, der mir nachgekommen war, sah mich an, ungläubig, abwehrend.

«Also?» sagte ich.

Ich sah, wie Rickys Augen sich mit Angst füllten. Ich

verspürte Genugtuung; ich hatte erreicht, was ich erreichen wollte. Er wagte es nicht, er war feige, ich hatte es ihm bewiesen. Mit einem verächtlichen Achselzucken sagte ich: «Da siehst du.»

Ehe ich begriff, was er tat, war Ricky losmarschiert. Er ging schnell, zornig, aber je näher er dem Ball kam, desto kleiner wurden seine Schritte. Schließlich blieb er unschlüssig stehen. Der Wind preßte sein T-Shirt und seine bunten Shorts gegen seinen stämmigen Körper und zerteilte seine langen blonden Haare am Hinterkopf. Er blickte sich unsicher um, er war drauf und dran aufzugeben.

«Na los, Mann!» schrie ich.

Ricky zögerte.

«Feigling», sagte ich, gerade so laut, daß er es hören mußte, und er ging weiter, mit einemmal wild entschlossen, eine Flucht nach vorn. Mein Herz klopfte. Es war nicht das, was ich wollte, was ich gewollt hatte, oder vielleicht doch, ich wußte es nicht. Komm zurück! schrie eine Stimme in meinem Kopf, *zurück*!, aber etwas in mir hinderte mich, es zu rufen, ich blieb stumm. Ricky bückte sich nach dem Ball, im nächsten Moment sah ich ihn mit den Armen rudern, der Boden schwankte unter ihm, glitt mit ihm weg, ein Krachen und Reißen, ein Poltern, Geröll, das in die Tiefe stürzte. Dann nur noch das Rauschen der Brandung, das gellende Gekreisch der Möwen.

Das Plateau war leer.

Leere Luft über dem Klippenrand, der Wind strich übers Gras.

Ich öffnete den Mund, um zu schreien, nichts kam, kein Laut. Ich rannte zum Weg, als plötzlich Jack auftauchte, ich stieß fast mit ihm zusammen; er keuchte, sein Gesicht war erschrocken, wild.

«Ricky!» brachte ich heraus, meine Stimme fremd, nicht meine eigene Stimme. Jack starrte auf den Rand des Plateaus, mit verständnislosem Entsetzen.

Dann begriff er.

15

Ricky wurde auf dem Friedhof in Mauquenchy begraben. Es war ein kleines Begräbnis; außer Vater, Jack und mir waren nur wenige Leute da, Madame Grasset und Pierre, Léa, Kléber und François, ein paar von Rickys Mitschülern und Lehrern, zwei oder drei von Vaters Kollegen und ein paar Leute aus dem Dorf. Jacks und Rickys Mutter war nicht gekommen; Vater sagte, sie sei zu krank. Jack warf Rickys Lieblingskassetten ins offene Grab, und jeder von uns eine rote Rose. Ich wagte nicht, Jack anzusehen. Ich wagte nicht, jemandem in die Augen zu sehen.

Ich war wehrlos gegen die Bilder hinter meinen Augen – Jack, der den steilen Pfad zum Strand hinunterrannte und -schlitterte, Vaters entsetztes Gesicht, als ich weinend in die Bar-Tabac stürzte; der Ambulanzwagen, die starrenden Leute, die zugedeckte Bahre, Vaters und Jacks Tränen. Immer wieder sah ich vor mir, wie Ricky sich nach dem Ball bückte, mit den Armen ruderte –

dann der leere Klippenrand. Wieder und wieder sah ich die Veränderung in Jacks Augen im Moment des Begreifens – als ziehe sich etwas vom Rand der Iris zur Pupille hin zusammen. Nachts wurde ich weinend wach und konnte nicht aufhören zu weinen, während Vater ratlos an meinem Bett saß. Ich weinte so heftig, daß meine Bauch- und Brustmuskeln schmerzten, ich hatte das Gefühl, daß mir die Tränen aus Augen, Mund, Nase und Ohren stürzten.

Es gab eine polizeiliche Vernehmung. Ich erzählte, was geschehen war. Ich verschwieg, daß ich den Ball absichtlich zum Steilhang geworfen hatte, ich verschwieg meine Sticheleien und Kränkungen und den letzten Zuruf und die letzte Beleidigung. Es war ja auch nicht gänzlich meine Schuld. Ein überhängendes Stück des porösen Kalkfelsens war abgebrochen und hatte Ricky mit sich in die Tiefe gerissen.

Jack zog sich völlig von mir zurück. Er war feindselig und verschlossen, er sprach kaum mit mir. Tagsüber war er meistens mit dem Fahrrad unterwegs, allein oder mit Kléber. Nachts, wenn er zum Klo ging, knallte er die Türen heftiger denn je.

Hatte er gehört, wie ich Ricky *Na los, Mann!* zuschrie? Wie ich *Feigling* sagte? Er mußte es gehört haben, er hatte es bestimmt gehört. Wenn er es nicht gehört hatte – dachte er es sich vielleicht? Ich grübelte, ich zermarterte mir den Kopf.

Wir sprachen nie darüber. Manchmal stellte ich mir

vor, ich würde Jack meine Schuld gestehen, und er würde mir verzeihen. Ich wußte, daß es eine falsche Vorstellung war. Er würde mir nicht verzeihen. Er würde mich hassen. Er haßte mich ohnehin. Vater saß ganze Nächte in seinem Zimmer am Schreibtisch. Zwischendurch ging er nach draußen. Seit es heiß geworden war, ließ ich meinen Rolladen nur noch herunter, wenn es regnete, und manchmal spähte ich durchs Fenster und sah seine dunkle Silhouette im Garten und das Aufglühen der Zigarre. Er ging langsam auf dem Rasen hin und her oder stand bloß da. Ich hörte ihn seufzen. Ich wollte hinausgehen und ihm sagen, daß ich Schuld an Rickys Tod hatte, ich wollte, daß er mich in die Arme nahm und tröstete und mir versicherte, es sei nicht meine Schuld.

Ich kroch ins Bett zurück. Es war mir unmöglich, es Vater zu sagen und Jack nicht. Es war mir unmöglich, es überhaupt jemandem zu sagen. Oben auf der Anhöhe war der Elsternwald eine dunkle Wand gegen den Nachthimmel. Unvermittelt erinnerte ich mich daran, wie Ricky aus dem sonnenbeschienenen Wipfel eines Baums auf uns herunterspuckte.

Ich drückte meine Finger in die Augen, ganz fest, es wurde hell hinter den Lidern, weißlich, wie Eis, wie Milchglas, trübes milchiges Wasser mit schmerzhaften roten Explosionen. Ich drückte, bis ich die Schmerzen nicht mehr aushielt.

Es war ein heißer, schwüler Tag. Am frühen Nachmittag ging ich die Straße hinauf, ich wußte nichts mit mir anzufangen und wollte zu Madame Grasset auf den Hof gehen. Ich wollte in ihrer großen Küche am Tisch sitzen, einfach nur dasitzen und ihr bei der Arbeit zusehen. Vielleicht war sie beim Backen, das würde mich ein bißchen trösten, ablenken, vielleicht.

Madame Grasset war nicht zu Hause. Als ich die Tür öffnete – sie schloß sie nicht ab, wenn sie wegging – und nach ihr rief, antwortete mir nur die Stille des Hauses. Eine Weile lungerte ich in dem heißen Innenhof herum. Die Hühner scharrten leise gackernd im Dreck, ein paar lagen mit geöffneten Schnäbeln in Staubkuhlen an der Stallwand und sonnten sich. Früher war ich händeklatschend und fauchend auf sie zugesprungen, wenn Madame Grasset nicht in der Nähe war, so daß sie mit wildem Gegacker auseinanderstoben, aber jetzt ließ ich sie in Ruhe.

«Toto!» rief ich.

«Toto?»

Toto war der einzige, dem ich mich anvertraut hatte. «Toto!» rief ich noch einmal, aber er ließ sich nicht blicken.

Ich streifte ziellos auf dem Hof umher und öffnete ein paar Stalltüren. Vom Sonnenlicht geblendet, blickte ich in undurchdringliches Dunkel. Ich hörte Lucy grunzen. Die leeren Ställe rochen immer noch nach ihren früheren Bewohnern, nach Kuhmist und Wärme und Pferdedung. Ich ging um einen der Ställe herum, hinter dem es schattig und immer ein bißchen kühler war als anderswo. Ich erwartete, dort allein zu sein, aber als ich um die Ecke bog, war Jack da.

Er saß auf den Baumstämmen, die längs der Wand

gestapelt lagen; er hatte ein Stück Draht in den Händen und bog daran herum. Wir starrten einander ein paar Sekunden lang an. Jacks Augen waren hell, feindselig, und ich senkte den Blick – ein Schuldeingeständnis. Abrupt drehte ich mich um und lief weg.

Ein paar Tage später reiste ich nach Genf ab.

Vierter Teil

16 **Mamas und Freds Wohnung** lag im achten Stock eines Mietshauses, eines *Immeuble de haut standing*, in Champel, am südlichen Rand der Stadt. Jess mochte die Eingangshalle mit den großblättrigen grünen Pflanzen und dem glänzenden Wandmosaik mit seiner blauen Unterwasserlandschaft, sie mochte den Aufzug, der schnell und fast geräuschlos hinauf- und hinabglitt und einen getönten Spiegel hatte, in dem sie sich, wenn sie allein war, Grimassen schnitt. Jess' Zimmer war geräumig, freundlich, mit hellen skandinavischen Möbeln und einem blau-weiß gestreiften Rollo am Fenster und Postern und Fotos aus *Paris Match* und aus *Les Clés de l'Actualité* an den hellgelben Rauhfaserwänden. Jess besaß ein Radio, einen Kassettenrecorder, einen Walkman. Durch das Fenster blickte sie auf die *Campagne* hinunter, Wiesen und Dörfer und eine langgezogene Baustelle, dort wurde die neue Autobahn gebaut. Dahinter der Salève, auf den sie mit der Seilbahn hinaufgefahren war, mit Mama und Fred, auf einem ihrer Sonntagsausflüge. Wenn sie nahe ans Fenster trat und steil nach unten blickte, sah sie ein paar alte Villen unter Bäumen und die Schlucht der Arve.

Jess saß am Tisch in ihrem Zimmer, das Englischheft mit dem nicht fertiggeschriebenen Aufsatz vor sich, und schaute aus dem Fenster. Sie beobachtete einen Drachenflieger, er schwebte schräg vor dem Berghang herunter, ein riesiges Insekt mit orangefarbenen Flügeln.

Jess hatte mitten im Satz aufgehört zu schreiben. Sie war nicht unterbrochen worden, sie hatte einfach nicht die Energie gehabt, den Satz zu vollenden. Der Heftrand war vollgekritzelt mit geometrischen Figuren – Kreise, Spiralen, Dreiecke mit spitzen und stumpfen Winkeln, Trapeze, Rhomben; Strichmännchen tanzten auf Kegeln.

Über den blauen Teppichboden war zerknülltes Millimeterpapier verstreut. Jess verabscheute es, auf Millimeterpapier zu zeichnen. Jedesmal ging irgend etwas schief – die Bleistiftspitze brach ab, das Lineal rutschte unter ihren Fingern weg, der Kuli schmierte, an einer entscheidenden Stelle des Blatts glänzte ein Fettfleck. Wozu um alles in der Welt sollte sie auf Millimeterpapier zeichnen können? Sie zerknüllte ein weiteres Blatt zu einem Papierball und warf ihn quer durchs Zimmer. Sie fand schließlich den Walkman, halb unter einem Kissen auf ihrem Bett versteckt; sie setzte die Kopfhörer auf und fläzte sich in den Polstersessel, den Rücken gegen eine Armlehne, die Beine über die andere Lehne. *Where Did Our Love Go*, sang Diana Ross.

Jess besuchte das Collège Claparède und hatte eine Freundin, Sylvie. Jedenfalls sagte Mama «deine Freundin», wenn sie von Sylvie sprach, und Sylvie selbst hatte zu Jess gesagt: «Du bist meine beste Freundin», und vielleicht dieselbe Erklärung von Jess erwartet, aber Jess hatte ihr statt dessen eine Tafel Schokolade geschenkt. Ihre Freundschaft hatte sich durch die äußeren Umstände ergeben; in der Klasse saßen sie nebeneinander, außerdem hatten sie einen Teil des Schulwegs gemeinsam. Sylvie hatte schon einen Busen und trug Schuhe mit hohen klobigen Absätzen, auf denen sie manchmal umknickte; sie hatte dunkles, wirres Haar und braune, gutmütige Augen, sie lachte und weinte schnell. Auch Jess lachte viel, ein lautes, etwas schrilles Lachen – sie wunderte sich darüber, wieviel sie lachte, wie albern sie sein konnte –, manchmal bogen sie sich beide vor Lachen und lachten und lachten und konnten nicht aufhören. Aber im Gegensatz zu Sylvie weinte Jess niemals.

Nachmittags nach der Schule fuhren Jess und Sylvie oft mit dem Bus in die Stadt. Jedes dritte Mal fuhren sie schwarz, bisher waren sie noch nicht erwischt worden. Sie streiften durch die Kaufhäuser, durchs Grand Passage und durchs Bon Génie, durch die Kosmetikabteilung bei C&A, sie probierten bei Vögele *(«des prix fous»)* Holzfällerhemden und Glitzershirts und breite Gürtel mit überdimensionalen Schnallen an, und enge Röcke mit Schlitz hinten. Vorm Spiegel beugten sie den Kopf tief nach vorn und warfen ihn dann zurück wie störrische Fohlen; das gab dem Haar Fülle, für mindestens drei Sekunden sahen sie aus wie Topmodels. Sie schauten sich die Auslagen der teuren Boutiquen in der Rue du Rhône an, wobei sie voreinander so taten, als wären die teuersten Fummel nicht gut genug für sie. Sie tranken *chocolat chaud* in den Tearooms und Bars und gingen zusammen ins Kino. Jess schockierte Sylvie damit, daß sie in einem Tabakladen gegenüber dem Bahnhof ein Feuerzeug mitgehen ließ und an der Bushaltestelle am

Collège mit einem schwarzen Edding *Fuck les profs* über den Fahrplan kritzelte. Es war leicht, Sylvie zu schockieren. Obwohl Sylvie fast ein Jahr älter war als Jess, kam sie Jess in vieler Hinsicht kindisch vor, ahnungslos.

Sie fuhren mit der Tram nach Carouge hinaus, fasziniert von den winzigen Geschäften mit ihren quadratischen Schaufenstern. *L'Ange du Bizarre*: Hier gab es alles – alles, was man am liebsten auf der Stelle gekauft hätte: Zedernholzkästchen und geschnitzte Holzfiguren und Lampen mit exotischen Schirmen und einen Lebensbaum mit eiförmigen Halbedelsteinen am Ende eines jeden Asts, Ketten aus undefinierbaren Materialien. Daneben ein Wäschegeschäft, in der Auslage Drahtpuppen, in wilden Verrenkungen erstarrt, die BHs und Slips und Strapse vorführten, rote und purpurfarbene Spitze oder schwarze Seide mit Gold- oder Silberstikkerei.

«Stell dir Madame Dubonnard darin vor!»

«Madame Morel!»

Sylvie schlief hin und wieder samstags bei Jess, und sie klönten bis tief in die Nacht. Wenn Mama und Fred ausgegangen waren, stibitzten sie Zigaretten aus dem Messingkästchen im Wohnzimmer; manchmal wedelte Jess Sylvie mit ihrer zigarettenbewehrten Hand weg: «Geh mir aus dem Weg, Syv.» Sie tranken Apfelsaft aus Whiskygläsern, ließen die Eiswürfel im Glas klirren und unterhielten sich lallend, während sie sich Horrorfilme im Fernsehen ansahen.

Sylvie war in Georges verliebt, und Jess half ihr, einen Brief an ihn aufzusetzen. Jess fand Georges, der braune

Locken und ein hübsches Gesicht hatte und ein Streber war, tödlich langweilig. *«Cher Georgie-Porgie»*, sagte sie und ruderte vergnügt kichernd mit den Beinen in der Luft, sie lag auf ihrem Bett und hatte die Decke und das Laken zurückgeschlagen.

«Du bist gemein», sagte Sylvie, und ihr freundliches Gesicht verschloß sich. Sie saß auf dem Gastbett, den Rücken gegen die Wand, die Beine angezogen, den Briefblock auf den Oberschenkeln.

«Ach, verstehst du denn keinen Spaß? Also: *Cher Georges!*»

Sylvie schrieb, dann fragte sie Jess, ob sie auch schon mal verliebt gewesen sei. Jess zögerte mit der Antwort und spürte zu ihrem Ärger, daß sie rot wurde.

«Erzähl mal!» sagte Sylvie.

«Er ist tot», sagte Jess abwehrend und zugleich überlegen. «Mit dem Motorrad verunglückt.»

«Hatte er denn schon ein Motorrad?»

«Evidemment.»

«Und jetzt? Bist du jetzt auch verliebt?»

«Ich werde mich nie mehr verlieben», sagte Jess.

«Das kannst du doch nicht wissen.»

«Doch, ich weiß es.» Sie sprach in so endgültigem Tonfall, warf ihrer Freundin einen so abweisenden Blick zu, daß Sylvie nicht weiter fragte.

Sylvie wollte wissen, wo Jess vorher gelebt hatte, und stellte tausend Fragen. Jess erzählte von der Wohnung am Rhein, vom Zoo, den sie mit exotischen Tieren ausschmückte – der Zoo war eine Ewigkeit her, in einem andern Leben –, sie erzählte von Alex und seinem Motorrad und seinen Wutausbrüchen und Witzen und von der Mississippi-Queen. Sie zeigte Sylvie Bobolina und Roses Kamel. Diese beiden Gegenstände und die Ansichtskarte von Alex waren alles, was vom Inhalt der Geheimschublade übriggeblieben war. Die Muscheln und Kieselsteine, die sie an den Stränden gesammelt hatte, die hölzerne Schnecke und Jacks weiße Rose hatte sie am Nachmittag vor ihrer Abreise, als sie eine Stunde lang allein im *gîte* war, im hinteren Garten vergraben. Das Poesiealbum und die Zeichnung von Brunichilde hatte sie verbrannt.

Jess erzählte Sylvie nicht viel vom *Paradis*, sie erwähnte Jack und Ricky nur nebenbei.

«Wo leben die denn jetzt?» fragte Sylvie.

«Wer?» fragte Jess, als habe sie die Frage nicht richtig verstanden.

«Na, deine Brüder. Oder Halbbrüder.»

Jess wußte einen Moment lang nicht, was sie sagen sollte, dann blies sie Zigarettenrauch aus wie Mama und sagte, ohne daß sie es eigentlich überlegt hatte: «In England. Bei ihrer Mutter.»

Jess und ihr Vater schrieben sich Briefe. Zwischen den Briefen ging Jess vieles durch den Sinn, über das sie schreiben wollte, zum Beispiel ihre Klassenlehrerin Madame Bailly, die stets sanft und freundlich war, bis sie eines Tages aus einem nichtigen Anlaß explodierte und mit rotem Gesicht und geschwollener Hals- und Schläfenader herumbrüllte. Aber wenn Jess den Brief dann wirklich schrieb, schien sich alles verflüchtigt zu haben, oder es ließ sich nicht in Worte fassen. Anstatt zu schreiben, lutschte sie am Stift, hörte Radio, starrte aus dem Fenster oder holte sich einen Früchtejoghurt aus dem Kühlschrank. Falls sie einen Brief tatsächlich zu Ende schrieb, ließ sie ihn herumliegen, und am nächsten oder übernächsten Tag kam er ihr so albern und nichtssagend vor, daß sie froh war, ihn nicht abgeschickt zu haben. Sie schämte sich ein bißchen, weil Vater jede Woche einen Brief schickte und zwischendurch noch Karten.

Jess schrieb auch an Jack, Ansichtskarten, aber sie schickte sie nie ab. Sie zerriß sie in winzige Schnipsel, die sie in der Toilette herunterspülte.

Vater hatte inzwischen ein Telefon im *gîte* installieren lassen; er rief Jess an, und Jess konnte ihn anrufen. Wenn sie eine Weile miteinander gesprochen hatten und Jack im *gîte* war, fragte Vater: «Willst du mit Jack sprechen?» Er wartete Jess' Antwort erst gar nicht ab, sondern forderte Jack auf, Jess guten Tag zu sagen, aber Jack kam nie ans Telefon. Wenn Jess ihren Vater anrief, hatte sie jedesmal Angst, Jack würde abheben. Einmal hob er tatsächlich ab.

«Allô?» sagte er.

Jess war ein paar Sekunden lang sprachlos, dann sagte sie, ein bißchen atemlos: «Ich bin's. Jess.»

«Vater ist nicht da», sagte Jack kurz angebunden, als sei es völlig selbstverständlich, daß sie mit Vater sprechen wollte, und nicht mit ihm, Jack.

«Und ... wie geht's dir so?» fragte Jess.

«Gut.»

Jess wußte nichts mehr zu sagen, und eine Pause entstand, ein Loch, es wurde mit jedem Atemzug größer, unerträglicher. Jess spürte, daß sie anfing zu schwitzen. «Mir geht es auch gut», sagte sie schließlich, um überhaupt etwas zu sagen.

«Schön», sagte Jack. Seine Stimme war nicht feindselig, nicht mal unfreundlich; es war schlimmer, sie war eine Mauer, von der alles abprallte, was Jess sagte, überhaupt sagen konnte.

«Weißt du, wann Vater zurückkommt?»

«Ich glaub', so gegen sechs, ich weiß nicht genau.»

«Dann ruf' ich nach sechs noch mal an.»

«In Ordnung», sagte Jack und legte auf, während Jess den Hörer umklammert hielt und in die tote Leitung lauschte und sich vorstellte, wie Jack in der Küche ein Glas Kakao trank, sich mit dem Handrücken über den Mund wischte, in sein Zimmer zurückging – das Zimmer, das er nicht mehr mit Ricky teilte – und die Tür hinter sich zuwarf. Vielleicht tat er auch ganz andere Dinge.

In der Nacht nach dem Anruf dachte Jess an die Nächte, in denen sie mit Eifersucht im Herzen auf das Gekicher und Getuschel und die kleinen Streitereien gelauscht hatte.

Ende September kam Jess' Vater für ein Wochenende nach Genf. Er kam mit dem Zug, und sie ging ihn abholen. Als der Zug einlief, sah sie ihn an einer der Waggontüren stehen; er bemerkte sie auch und winkte. Hinter ihm stand Jack. Jess' Herz fing an, wild zu klopfen, sie konnte sich ein paar Augenblicke lang nicht von der Stelle rühren.

Der Zug kam quietschend zum Stehen, die Türen sprangen auf, Jess sah Vater aussteigen. Hinter ihm ein dunkelhaariger Junge – nicht Jack. Jess spürte eine intensive Enttäuschung, obwohl sie doch eigentlich die ganze Zeit über gewußt hatte, daß es nicht Jack war.

Danach kam Jess' Vater jeden Monat für ein Wochenende. Sie spazierten durch den Jardin Anglais und dann unter den gestutzten Platanen am Yachthafen entlang, wo es ein Segelschiff gab, das *Fou d'Amour* hieß. Im November war der See vom gleichen bleiernen Grau wie der Himmel, der Horizont war nur schwach auszumachen. Jess zeigte ihrem Vater die Altstadt und schleppte ihn ins Kentucky Fried Chicken und ins McDonald's. Sie fuhren mit dem Bus in die *Campagne* hinaus, nach Chambésy und Troinex, und nach Cointrin zum Flughafen. Vater übernachtete im Hotel Calvi. Ab dem zweiten- oder drittenmal nahm er auch ein Zimmer für Jess, so daß sie am Sonntagmorgen zusammen frühstücken konnten. Es war das erste Mal, daß Jess ein Hotelzimmer für sich allein hatte, sie kam sich erwachsen vor. Ihr Zimmer lag zu einem weiten Hinterhof, durch den Möwen segelten; Jess fütterte sie mit Baguettestücken.

Nie kam Jack mit.

Eines Sonntagmorgens im Dezember, als sie in der Bar Clémence am Bourg de Four saßen, zeigte Vater ihr Fotos von Rickys Grab. Er hatte ein Grab mit weißen Steinchen und einem silbernen Gitter drumherum und einer kleinen Steintafel mit einer Majolikablüte und einem

Spruch; Madame Grasset hatte sie gestiftet. *Ici reste un ange*, hier ruht ein Engel. Jess mußte wider Willen lächeln. Auf dem Grabstein ein ovales Foto, er lächelte. Es war fast, als strecke er seine Hand aus, und sie konnte sie nicht ergreifen. Vielleicht war es auch umgekehrt: Sie war es, die ihre Hand ausstreckte, und er ergriff sie nicht.

Nach einer Weile sagte Vater, Jack gehe nach Rouen ins Internat.

«Oh, warum denn?»

«Er sagt, er will nicht mehr im *gîte* leben. Er will lieber in der Stadt leben.»

Jess wußte nichts darauf zu sagen. Sie umfaßte ihre warme Kakaotasse mit beiden Händen. Draußen pfiff ein scharfer Wind und trieb ein paar Schneeflocken vor sich her, aber hier drinnen an dem kleinen runden Holztisch war es gemütlich, über der Theke glitzerte die Weihnachtsdekoration, goldene Girlanden und bunte Lämpchen.

«Ich hab' ihm schon so oft gesagt, er soll doch mal nach Genf mitkommen», sagte Vater.

«Ach ja?»

Vater seufzte. «Anscheinend hat er nicht viel Lust dazu.»

Jess schwieg.

«Und du? Willst du nicht noch mal zum *gîte* kommen?»

Vater sah Jess an, aber Jess blickte auf ihre Tasse.

«In den Osterferien, was hältst du davon?»

«Ich weiß nicht», sagte Jess. «Ich glaub', ich … ich bleib' lieber hier.»

«Ich will dich nicht drängen», sagte Vater. «Und Genf gefällt dir ja auch wirklich, oder?» Er strich ihr mit der Hand übers Haar.

O ja, Genf gefiel ihr, alles war neu, aufregend, faszinierend – manchmal vergaß sie, was geschehen war, vergaß es für Augenblicke, Minuten, sogar Stunden. Aber selbst unter dem Vergessen war es vorhanden, und ganz plötzlich, ohne Vorwarnung, waren da blitzschnelle, lautlose Bilder, auf eine unheimliche Art waren sie wirklicher als die Wirklichkeit. Sie waren lautlos bis auf eine Stimme, die immer dasselbe sagte, eine kühle, herausfordernde, vertraute, leise, gefährliche Stimme: *Jetzt du.*

Nachts hatte Jess Alpträume.

17

Als Jess sechzehn war, begann sie, zu Partys zu gehen, auf denen Hasch geraucht wurde. Sie schlief nicht genug, aß unregelmäßig, stopfte sich mit Süßigkeiten und Junkfood voll oder fastete und machte seltsame Diäten. «*Mon Dieu*, Jazz, findest du nicht, du übertreibst?» sagte Mama. Wenn Jess ausging, sagte Mama gelegentlich: «Du nimmst dich ja in acht.» Die Formel schloß alles ein, von Überfällen in finsteren Altstadtgassen bis zu einer ungewollten Schwangerschaft.

Jess hatte sich das Haar ganz kurz schneiden lassen, mal war es blond, mal schwarz mit grünen oder flammend roten Strähnen, sie trug ausgefallene Kleider aus

Secondhand-Shops, lange schwarze Röcke, purpurfarbene Samtblusen, Paillettenwesten oder Röhrenjeans und bedruckte T-Shirts: *No risk no fun.* Sie trug sehr hochhackige schwarze Wildlederstiefeletten mit einer riesigen Straßschnalle an der Außenseite. Ihre Leistungen in der Schule waren drastisch abgefallen. Sie war reizbar oder albern oder verdrossen, ihre Stimmungen waren für sie selbst unberechenbar. Sie war davon überzeugt, daß sie als Tütenlady enden würde.

Im Sommer saß sie nachts mit dem Walkman auf dem Balkon. Unten am Straßenrand wühlte der Wind in den Baumkronen, und Jess sah die Schatten der Äste über den von Laternen erhellten Asphalt wischen, wie Staubwedel, wie große substanzlose Hände. *What a Difference a Day Makes*, sang Randy Crawford.

Jess hatte viele Freundinnen und Freunde, aber niemand wußte wirklich etwas über sie. Nicht mal – oder erst recht nicht – André, ihr erster Liebhaber, mit dem sie über alles reden konnte – über alles und jeden außer Ricky und Jack.

Sie lernte André mit siebzehn in dem Restaurant kennen, in dem sie in den Sommerferien jobte. Es hatte erst vor einigen Wochen eröffnet und war ein vegetarisches Feinschmeckerlokal – zumindest behauptete das der *patron*, ein kleiner, glatzköpfiger Choleriker. Jess half in der Küche aus, während André kellnerte. Nachts nach der Arbeit gingen sie meistens noch auf einen Drink und eine Zigarette in die Bar-Tabac gegenüber. André studierte Jura, nahm aber die vielen Jobs, die er nebenher hatte, weitaus wichtiger. André war groß und hatte blondes, kurzgeschorenes Haar. Sein Gesicht war eher häßlich, irgendwie konturlos, mit zu dicken Lippen, aber er war witzig und intelligent und hatte Charme, und Jess konnte gut mit ihm lachen. Sie stellte ihm die fertigen Gerichte in die Anreiche, und er sagte: «*Merci, Baby*», oder: «*Thanks a lot*», wobei er das englische th wie d aussprach. Manchmal warf er ihr ein Küßchen zu. Im Lokal trug André eine schwarze Hose, die einem kleineren und dickeren Mann gepaßt hätte, und weiße, schlecht gebügelte Hemden. Jess bewunderte die schwungvolle Art, mit der er das Tablett mit den Kaffeetassen auf den Tisch setzte. Gelegentlich fiel ihm ein Messer oder eine Gabel zu Boden, und der *patron* hielt ihm hinter den Kulissen eine wütende Standpauke, die André stoisch entgegennahm, um dann anschließend hinter dem Rücken des Mannes seltsame Grimassen zu schneiden. Der *patron* warf Jess einen stirnrunzelnden Blick zu, weil sie kicherte.

Eines Dienstagabends im September, als die Schule wieder angefangen hatte und Jess nur noch an zwei Abenden im Canari arbeitete, sagte André, er habe zwei Kinokarten für die Spätvorstellung. Er sagte es so selbstverständlich, als wären sie verabredet.

«Du, es tut mir leid, aber ich bin einfach zu kaputt», sagte Jess. Der Abend war außergewöhnlich anstrengend gewesen. Gegen acht hatte eine stark angeheiterte Gesellschaft von fünfundzwanzig oder dreißig Leuten das Lokal gestürmt, und sie waren in der Küche mit den Bestellungen kaum nachgekommen. Jess war fahrig und ließ einen Salatteller fallen, und Bruno, der Chefkoch, war geladen, weil er seine Frau mit einem andern erwischt hatte; er fluchte und stieß Vergeltungsschwüre aus und ließ zwei Sojabratwürste anbrennen; vielleicht sah er seine Frau und ihren Liebhaber in den verschrumpelten braunen Dingern, zumindest unbewußt. Claires Transistorradio lief wie immer auf voller Lautstärke, was außer Jess niemand zu hören schien. Es war irrsinnig heiß, trotz der weit offenen Fenster. Jess, angeekelt von den Essensresten auf den Tellern, die sie vorspülen mußte, bevor Claire sie in Lauge abwusch, sehnte den Moment herbei, wo sie nach einer Dusche ins Bett sinken würde.

«Wirklich, ich kann nicht mehr.»

Aber als André die Kinokarten mit übertrieben gespielter Verzweiflung in den Rinnstein warf, mußte sie lachen.

«Also gehst du mit?» Er hob die Karten auf und strich sie glatt.

«Wie heißt der Film?»

«Ich weiß nicht.»

«Was für 'ne Art von Film ist es denn?»

«Liebesfilm.»

Jess verzog verächtlich den Mund.

«Mit Horroreinschlag», fügte André schnell hinzu.

Jess ließ die kalte Dusche einstweilen sausen, sie wußte, daß sie sich ärgern würde, wenn sie nicht mitging.

Ein paar Tage später fragte André sie, ob sie Lust habe, am nächsten Tag mit ihm nach Morges zu fahren. Mittwochs hatte das Canari Ruhetag, und er hatte frei.

«Ich muß zwei Display-Mannequins abholen.»

«Display-Mannequins?»

«Schaufensterpuppen. Sie sind umgefallen oder vergewaltigt worden oder was weiß ich. Ich bring' sie zur Reparatur.»

Der Transport beschädigter Schaufensterpuppen zum Hersteller war einer seiner zahlreichen Jobs. Er transportierte auch alle möglichen anderen Sachen: Zeitschriften, Pampelmusen, halb auseinandergenommene Fernsehapparate, Markisen. Außerdem war er Geschmacksprüfer für einen Süßigkeitenhersteller; er brachte Jess jedesmal eine große Tüte Bonbons mit.

Jess beschloß kurzerhand, die Schule zu schwänzen, und am nächsten Morgen holte André sie mit seinem grünen Lieferwagen ab. Es war ein älteres, leicht ramponiertes Modell; aus den Sitzen quoll die Polsterung, der Beifahrersitz war außerdem schief, und Jess stützte sich an der Tür ab. Sie fuhren noch mal zu Andrés Wohnung zurück, weil ihm eingefallen war, daß er zwei Stapel Zeitschriften vergessen hatte.

André wohnte oberhalb der Altstadt in der Rue de Saint-Victor, in einem alten heruntergekommenen Mietshaus mit hohen Fenstern und verwitterten Läden. Hier und da vergilbten auf den Fenstersimsen ein paar Topfpflanzen hinter verrostetem Gitterwerk.

«Geh mit rauf», sagte André, «dann kannst du mir die Türen aufhalten und ich brauch' nicht zweimal zu gehen.»

Sie stiegen eine finstere Treppe hinauf zum ersten Stock. Jess hatte eine typische Studentenbude erwartet, mit ein paar zusammengewürfelten Möbeln und einem Chaos von Büchern und Arbeitsheften, und sie war verblüfft, als sie die Wohnung betrat. Es war eine Einzimmerwohnung; sie war mit schweren altertümlichen Mahagonimöbeln eingerichtet, oval gerahmte Familienfotos zierten die düsteren Wände, Porträts faltiger, verkniffener, von Stehkragen eingezwängter Gesichter. Über dem wuchtigen Ehebett hing eine überdimensionale Bleistiftzeichnung, die den Gekreuzigten darstellte. Die beiden hohen Nachttische hatten schwarze Marmorplatten.

«Nun sag bloß, die Wohnung gefällt dir nicht», sagte André; er amüsierte sich offensichtlich über Jess' Befremden.

«Ehrlich gesagt finde ich sie scheußlich», sagte Jess.

André zuckte die Achseln. «Mein Großvater will, daß alles so bleibt, wie's ist. Er ist im Altersheim.» Er grinste. «Zufällig gehört ihm die Wohnung. Manchmal kommt er für 'n Wochenende her, dann mach' ich mich dünne.»

«Aber wie hältst du das aus? Kannst du nicht wenigstens die Fotos und dieses scheußliche Bild abnehmen und ein paar Poster aufhängen?»

«Wieso denn?»

André nahm ächzend die beiden mit Kordel zusammengebundenen Stapel Zeitschriften vom Boden. Schwankend unter dem Gewicht folgte er Jess, die die Türen aufhielt und hinter ihm zumachte.

Sie fuhren über die Autobahn, mit heruntergekurbelten Fenstern; es war sonnig und warm. André holte aus dem

Wagen das letzte heraus, jedenfalls schien es Jess so. Er hatte das Radio so laut gestellt, daß sie sich fast schreiend unterhalten mußten. Jess dachte zwischen Gleichmut und Genugtuung schwankend an die Schule und an den Physiktest, den sie versäumte, dann dachte sie nicht mehr daran.

In Morges trugen sie die Schaufensterpuppen wie Verletzte zum Auto; André zog eine kleine Show ab, als handle es sich um eine Übung für den Notfall, und ein paar Neugierige blieben stehen. Der einen Puppe war die Nasenspitze abgebrochen, die andere hatte einen ausgekugelten Arm. André wickelte sie sorgsam in Decken, damit sie während der Fahrt nicht noch weiteren Schaden nahmen.

Er fuhr über die Landstraße zurück; in einem Bistro tranken sie eine Cola. «Ich weiß 'ne schöne Stelle, wo man im See schwimmen kann», sagte er, als sie weiterfuhren. «Ein kleines Stück hinter dem Kaff, durch das wir gleich kommen.»

«Ich hab' keine Schwimmsachen dabei», protestierte Jess.

«Brauchst du Schwimmsachen?»

«Und außerdem ist es bestimmt verboten.»

«Was, ohne Schwimmsachen?»

«Nein, im See schwimmen.»

«Du kannst dir 'nen Badeanzug in dem Kaff kaufen. Ich weiß, wo'n Geschäft ist.»

«Und wenn ich keine Lust hab'?»

André zog wie ein trauriger Clown die Mundwinkel nach unten.

Jess kaufte sich ein Handtuch und den einzigen Bikini, den es in ihrer Größe in dem düsteren Laden gab, türkisfarben, von der Sonne ausgeblichen; anscheinend hatte er schon eine Ewigkeit im Schaufenster gelegen. Sie mußte noch mal zu André hinausgehen und sich fünf Francs leihen, weil sie nicht genug Geld dabei hatte.

Sie fuhren noch ein paar Kilometer über die Landstraße weiter, dann bog André nach links in Richtung See ab. Das letzte Stück rumpelte er über einen Feldweg, bis zu einem kleinen Gehölz, wo er stoppte und den Motor abstellte. In der plötzlichen Stille hörte Jess die Wellen ans Ufer plätschern; sie sah das Wasser durch die Bäume hindurch schimmern.

André trug eine Badehose unter den zerschlissenen Jeans. Jess zog sich hinten im Lieferwagen zwischen den Mannequins um. Es war unbequem, sie mußte gebückt stehen und stieß mit dem Ellbogen gegen die Seitenwand, aber der Bikini paßte einigermaßen. André war schon im Wasser, er planschte herum und winkte und spie Fontänen aus. Jess ging vorsichtig über den sandigen Boden, er war kühl unter den Fußsohlen, mit Zweigen und kleinen spitzen Steinen; sie war lange nicht draußen barfuß gelaufen, ein fast vergessenes Gefühl.

Sie watete ins Wasser; es war eisig, zuerst jedenfalls. Jess hatte keine Übung mehr im Schwimmen und blieb in Ufernähe, während André weiter hinausschwamm. Der Bikini war aus nichtelastischem Material, beim Brustschwimmen verfing sich das Wasser vorne in der Hose und im Oberteil, was eine enorme Bremswirkung verursachte. Jess legte sich schließlich auf den Rücken und ließ sich vom Wasser tragen. Sie schloß die Augen, und für einen kurzen Moment war sie im Meer, Jack schwamm irgendwo in ihrer Nähe, und Ricky saß am Strand, auf der Decke, mit seinen blauen Plastiksandalen. Die Vision zerbrach schon im Entstehen in lauter winzige Scherben.

Jess schwamm ans Ufer zurück; sie fror und trocknete sich schnell ab. André kam prustend und schnaufend aus dem Wasser, er holte eine der Mannequin-Decken aus dem Wagen, und sie setzten sich darauf.

Draußen auf dem See waren ein paar Segelboote; weiter links ein weißer Dampfer, einer der Vergnügungsdampfer, die während des ganzen Sommers über den See kreuzten.

«Kennst du den Witz vom Wolfshund?» fragte André.

«Haha», sagte Jess.

«Aber *den* kennst du bestimmt nicht.» André fing an, einen ganz lahmen Witz zu erzählen, verhaspelte sich immer wieder, bekam einen Lachkrampf, warf sich nach hinten und blieb hilflos lachend liegen.

«Vieux crétin», sagte Jess.

André setzte sich schließlich wieder auf, er spielte mit seinem Feuerzeug herum, stellte die Flamme größer, kleiner; sie war fast unsichtbar in der Sonne. Sein kurzgeschnittenes Haar hatte sich nach dem Schwimmen wieder aufgerichtet; Jess sah das Licht hindurchschimmern. Sie spürte das Verlangen, André zu berühren, ihre Hand in seinen Nacken zu legen. Sie wollte sagen: Du bist okay. Aber mit einemmal war sie befangen. Je länger sie wartete, desto weniger konnte sie es sagen. Dann sagte sie es doch: «Du bist okay.» Ihre Stimme klang fremd in ihren eigenen Ohren, belegt.

André hantierte weiter mit dem Feuerzeug. «Du bist auch okay», sagte er.

Es entstand eine kleine Pause.

«Sollen wir noch mal ins Wasser gehen?» fragte André schließlich.

«Ich nicht», sagte Jess. «Ist mir zu kalt. Und du hast selbst 'ne Gänsehaut.»

André wandte ihr sein Gesicht zu. Die Pupillen seiner graublauen Augen waren winzig in dem hellen Licht. Er klemmte die Wangen zwischen den Zähnen ein, so daß seine Lippen eine winzige Schnute bildeten, die er öffnete und schloß, wie kleine Mädchen es manchmal tun. Jess lachte. Sie hatte das Gefühl, ihn schon lange zu kennen.

Sie gab ihm einen Kuß auf die Wange.

André küßte sie auf den Mund.

Am Nachmittag, als sie wieder in Genf waren, ging Jess mit André in dessen Wohnung; vor der Tür küßten sie sich. André schloß auf, dann hob er Jess einfach hoch und trug sie zum Bett. Das Fenster hatte keinen Vorhang, und André schloß die Faltläden, dann legte er sich neben Jess. Sie küßten sich wieder, wobei André behutsam die Knöpfe ihrer Bluse aufmachte. Er fragte sie, ob sie die Pille nehme. Jess sagte nein. «Aber es ist im Moment nicht gefährlich.»

«Bist du sicher?»

Jess sagte ja. Es war eine Lüge, sie war sich nur fast sicher, nahezu, aber nicht ganz; das war ein gefährlicher

Unterschied. Sie hörte Mamas Stimme: Du nimmst dich ja in acht. André zog sie weiter aus; Jess war dankbar für das Halbdunkel im Zimmer. Sie hatte das Gefühl, vor einer Operation zu stehen, durch die sie hindurchmußte.

Es tat gar nicht so weh, wie immer behauptet wurde, ein greller kleiner Schmerz, das war alles, aber es war auch nicht berauschend. Sie hatte das auch gar nicht erwartet, das sollte es beim erstenmal ja nie sein. Dann war es vorbei; André streichelte sie und fragte, ob sie was davon gehabt hätte. Jess sagte ja, klar, und André zündete eine Zigarette an, die sie zwischen sich hin- und hergehen ließen, während sie über Kleinigkeiten lachten und kicherten.

Jess war nicht eigentlich verliebt in André, aber sie mochte ihn, und sie fand es gut, nicht mehr Jungfrau zu sein. LOVE IS HOT SEX, hatte ein Vorgänger (oder eine Vorgängerin) in ihren Schultisch geritzt. Jess malte es mit pinkfarbenem Filzstift aus und fühlte sich als Insiderin. Anstatt in eine Bar gingen sie jetzt abends nach Feierabend zu André. Sie liebten sich auf der harten, unebenen Matratze des massiven Betts, unter den strengen Blicken der Ahnen. Als Liebhaber war André witzig, unaggressiv; er tat, als hätte er noch nie eine nackte Frau gesehen und sagte mit wild übertriebenem Staunen: «Ho, ho!» wenn er ihr den BH oder den Slip auszog, dabei verdrehte er die Augen oder riß sie ganz weit auf. Hinterher lagen sie nebeneinander, aßen Schokolade und Chips und Erdnüsse, deren Schalen sich zwischen den Laken verirrten; sie redeten und lachten, und Jess vergaß, was damals geschehen war, vor langer Zeit, eine Ewigkeit her, in einem andern Leben; vergaß es fast.

Manchmal stand André auf und kochte eine seiner famosen Tütensuppen, während Jess liegenblieb und einen Joint rauchte und überlegte, was Andrés Großvater sagen würde, wenn er jetzt unerwartet hereinkäme, und was sie ihm antworten könnte.

Jess fing an, sich ein bißchen besser zu ernähren und ging nicht mehr so oft zu Haschpartys. Sie ließ sich beim Frauenarzt ein Pessar einsetzen. Sie glaubte, sie sei dabei, ihr Leben besser in den Griff zu bekommen.

18

Jess saß im Zug und blickte träge durch die schmutzige Scheibe in die vorbeiziehende Landschaft. Es war Sonntag, ein grauer Oktobertag, und sie fuhr nach Annecy. Jess' Vater lehrte inzwischen an der Universität von Lyon und hatte in Annecy ein Haus gekauft, in dem er ein paar Monate lang allein gelebt hatte und jetzt mit Yvonne lebte, einer rotblonden Malerin, die er auf einer Vernissage kennengelernt hatte. Jess fuhr von Zeit zu Zeit für einen Tag oder ein Wochenende zu ihnen. Vater trug ihr jedesmal Grüße an Mama auf, die Mama mit undurchdringlichem Gesicht entgegennahm. Jess war sich nicht im klaren, ob seine Grüße reine Höflichkeit, alte Liebe, neues Interesse oder Ironie waren.

Jess verstand sich gut mit Yvonne. Yvonne machte

niemals kritische Bemerkungen zu ihrem Aussehen oder Lebensstil. Jess konnte stundenlang oben bei ihr im Atelier hocken und mit ihr rauchen und starken schwarzen Kaffee aus kleinen Tassen trinken und klönen. Yvonne rauchte parfümierte Zigaretten und benutzte einen kaltrosa Lippenstift, der seltsamerweise gut mit ihrem roten Haar harmonierte. Wenn sie samstagabends ausgingen, trank sie ein Glas Rosé nach dem andern; nach dem zweiten Glas lachte sie viel, ein ansteckendes Lachen. Yvonne malte großformatige farbenfrohe Urwaldbilder, saftstrotzende Blätter in allen Grünschattierungen und exotische Blüten und Regenbogentukane und witzig aussehende Äffchen, die von Ast zu Ast turnten und den Betrachter frech ansahen. Jess mochte die Bilder, obwohl sie sie eigentlich gräßlich fand.

Der Zug verlangsamte seine Fahrt, ruckelte über Weichen und glitt in den Bahnhof. Jess spähte durchs Fenster, ihr Vater holte sie jedesmal mit dem Auto ab – das Haus stand im Osten der Stadt, ein gutes Stück vom Bahnhof entfernt –, aber sie konnte ihn in dem Gedränge auf dem Bahnsteig nicht ausmachen. Sie sah ihn auch nicht, als sie ausstieg und sich umschaute; wahrscheinlich suchte er noch nach einem Parkplatz, er kam oft erst in letzter Minute. Jess ging Richtung Unterführung, als sie hinter sich jemand rufen hörte.

«Jess?»

Jess erstarrte. Sie kannte die Stimme. Jacks Stimme. Sie drehte sich um.

Er war es. Er kam auf sie zu, mit seinen langen, federnden Schritten. *Hoher Seegang.*

«Ich wußte nicht genau, ob du's bist», sagte er.

«Und weißt du's jetzt?»

«Ja, klar.»

«Ich hab' deine Stimme sofort erkannt», sagte Jess.

Sie gaben sich die Hand. Jess lächelte, ein unsicheres Lächeln, aber Jack lächelte nicht zurück, seine hellen Augen blieben kühl, als er sie ansah, zurückweisend, feindselig.

Jess' Lächeln erstarb.

«Vater konnte dich nicht abholen», sagte Jack, als sie die Treppe zur Unterführung hinuntergingen. «Gerade, als er gehen wollte, kam ein Kollege von ihm vorbei.»

Er war also nicht von sich aus gekommen, um sie abzuholen, und er wollte das klarstellen.

«Sag bloß, du holst mich mit dem Motorrad ab», sagte Jess.

«Wollte ich eigentlich, aber Vater hat mir sein Auto aufgeschwatzt.»

«Seit wann bist du hier?»

«Seit voriger Nacht.»

Jack kam nur selten nach Annecy, und immer unangemeldet und nur für kurz; bisher hatte Jess ihn verpaßt. Vater hatte sie jedesmal angerufen, aber sie war nie zu Hause gewesen und hatte es erst im nachhinein erfahren; sie hatte sich geärgert und war furchtbar enttäuscht gewesen und gleichzeitig erleichtert.

Unten in der Bahnhofshalle fiel Jack ein, daß er keine Zigaretten mehr hatte. Er ging zu dem Kasten hinüber, um sich eine Packung zu ziehen. Jess betrachtete ihn, während sie auf ihn wartete. Er war noch ein Stück gewachsen und kräftiger geworden, breiter in den Schultern. Sein dunkles Haar hing ihm immer noch wirr in die Stirn. Er trug abgewetzte Jeans, eine schwarze Lederjacke. Er hatte sich verändert, und doch nicht. Es war, als sei die Zeit, die seit damals, seit Mauquenchy vergangen war, nicht mehr vorhanden – als ob der Zeiger einer Stoppuhr zurück auf Null gesprungen wäre –, als hätten sie sich erst gestern gesehen, hinter dem Schuppen auf Madame Grassets Hof, Jack auf dem Holzstapel und Jess, die die Augen senkte und damit ihre Schuld eingestand.

Er schlug mit der Faust auf den Apparat, der anscheinend nicht funktionierte; Jess hatte das Gefühl, der Faustschlag galt ihr.

Im Wagen versuchte Jess, ein Gespräch in Gang zu bringen; sie sprach über Genf, fragte Jack nach seinem Studium; er hatte in diesem Sommer sein *bac* gemacht und studierte Informatik in Lille. Er gab nur einsilbige Antworten, sie hatte den Eindruck, er höre nicht mal richtig zu; er hatte das Radio angestellt und fuhr mit überhöhter Geschwindigkeit, bremste und beschleunigte hart, er wollte das Alleinsein mit ihr wohl so schnell wie möglich hinter sich bringen. Sie kam sich plötzlich geschwätzig vor, hielt den Mund und sah aus dem Seitenfenster. Es war das zweite Mal, daß sie als Beifahrerin neben ihm saß. Sie fragte sich, ob er wohl auch an das erste Mal dachte, ihre heimliche nächtliche Autotour nach Rouvray und Sigy. Sie schwiegen eine Zeitlang; in dem Schweigen war alles, über das zu sprechen unmöglich war.

«Wie lange bleibst du?» fragte Jess schließlich.

«Bis heute abend.»

«Fährst du gerne nachts? Die weite Strecke?»

Er sagte, er fahre am liebsten nachts. «Aber heute abend fahr ich bloß nach Lausanne weiter.»

Jack bog in die Straße ein, in der das Haus stand, eine stille Straße mit Einfamilienhäusern; Herbstblumen in den Vorgärten, gelbes und rostfarbenes Laub auf dem Bürgersteig. Jess spürte, wie Niedergeschlagenheit Besitz von ihr ergriff, so würde es immer zwischen ihnen bleiben, unpersönlich, distanziert, scheinbar oberflächlich, beide hinter einer dicken Glaswand, auf verschiedenen Seiten, beide hinter einem erhobenen Schutzschild, um Pfeile abzuwehren, die nicht abgeschossen wurden. Jack würde niemals darüber reden wollen; sie selbst würde nie den Mut haben, die Glaswand zu zertrümmern.

Für den Rest des Tages waren sie nicht allein miteinander. Sie aßen mit Vater und Yvonne im Restaurant, dann spazierten sie alle vier ein kleines Stück am See entlang; Yvonne trug wie üblich Pumps mit irrsinnig hohen Absätzen und klagte darüber, wie sehr sie es hasse, spazierenzugehen. Jack langweilte sich offensichtlich; er schlug ein scharfes Tempo an und war meistens um etliche Meter voraus, am Hafen schaute er sich die Yachten an, die dort vertäut lagen. Jess war verdrossen und schweigsam, sie starrte auf den See, Segelboote vor dem Bergpanorama, weiße und farbige Segel auf der grauen Fläche des windgeriffelten Wassers.

Nach einem frühen Abendessen, als sie im Wohnzimmer saßen und noch einen Kaffee tranken, schlug Yvonne vor, daß Jack, da er doch sowieso nach Lausanne fahre, Jess bis Genf auf dem Motorrad mitnehmen könne. Jess sagte abwehrend, sie könne ebensogut mit dem Zug fahren; sie verspürte Ärger über Yvonnes Einmischung. Sie warf Jack einen raschen Blick zu. Er stand am Regal und blätterte in einer Zeitschrift; er reagierte überhaupt nicht.

«Hast du gehört, Jack?» fragte Yvonne.

«Jaja», sagte er. «Ist okay, kein Problem.» Er warf die Zeitschrift lässig auf den Stapel zurück, kam an den Tisch herüber und trank seinen Kaffee aus.

«Ich hab' keinen Sturzhelm», sagte Jess; vielleicht war Yvonnes Idee ja doch nicht so schlecht, vielleicht würden sie in Genf noch in einen Tearoom oder eine Bar gehen, Jack und sie.

«Ein Sturzhelm ist kein Problem», sagte Yvonne, «ich hab' noch einen im Keller.» Sie stakste die Wendeltreppe hinunter; sie hörten sie unten laut mit sich selbst reden und schimpfen.

«Überleg's dir gut, ob du mit mir fährst», sagte Jack, scherzhaft, aber Jess hörte den Unterton von Aggressivität, Feindseligkeit.

«Ich hab' keine Angst, wenn du das meinst», sagte sie.

Sie blickten einander an, diesmal schlug Jess nicht die Augen nieder, sie würde es nie mehr tun. Das hatte sie sich jedenfalls vorgenommen.

Yvonne kam mit dem Helm und einem Nierengürtel wieder nach oben. «Stammt noch aus etwas wilderen Zeiten», sagte sie.

«Ich wußte gar nicht, daß du mal Motorrad gefahren bist», sagte Jess erstaunt, anerkennend.

«Sie gibt an», sagte Vater, der eine Weinflasche entkorkte. «Sie war bloß Beifahrerin.»

Yvonne wischte mit ihren rundlichen, mit Ringen und Nagellack geschmückten Händen den Staub von dem Sturzhelm. «*Voilà*», sagte sie.

Jack fuhr schnell, jedenfalls schien es Jess so; es war das erste Mal, daß sie auf einem Motorrad mitfuhr. Es war dunkel und kalt, der Fahrtwind schnitt ihr ins Gesicht, die Lichter der entgegenkommenden Wagen blendeten. Jack überholte ein paarmal, beschleunigte und scherte mit einem Schlenker aus; Jess hielt sich an ihm fest. Sie hatte keine Angst, ein Prickeln im Nacken, eher angenehm; sie bedauerte, nicht den Walkman aufzuhaben. Die Straße war eine Zeitlang kurvenreich, dann eine gerade Strecke, auf der Jack Gas gab, dann wieder Kurven. Irgend etwas war nicht in Ordnung, ein Stottern des Motors, es wurde stärker, sie verloren an Fahrt, schließlich rollte die Maschine spuckend und fauchend aus.

«Scheiße!» sagte Jack.

Sie stiegen ab.

«Was ist denn los?»

«Kein Benzin mehr.»

«Wir sind doch eben erst an 'ner Tankstelle –»

«Jaja», sagte Jack ungeduldig. «Aber diese Scheißbenzinuhr ist kaputt, samt Warnlampe. Ich hab' gedacht, ich komm' bestimmt noch bis zur nächsten Tankstelle.»

Jess seufzte. «Und was machen wir jetzt?»

Sie standen am Straßenrand, auf einem schmalen Grasstreifen. Ein Stück weiter war ein größerer Platz, wahrscheinlich ein Parkplatz. Sie gingen zu Fuß bis dort, Jack schob das Motorrad.

Auf dem Platz nahm er seinen Sturzhelm ab, Jess hatte ihren schon abgenommen. «Ich tippel mal zur Tankstelle zurück», sagte er. «Bleib du hier und paß auf die Sachen auf.» Er deutete mit einer Kopfbewegung auf das Gepäck.

Er marschierte los. Jess wäre lieber mitgegangen, aber er hatte wohl recht, einer mußte hierbleiben. Sie blickte Jack nach; er war schon ein gutes Stück entfernt, er ging schnell, sie sah ihn im Schein der Straßenlaternen, dann sah sie ihn nicht mehr. Jess zündete sich eine Zigarette an. Sie schaute sich um, es war nicht gerade gemütlich, hier zu warten; vorn an der Straße war der Platz trüb von einer Laterne beleuchtet, aber der hintere Teil war finster, dichtes Gebüsch, jemand konnte sie beobachten, aus dem Dunkel auftauchen. Weiter die Straße hinunter, in einiger Entfernung, eine Ortschaft, Lichter und Neonreklamen; sie hätte unbedingt vorschlagen sollen, bis dort weiterzugehen, vielleicht gab es eine Bar-Tabac. Es war nicht viel Verkehr auf der Straße, einzelne Wagen, manchmal ein paar hintereinander, dann eine Zeitlang nichts. Es war kalt, Jess merkte plötzlich, daß sie durchgefroren war, ihre Füße waren Eiszapfen. Sie versuchte, im Schein der Straßenlaterne ihre Armbanduhr zu entziffern; sie beleuchtete sie schließlich mit ihrem Feuerzeug. Zehn nach elf; jetzt war André vergeblich am Bahnhof gewesen, um sie abzuholen, wahrscheinlich war er stocksauer. Sie hatte versucht, ihn von Annecy aus anzurufen, um ihm zu sagen, daß sie nicht mit dem Zug käme, hatte aber nur den schwerhörigen Großvater erreicht, der dieses Wochenende in der Wohnung verbrachte. André und sie hatten am Freitagabend nach einem Kinobesuch noch Ordnung gemacht, das Geschirr von mindestens einer ganzen Woche gespült, das Bett frisch bezogen, die Böden gefegt. André wohnte solange bei einem Freund, aber Jess wußte nur den Vornamen, Armand, und sie hatte keine Telefonnummer. Andrés Großvater verstand überhaupt nicht, worauf sie hinauswollte. «Wie bitte? *Allô?*» schrie er immer wieder, dann ging er zu einem monotonen *«Allô allô allô!»* über. Jess hatte schließlich entnervt den Hörer auf die Gabel geknallt.

Sie blickte sich wieder um, behielt das finstere Gebüsch im Auge. Die Zeit verstrich. Vielleicht war die Benzinpanne ja gar keine Panne, sondern Absicht. Als Strafe. Und wenn es tatsächlich eine Panne war, dann ließ er sie vielleicht absichtlich lange warten. Er müßte längst wieder hier sein, die Tankstelle lag nur ein kurzes Stück zurück, hinter der nächsten Kurve, soweit sie sich erinnern konnte, vielleicht gut einen Kilometer.

Ein Wagen näherte sich, mit aufgeblendeten Scheinwerfern, verlangsamte; er kam auf den Platz gefahren, auf sie zu. Jess stand im grellen Licht, sie kniff die Augen zusammen, hob die Hand vors Gesicht, dann wurde abgeblendet. Sie dachte daran, daß Jack sich vielleicht hatte mitnehmen lassen, aber als der Wagen neben ihr hielt, ein schwerer Wagen, ein BMW oder Peugeot, sah sie, daß nur der Fahrer darin saß. *Scheiße*. Das Gefühl, in einer Falle zu sitzen. Jess überlegte blitzschnell, wie sie sich im Ernstfall verteidigen könnte.

Das Fenster der Beifahrertür glitt herunter. «Irgendwas nicht in Ordnung?» Er hatte das Licht im Wagen eingeschaltet, ein Typ mit Schnauzer und Brille und schmallippigem Lächeln und kräftigen, behaarten Händen, eine auf dem Lenkrad, die andere am Schaltknüppel.

Jess zeigte mit dem Daumen über die Schulter. «Mein Mann ist dahinten.» Sie wunderte sich selbst, wie kühl und gelassen ihre Stimme klang, während Phantasien sie anfielen, Schlagzeilen von Frauen, die in Autos gezerrt wurden, Frauen, die gewürgt wurden.

Der Mann spähte an Jess vorbei in die Dunkelheit, skeptisch, sie fühlte sich durchschaut, was würde er als nächstes tun? Aber er zuckte die Achseln, seine behaarte Pranke legte den Gang ein, und der Wagen startete mit Vollgas. Jess starrte auf die Rücklichter, sie war noch mal davongekommen, gerade noch. Sie war plötzlich wütend auf Jack.

Sie holte ihr Zigarettenpäckchen hervor und stellte fest, daß es leer war. Sie suchte in ihrer Umhängetasche nach einem neuen, durchwühlte die ganze Tasche, obwohl sie genau wußte, daß sie keins dabei hatte.

Endlich tauchte Jack auf, einen Kanister in der Hand. Er verlor kein Wort darüber, warum es so lange gedauert hatte, und Jess fragte nicht; möglicherweise war die Tankstelle ja tatsächlich weiter entfernt, als sie angenommen hatte. Jack stellte den Kanister neben dem Motorrad auf den Boden und drehte die Verschlußkappe ab, dann öffnete er den Tank, hob den Kanister hoch und füllte das Benzin nach – das alles, ohne die glimmende Zigarette aus dem Mund zu nehmen.

Jess stand neben ihm. Sie hörte das Benzin glucksen und plätschern und roch den scharfen penetranten Geruch. Ein Funke genügte, und sie würden beide in die Luft fliegen. Sie atmete gepreßt, sie spürte, wie ihr der Angstschweiß ausbrach. Er tat es, um sie zu bestrafen, um sie für Rickys Tod zu bestrafen, um es ihr heimzuzahlen, um sich zu rächen, und er nahm in Kauf, selbst dabei draufzugehen. Aber wenn er dachte, sie würde weglaufen, hatte er sich getäuscht; sie blieb stehen, sie wich keinen Zentimeter zurück. Jess merkte, daß sie unter ihrer Angst gleichgültig wurde, eine kalte, distanzierte Gleichgültigkeit; es war ihr egal, was passierte, es war ihr vollkommen egal.

Jack war fertig. Er drehte den Tankverschluß wieder zu, ging mit dem leeren Kanister an den Rand des Platzes und warf ihn in das angrenzende Grundstück. Jess hörte das Poltern und Schaben, als er aufschlug und ein Stück über den steinigen Boden schlitterte. Sie spürte, wie ihr jetzt im nachhinein das Herz im Hals klopfte.

«Hast du 'ne Zigarette für mich?» fragte sie, als Jack zurückgeschlendert kam. Sie sprach beiläufig, als wäre nichts gewesen.

Jack gab ihr eine. Ihre Blicke begegneten sich im Schein der Laterne und hielten sich einen Moment lang fest. Der Haß in Jacks Augen traf Jess wie ein Schlag ins Gesicht.

Jack stieg auf die Maschine. In den Lärm des angelassenen Motors sagte er laut: «Wo soll ich dich in Genf absetzen?»

«Am Bahnhof», schrie Jess zurück. «Das ist die Durchgangsstraße. Ich sag dir Bescheid.»

Zwanzig Minuten später waren sie in Genf. Jack fuhr auf den Parkplatz vor dem Bahnhof. Jess stieg ab.

«Fahr dieselbe Richtung weiter, die Rue de Lausanne runter», erklärte sie. «Dann kommst du zur Autobahn.»

Sie zögerte, schließlich sagte sie: «Fährst du wieder über Annecy zurück?»

«Weiß ich nicht», sagte Jack. Dann, weniger abweisend: «Hab' ich mir noch nicht überlegt.»

Er fuhr von dem Parkplatz hinunter, wobei er noch mal kurz die Hand zum Gruß hob. Er hielt an einer roten Ampel, fuhr weiter und war aus ihrem Blickfeld. Jess stand dort, es war ihr fast unmöglich, den nächsten Schritt zu tun.

Am Montagnachmittag rief André an, und abends trafen sie sich im Café Lyrique gegenüber der Uni. Jess trank *chocolat chaud* und blickte durchs Fenster auf die Place Neuve und die Trambahnen, die ankamen und wieder abfuhren. Sie war einsilbig, während André drauflosschwatzte, irgendwelche Kunden des Canari durch den Kakao zog; Jess hörte nur mit halbem Ohr zu. Plötzlich fragte er: «Ist irgendwas?»

«Was soll denn sein?»

«Weiß ich nicht. Deshalb frag' ich ja.» In seiner Stimme war eine deutliche Spur von schlechter Laune, ein Vorwurf, obwohl er sich bemühte, beiläufig zu klingen. Jess blies auf die heiße Schokolade, trank einen Schluck.

«Es ist nichts», sagte sie.

«Laß uns zu mir fahren», sagte André.

«Lieber ins Kino.»

«Ich hab' keine Lust, ins Kino zu gehen.»

«Im Plaza läuft ein Western.»

«Ich hasse Western.»

«Was dann?»

«Wir könnten zu mir fahren.»

«Wenn wir uns nicht einigen können, bleiben wir am besten hier», sagte Jess.

«Ist irgendwas?» fragte André.

Jess rollte die Augen zur Decke.

Am Dienstag, Mittwoch und Donnerstag sahen sie sich nicht, weil Jess für Klausuren büffeln mußte.

«Seit wann tust du was für die Schule?» fragte André verdrießlich, skeptisch. Am Freitagabend gingen sie zu einer Geburtstagsparty – Andrés Freunde, nicht ihre, die meisten von ihnen Jurastudenten, die Jess zum Sterben langweilig fand. Sie verdrückten sich gegen halb zwölf und fuhren mit dem Lieferwagen quer durch die Stadt zu Andrés Wohnung. Jess hatte Mama erzählt, sie übernachte bei Sylvie. Sie hatte nicht mehr viel Kontakt mit Sylvie, aber sie benutzten sich gegenseitig als Ausreden.

Jess saß in Slip und Bluse auf der Bettkante, sie knöpfte ihre Bluse so langsam auf, als sei sie völlig in Gedanken versunken, und schließlich bewegten sich ihre Finger überhaupt nicht mehr. André, der hinter ihr auf dem Bett saß und schmatzende Küsse auf ihren Nacken drückte, fing an, sie auszuziehen, aber sie stieß seine Hände weg.

«Verdammt noch mal, was ist denn jetzt wieder los?»

«Ich hab' heute abend keine Lust.»

«Was ist denn? Warum denn nicht?»

Jess starrte vor sich hin, auf den unteren Rand des

breiten Mahagonirahmens, der die fromme Bleistiftzeichnung einrahmte. «Ich hab' eben keine Lust.»

Schweigen. Dann: «Verdammt noch mal, du mußt doch wissen wieso!» André sprach leise, aber Jess hörte die Wut in seiner Stimme. Es wäre ihr lieber gewesen, er hätte sie angeschrien und sie hätte zurückschreien können. Ohne zu antworten, knöpfte sie die Bluse wieder zu, stieg in ihre Jeans und zog sich die Schuhe an.

«Hast du die Tage oder was?»

«Nein.»

«Sag mal ... du bist doch nicht etwa schwanger?»

«Hältst du mich für bescheuert?»

«Ach Scheiße, was dann!»

«Wenn du es genau wissen willst, ich halte das hier nicht mehr aus, verdammt noch mal! Es ist pervers, ja, *pervers*!» Jess steigerte sich in eine halb hysterische Wut hinein. «Hörst du! Dieses ganze perverse Zeug hier» – sie wirbelte mit dem Arm herum, schloß die gesamte Ahnengalerie und den Gekreuzigten und die düsteren Möbel und das Ungetüm von Bett ein –, «ich kann das einfach nicht mehr sehen!» Jess, mit einem Laut zwischen hysterischem Lachen und Schluchzen, schnappte sich ihre Jacke und die Handtasche und stürzte aus der Wohnung. Während sie die trüb beleuchtete Treppe hinunterrannte, hatte sie das Gefühl, sich total idiotisch zu verhalten, aber sie konnte nicht anders. Irgend etwas in ihr war außer Kontrolle geraten, übergeschnappt. *Sie hat ihm eine Szene gemacht*, hörte sie Mamas verächtlichen Kommentar. Jess ließ die Haustür hinter sich ins Schloß krachen.

Sie hastete die Straße entlang, ein Stück weiter war ein

Bistro. Es regnete, ein nasser, kalter Regen, der von der Seite kam. Die Straße war wie ausgestorben, es war lange nach Mitternacht. Hier und da waren noch ein paar Fenster erleuchtet, Neonlichter spiegelten sich im nassen Asphalt. Jetzt um die Zeit fuhren keine Busse und Trambahnen mehr, oder nur noch ganz selten; sie würde sich in dem Bistro ein Taxi rufen. Falls das Lokal noch offen war.

Sie hörte schnelle Schritte hinter sich.

«Jess! Warte!»

Jess blieb stehen.

«Könntest du mir nicht vielleicht mal erklären –»

Jess stieß einen langen, entnervten Seufzer aus.

«Findest du nicht, du bist mir eine Erklärung schuldig?»

Sie strich sich das nasse Haar aus der Stirn. «Ich hab' dir doch gesagt, wieso.»

«Ach, so ein Quatsch.»

Jess ging langsam weiter, mit gesenktem Kopf. Schließlich sagte sie: «Ich glaub, ich hab' keine Lust mehr weiterzumachen ... Ich meine ... mit uns, im Moment jedenfalls ... es ist irgendwie –», sie machte eine unbestimmte Bewegung mit der Hand.

André blieb stehen, die Hände in den Taschen. «Du meinst, du willst Schluß machen?»

«Ich weiß nicht. Es ist alles so schwierig.»

«Hast du jemand anders?»

«Nein.»

Sie trotteten eine Zeitlang schweigend nebeneinander her. Dann sagte André: «Und was war am Sonntag?»

«Am Sonntag?»

«Als du in Annecy warst.»

«Wie kommst du darauf, daß da was gewesen sein soll?»

André zuckte die Achseln. «Weiß *ich* doch nicht. Aber seitdem bist du verdammt komisch.»

Jess spürte Hitze im Gesicht. «Am Sonntag war überhaupt nichts. Ich hab' dir doch erklärt, wieso ich nicht im Zug war.»

Das Bistro war nur noch ein paar Meter entfernt, auf der anderen Straßenseite. Es war noch hell erleuchtet, Jess sah ein Paar an einem der Tische sitzen.

«André, laß uns ein andermal drüber sprechen. Ich brauch' ein bißchen Zeit. Ich muß einiges überdenken.»

André schwieg ein paar Sekunden. Dann sagte er betont kühl: «Soll ich dich nach Hause bringen?»

«Ich nehm' mir ein Taxi.»

«Wie du willst», sagte André. Er drehte sich um und ging zurück.

Jess stand einen Augenblick lang unschlüssig da. Sie unterdrückte den Impuls, André nachzulaufen. *Warte, ich erklär' dir alles* – aber was gab es zu erklären? Sie überquerte die Straße und betrat das Bistro.

Drei Tage später rief Jess André an. «Tut mir leid, daß ich ausgeflippt bin», sagte sie.

André verzieh ihr. Sie versöhnten sich, aber es war nicht mehr wie vorher. Jess war oft gereizt, zänkisch, launisch, sie mochte sich selbst nicht deswegen. Sie fing an, Verabredungen nicht einzuhalten. André seinerseits fing an, Ausreden zu gebrauchen, jedenfalls glaubte Jess, daß es Ausreden waren. Am letzten Samstag vor Weihnachten, als sie sich mittags im City Café trafen, eröffnete André ihr, er habe eine andere kennengelernt, eine Medizinstudentin.

Obwohl es für Jess nicht so überraschend kam, traf es sie mehr, als sie erwartet hatte. Sie schlenderte ziellos durch die mit Weihnachtsdekorationen geschmückten Straßen der Innenstadt, blickte in Schaufenster, in denen die Gegenstände ihr absurd erschienen. Sie wußte nicht, was sie mit dem Rest des Tages anfangen sollte. Mit dem Rest des Wochenendes, des Jahres. Mit dem Rest ihres Lebens. Sie landete schließlich bei einem Friseur.

«Was soll gemacht werden?» Er stand hinter ihrem Stuhl, ließ ein paar Haarsträhnen prüfend durch die Finger gleiten.

«Kahlrasieren.»

Er zuckte leicht zusammen, dann lächelte er nachsichtig. «Haben Sie sich das überlegt?»

«Nein.»

«Was halten Sie von blonden Strähnchen?»

Ihr Haar hatte im Moment seine natürliche Farbe, dunkelblond.

«Bloß nicht», sagte sie.

Er wandte sich ab und nahm eine Zeitschrift mit Modellfrisuren von einem Regal, aber ehe er sie aufschlagen konnte, sagte Jess. «Schwarz.»

Er zog die Augenbrauen hoch, zwischen Skepsis und Zustimmung schwankend.

«Ja, schwarz», sagte Jess endgültig.

Zu Hause im Aufzug blickte eine fremde junge Frau mit tiefschwarzem, gelgebändigtem Haar sie aus dem Spiegel an. Verschmiertes Augen-Make-up, Schatten unter den Augen. Spröde Lippen. Frustrierter Gesichtsausdruck. Ich fühle mich wie hundert. Jess wandte sich abrupt ab.

Auf dem Korridor strich ihr der Kater von Monsieur Jolard um die Beine, sie stolperte fast über ihn. Es hieß, daß Katzen Stimmungen spürten, aber wahrscheinlich wollte er nur was zu fressen.

Jess schloß die Wohnungstür auf. Niemand da, Gott sei Dank. In ihrem Zimmer ließ Jess sich aufs Bett fallen, starrte durchs Fenster auf den dämmernden Himmel, ein Gemisch von hell- und dunkelgrauen Wolken mit wasserblauen Stellen. Ein paar Tränen rannen über ihr Gesicht, das zerlaufende Make-up reizte ihre Augen. Zum Heulen hatte sie einfach kein Talent.

Sie setzte sich den Walkman auf und rauchte einen Joint.

19

Jess machte ihren Schulabschluß mit besseren Noten, als sie erwartet hatte. Sie schrieb sich für ein Psychologiestudium an der Uni ein, driftete aber schon im ersten Semester von Vorlesung zu Vorlesung; sie merkte, daß sie sich nicht wirklich für das Fach interessierte. Sie sattelte um auf Romanistik – ebenfalls eine Verlegenheitslösung; sie wußte nicht, was sie später damit anfangen wollte (auf keinen Fall an einem

Collège oder Lycée unterrichten). Vater meinte, sie könne vielleicht promovieren und eine Hochschullaufbahn einschlagen. Jess zog eine Grimasse, aber als sie spät abends bei Yvonne im Atelier saß – sie waren bei der zweiten Flasche Rotwein, Yvonne malte beim Licht einer Halogenlampe fleischige, kiwigrüne Blätter –, begann sie, sich für den Vorschlag zu erwärmen.

Jess nahm ein möbliertes Zimmer in einem alten, renovierungsbedürftigen Mietshaus hinter dem Bahnhof und zog zu Hause aus. Nicht, daß sie nicht genügend Freiraum gehabt hätte – Mama war großzügig, sie machte selten Erziehungsversuche, und wenn, dann halbherzige. Obwohl Mama ein bißchen über die zusätzliche Ausgabe murrte, hatte Jess den Eindruck, daß sie eigentlich ganz froh über den Auszug war. Was immer man gegen ihren Erziehungsstil sagen mochte, sie hatte keine Schwierigkeit, ihre Tochter loszulassen, und dafür war Jess ihr dankbar.

Jess' Zimmer war eine Art Schlauch mit einem Fenster an einem Ende, das den Blick auf ein paar Dächer und Kamine freigab. Die Möblierung bestand aus häßlichen Einzelstücken, offensichtlich ausrangiert. «*Mon Dieu!*» sagte Mama, als sie das Zimmer zum erstenmal betrat. Mit einem ähnlich angewiderten Gesichtsausdruck, wie sie ihn früher aufsetzte, wenn sie morgens aufs Barometer klopfte und in die niederrheinische Nebellandschaft hinausblickte, öffnete und schloß sie jetzt die knarrende Schranktür, bohrte ihre Faust in den durchgesessenen, verstaubten Plüschsessel. Aber das Zimmer war relativ billig und vor allem sturmfrei, und Jess durchbrach seine

Häßlichkeit mit Postern und Kunstdrucken und Schwarzweißfotografien und stellte zwei Kakteen in himmelblauen Übertöpfen auf die Fensterbank – sinnlos, andere Pflanzen zu kaufen, sie würde sie doch nur vertrocknen lassen. Bei ihrem zweiten Besuch schleppte Mama einen griechischen Bettüberwurf und ein halbes Dutzend farbige Kissen aus einer Altstadt-Boutique an – terrakotta, türkis, sonnenblumengelb. Yvonne schenkte ihr eins ihrer kleineren Tropenbilder.

Wider Erwarten gefiel es Jess, Romanistik zu studieren. Sie beschäftigte sich mit dem *Nouveau Roman*, hörte Vorlesungen bei Michel Butor. Sie besuchte ein Altfranzösischseminar und schrieb ein Referat über Marie de France. Sie lernte Spanisch, im zweiten Semester nahm sie noch Italienisch dazu. Sie machte ihre Scheine mit guten Noten.

Jess fuhr immer noch an einem oder zwei Wochenenden im Monat nach Annecy. Wie schon früher meldete Jack sich nie vorher an, wenn er nach Annecy kam; er tauchte zu allen möglichen Tageszeiten auf oder auch schon mal mitten in der Nacht. Eines Samstagabends, als Vater und Yvonne eine Einladung hatten, gingen Jack und Jess ins Kino, und es wurde eine Gewohnheit. Ein Kinobesuch war unproblematisch, da sie nicht miteinander zu reden brauchten. Wenn sie anschließend noch in einer Bar-Tabac etwas tranken, redeten sie über den Film oder über Genf oder Lille oder über Jacks Motorradtouren – falls sie überhaupt redeten und nicht einfach nur dasaßen und rauchten und einzelne Bemerkungen fallenließen oder Jack am Spielautomaten stand. Sie redeten niemals über persönliche Dinge. Nie über die Zeit in Mauquenchy. Ihre Gespräche waren eine Art Schutzschild, ebenso wie das gelegentliche Lachen und Herumalbern. Wir würden uns verstehen, wenn es nicht passiert wäre, dachte Jess. Aber es war passiert, und selbst in den Augenblicken des Lachens spürte Jess die Feindseligkeit in Jack. Sie war immer vorhanden, mal offen, mal unterschwellig. Jess wußte, daß sie und Jack sich, wenn sie zusammen waren, auf einem schmalen Grat über einem Abgrund bewegten.

Als Jess im fünften Semester war, ging Jack in die USA, nach Baltimore. Er bekam einen Teilzeitjob bei einer Computerfirma, den er neben seinem Studium ausübte. Ungefähr zu jener Zeit, vielleicht auch schon früher, begann Jess, aus dem Ruder zu laufen – wie sie es im stillen nannte. Sie vernachlässigte ihr Studium, ging Abend für Abend aus, in die Disko, ins Café Lyrique, wo man immer ein paar Leute traf, ins Kino, zu Partys; sie verschlief am nächsten Vormittag ihre Seminare und Vorlesungen, bummelte nachmittags durch die Stadt. Sie stürzte sich in Affären, die unbefriedigend und von kurzer Dauer waren und nichts als ein schales Gefühl und obendrein einmal Filzläuse hinterließen. Sie hatte ein Verhältnis mit einem verheirateten Mann, das damit endete, daß sie ihm eines Abends im Bertie's über dem *Homard au Vin Blanc* mit kühler, beherrschter Stimme sagte, er sei ein Arschloch, vom Tisch aufstand und das Lokal verließ.

Nachts, bevor sie einschlief, sah Jess manchmal Gesichter. Es waren Gesichter von Menschen, die sie nicht kannte, Gesichter, die sie mit leisem Grauen erfüllten; sie glaubte, es seien die Gesichter von Toten. Sie träumte von kahlen Wäldern. Sie träumte von Spiegeln, aus denen ihr eine Unbekannte entgegenblickte und sie mit ihrem Blick festhielt, so daß sie in qualvoller Weise unfähig war, sich abzuwenden. Sie träumte immer wieder, sie falle aus großen Höhen, und erwachte kurz vor dem Aufschlag mit panisch klopfendem Herzen. Gab es auch Träume, fragte sie sich, in denen man emporstieg, von der Luft getragen wie eine Daunenfeder, wie ein prall gefüllter Ballon, auf den irgendwo eine Stecknadel wartete?

Auf einer Party ließ Jess sich beschwatzen, LSD zu probieren und hatte einen Horrortrip.

Sie schrieb einen langen Brief an Jack und war sich schon beim Schreiben im klaren, daß sie ihn nicht abschicken würde. Die weiteren Briefe schrieb sie nur noch im Kopf. Was sie von Jack hörte, hörte sie über Vater und Yvonne, die brieflichen und telefonischen Kontakt mit ihm hatten. Er hatte sich in Baltimore eingelebt, die Arbeit war interessant und gut bezahlt, er hatte ein paar Freunde. Eine Freundin? «Es würde mich nicht wundern, wenn er für immer dabliebe», sagte Vater in heiterem Tonfall, ahnungslos wie immer.

Eines späten Nachmittags, als Jess nach einer Vorlesung einen Schaufensterbummel machte, sah sie aus der Librairie Payot einen jungen Mann kommen – Ricky. Natürlich war es nicht Ricky, wie Jess im selben Moment erkannte, aber er sah so aus, wie Ricky heute vielleicht aussähe, wenn er noch lebte. Mittelgroß, untersetzt, blondes welliges Haar, etwas im Gang, in der Haltung, das an den zwölfjährigen Ricky erinnerte – oder doch nicht, beim näheren Hinsehen. Aber für einen kurzen, intensiven Augenblick war es gewesen, als öffne sich lautlos eine Tür – die Tür zu einem anderen Leben, dem Leben, das Jess' eigentliches, wirkliches Leben war und das sie nicht lebte. Jess verspürte ein Gefühl von Traurigkeit und Leere.

Jess gab ihr Studium auf und begann zu jobben. Vater und Yvonne fanden es schade, Mama zuckte die Achseln und sagte, sie müsse wissen, was sie tue, sie sei alt genug, und Fred meinte, Geldverdienen könne auf keinen Fall verkehrt sein. Sie arbeitete bei einem Zeitschriftenverlag, schnitt Zeitungsartikel aus und tippte Geschäftsbriefe und Rechnungen. Das frühe Aufstehen und der Zwang, sich nach der Uhr und nach einem zwar charmanten, aber launischen Chef zu richten, liefen Jess' Lebensstil gründlich zuwider, aber dann merkte sie, daß der geregelte Tagesablauf ihr half, sich zu fangen. Jess hatte die wildeste Phase in ihrem Aussehen überstanden. Sie hatte ihr Haar wieder etwas wachsen lassen, es dunkelbraun getönt und zu einer straffen Hochfrisur zurückgefaßt. Sie trug dunkle Farben, aubergine, flaschengrün. Viel Schwarz. Sie trug lange schmale Röcke und Rollkragenpullover, breite Ledergürtel, Silberschmuck.

Vater und Yvonne hatten für Ostern einen Flug nach Baltimore geplant, sie luden Jess ein, sie zu begleiten. Nachdem Jess zugesagt hatte – sie hatte keinen Grund, ein solches Angebot auszuschlagen –, fiel sie stimmungsmäßig von einem Extrem ins andere, freute sich wie wild und wurde dann wieder von Ängsten heimgesucht. Im allerletzten Moment sagte sie ab.

Als Jess dreiundzwanzig war, nach einigen weiteren Jobs und Liebhabern, und zwei Jahre, nachdem Jack in die USA gegangen war, lernte sie Hervé kennen.

Jess arbeitete zu der Zeit in einem CD-Shop in Carouge. Hervé war Stammkunde, er kam etwa einmal in der Woche, und nachdem sie für ihn eine bestimmte CD bestellt hatte, die nicht vorrätig war (die Jagd-Kantate von Bach), wandte er sich jedesmal an sie. Wenn wenig Betrieb war, unterhielten sie sich, meistens über Musik. Ihre Vorlieben und Abneigungen klafften weit auseinander, Hervé liebte klassische Musik, aus der Jess sich nichts machte, er liebte Opern, die Jess verabscheute; er machte sich nichts aus Jazz und Reggae und Blues. Eines Tages sagte er, er habe eine überzählige Karte für eine *Soirée brésilienne* im Arthur's Club, da der Kollege, für den die Karte ursprünglich bestimmt war, verhindert sei. Jess nahm die Einladung an, amüsierte sich über den durchsichtigen Trick und genoß den Abend. Ein paar Wochen später, als sie ein Liebespaar waren, fragte sie ihn, ob es tatsächlich ein Trick gewesen sei.

«Traust du mir das zu?»

Sie lächelte. «Nein.»

Hervé war Physiker und arbeitete beim CERN. Er war groß, schwer, aber nicht dick, er hatte graue Augen, glattes, sandfarbenes, ordentlich gescheiteltes Haar und eine bedächtige Art zu sprechen. Er wirkte unerschütterlich –

vielleicht war es das, was ihn für Jess so anziehend machte. Vielleicht war es auch die Tatsache, daß er so verschieden von all ihren vohergehenden Liebhabern war. Oder die Tatsache, daß er sie von Jack ablenkte oder, besser gesagt, eine Art Gegengewicht zu Jack und Ricky war. Hervé brachte Ordnung in ihr Leben, Ausgeglichenheit. Sie brauchte nicht mehr auszuflippen.

Hervé seinerseits bewunderte sie, weil sie das tat, was ihr Spaß machte und unbekümmert ihre Jobs wechselte. Er fand sie mutig und einfallsreich. Jess dachte, daß es weder Mut noch Einfallsreichtum waren, die in ihrem Leben die Hauptrolle spielten. Er sagte, sie sei eine der wenigen Frauen mit Grips, die er kenne. Eine der wenigen, mit denen er reden könne. Sie sagte, er sei einer der wenigen Männer, mit denen sie sich nicht langweile.

Als Jess und Hervé im folgenden Jahr heirateten, kauften sie sich ein älteres Haus im Osten der Stadt, Richtung Chêne-Bourg. Es war ein angenehmes Wohnviertel, die Straße eine von der Ausfallstraße abführende Sackgasse, nur für Anlieger. Die Häuser standen in großzügigem Abstand voneinander, die Gärten waren nicht übermäßig gepflegt. Das Haus machte von außen nicht viel her, ein etwas klobiger Kasten mit schmutziggelbem Putz, aber sie ließen es renovieren und modernisieren, und innen war es komfortabel und gemütlich. Jedesmal, wenn Jess nach Hause kam und die Tür aufschloß, eine leicht verwitterte Holztür unter fächerförmigem Oberlicht, und die geräumige Diele mit dem eisblauen Teppichboden und der (auf einer Versteigerung ergatterten) alten Standuhr betrat, fühlte sie sich sicher. Seit sie mit Hervé in diesem Haus wohnte, hatte sie keine Alpträume mehr.

Jess glaubte, sie sei gerettet.

Fünfter Teil

20

Jess parkte ihren Wagen vor der Garage – in der Garage stand Hervés Auto, der zur Zeit auf einem Kongreß in den USA war. Sie schaltete die Scheinwerfer aus und ging rasch über den kurzen Trampelpfad zum Haus. Es war ein warmer Frühlingstag gewesen, aber jetzt in der Nacht war die Luft kalt, noch winterlich. Der Rasen, in dem hier und da ein paar Krokusse und wilde Narzissen blühten, war schwach erhellt vom Licht, das durch das Wohnzimmerfenster schien; Jess hatte es brennen lassen, als sie am frühen Abend in die Stadt fuhr.

Sie schloß die Haustür auf, hängte in der Diele ihren Mantel an die Garderobe, betrachtete in dem großen Spiegel einen Moment lang kritisch ihre überschlanke Figur und ging in die Küche, um noch eine Tasse Kaffee zu trinken. Es war Samstagabend, sie war mit Phoebe in einer Pizzeria gewesen, anschließend hatten sie noch eine Stunde in der Bar Clémence am Bourg de Four gehockt. Jess hatte Phoebe auf einer Party kennengelernt, eine jener UNO-Cocktailpartys, auf die sie Hervé zuliebe mitging; sie setzte bei solchen Gelegenheiten ihre Theatermaske auf, wie sie es bei sich nannte – hörte zu und lächelte und gab passende Bemerkungen von sich. Phoebe war Engländerin und arbeitete als *technical officer* bei der WHO. Sie war klein, dünn, rothaarig, grünäugig und respektlos und besaß das Talent, anderen ihre schlechte Laune wie einen Eimer kaltes Wasser ins Gesicht zu schütten. Phoebe liebte und haßte ihren Job, ihren Chef, die WHO, Genf. Und sich selbst, meinte Jess. Aber vielleicht traf letzteres eher auf sie selbst zu? Jess betrachtete Phoebe nicht als wirkliche Freundin. Sie gingen zusammen ins Kino, ins Theater, zu Ausstellungen; es war meistens Phoebe, die die Initiative ergriff.

Jess zündete sich eine Zigarette an. Bevor sie am Montagnachmittag Hervé am Flughafen abholte, wollte sie daran denken, die im ganzen Haus verstreuten Aschenbecher zu leeren. Hervé hatte es von Anfang an nicht besonders gemocht, daß sie rauchte, schon vor der Heirat hatte er ihr gelegentlich die Zigaretten vorgezählt, auf eine mehr oder weniger scherzhafte Art. Aber seit sie schwanger war – sie war im dritten Monat –, hatten sie immer wieder Auseinandersetzungen deswegen. Er warf ihr außerdem vor, sie schlafe zuwenig und ernähre sich schlecht – womit er wohl recht hatte. Jess hatte eine Vorliebe für Fastfood, trank weiterhin Alkohol, war eine Nachteule. Phoebe, in ihrem Hang zur Übertreibung, war sogar mal soweit gegangen, von Selbstsabotage zu sprechen. «Was du betreibst, ist regelrechte Selbstsabotage, ist dir das klar?» Jess zuckte die Achseln. Es war nicht so, daß sie sich nicht auf das Kind freute, aber sie maß diesen Dingen nicht so viel Wichtigkeit bei. Was die Auseinandersetzungen mit Hervé betraf, so versöhnten sie sich früher oder später im Bett.

Jess ging in die Diele, um Phoebe kurz anzurufen; sie

wollten morgen mit dem Dampfer nach Montreux fahren, im Eden au Lac essen und dann eine Wanderung machen – eins von Phoebes gnadenlosen Freizeitprogrammen –, und Jess wußte nicht mehr, welche Zeit sie verabredet hatten. Anschließend hörte sie den automatischen Anrufbeantworter ab. Es war nur ein einziger Anruf gekommen, von Hervé, er sagte, seine Maschine lande am Montagnachmittag um zwanzig vor fünf. Sie lauschte seiner Stimme. «Paß auf dich auf, Jess.» Seine Stimme war weich, liebevoll, und Jess, als sie den Aschenbecher in den Treteimer kippte, das Licht in der Küche löschte und die Treppe hinaufging, verspürte einen Anflug von schlechtem Gewissen.

Etwas drang in ihren Schlaf, ein hartnäckiges Klingeln, das Telefon unten in der Diele; sie hatte vergessen, den Anrufbeantworter wieder einzuschalten. Jess knipste die Nachttischlampe an, der Wecker zeigte zehn nach zwölf; vermutlich war sie gerade erst eingeschlafen.

Sie rannte barfuß die Treppe hinunter, wobei sie gegen die Schwärze vor ihren Augen kämpfte; sie war zu schnell aus dem Bett gesprungen.

«Hallo?»

Niemand meldete sich.

«Hallo?!» wiederholte Jess, halb unsicher, halb verärgert. Keine Antwort, nichts, weder Atmen noch Hintergrundgeräusche – oder doch, vielleicht ein Atmen, sie war nicht sicher. Das Ticken der Standuhr füllte die Diele. Jess' Herz klopfte; sie spürte, daß jemand dran war, jemand, der sie atmen hörte, ihre Reaktionen belauschte.

«Hallo, wer ist denn da!»

Sie sollte auflegen, vielleicht würde gleich jemand anfangen, ins Telefon zu keuchen, aber sie hielt immer noch den Hörer ans Ohr gepreßt, lauschte angestrengt, wie hypnotisiert von dem Schweigen. Als könne das Schweigen ihr verraten, wer es war oder was er wollte.

«Jack?»

Jess hörte ein Klicken, dann war die Leitung tot.

Ihre Frage blieb im Raum hängen. *Jack?*

Jess durchquerte die Eingangshalle des feudalen Mietshauses, in dem Phoebe wohnte, und nahm den Aufzug. Sie verspürte ein mulmiges Gefühl in der Magengegend, als er nach oben glitt. Einen Augenblick lang hatte sie die Horrorvision, ihr Frühstück auf den beigefarbenen Teppichboden der makellosen holzgetäfelten Kabine zu erbrechen. Der Augenblick ging vorüber.

Jess klingelte und hörte gedämpft durch die geschlossene Tür, wie Phoebe einen entnervten Laut ausstieß. Phoebe öffnete, sie war noch in Unterhemd und Nylonstrumpfhose. Ihr kurzes Haar war ungekämmt und stand in alle Richtungen ab.

«Ich bin beim Packen», erklärte sie, unnötigerweise, denn überall lagen Kleidungsstücke und Wäscheartikel verstreut, die wohl alle in einen einzigen mittelgroßen Koffer hineinpassen sollten. In einem Aschenbecher auf der Rückenlehne eines der Wildledersessel qualmte eine Zigarette vor sich hin. Phoebe nahm sie, wobei der lange weißliche Aschestab herunterfiel, zog daran und paffte den Rauch aus, ohne zu inhalieren.

«Pete hat mich heute morgen um sechs angerufen. Ich muß nach London fliegen, Mum geht's schlecht. Ich hab' grad noch 'nen Flug gekriegt. Ich hab' mich telefonisch eingecheckt. Du könntest mich zum Flughafen fahren.»

«Mach ich.» Jess zog an Phoebes Zigarette.

«Tut mir leid, daß jetzt aus unserem Ausflug nichts wird», sagte Phoebe.

Jess hütete sich normalerweise, anwesend zu sein, wenn Phoebe packte. Sie fing erst in letzter Minute damit an, und dann ging alles schief, BH-Träger rissen, die Nummern sämtlicher Taxiunternehmen waren besetzt, ihre Handtasche mit Geld, Schlüsseln und Papieren war unauffindbar, und der Aufzug kam nicht, weil irgendein *crétin* im Haus ihn festhielt.

«Weiß Gilbert Bescheid?»

«Ja, sicher. Er ist vor fünf Minuten gegangen. Ich hab' ihn weggeschickt, er war mir nur im Weg. Außerdem wollte er noch 'nen Artikel fertigschreiben.»

Gilbert, Phoebes erheblich übergewichtiger Liebhaber, war Zahnarzt und Hobby-Schreckechsenforscher. Von Zeit zu Zeit drohte Phoebe, mit ihm Schluß zu machen, zum einen wegen seines Übergewichts, zum andern wegen seiner Passivität im Bett. «Sei doch froh!» sagte Jess, wenn von letzterem die Rede war. Gilbert als feuriger Liebhaber war eine überwältigende und zugleich beängstigende Vorstellung.

Jess fragte: «Du hast mich nicht zufällig vorige Nacht angerufen?»

«Nein, natürlich nicht, wie kommst du darauf?»

Phoebe kämpfte auf einer Ecke des überfüllten Couchtischs mit einem giftgrünen Pullover.

Jess zuckte die Achseln. «Das Telefon hat geklingelt.» Sie erzählte, daß sich niemand gemeldet hatte.

«Vielleicht Hervé?»

«Er würde nie nachts anrufen.»

«Vielleicht ist was passiert.» Phoebe fügte mit einem sensationslüsternen Schreckenslaut hinzu: «Hoffentlich nicht jemand, der rausgefunden hat, daß du allein im Haus bist!»

«Ach Unsinn.»

«Willst du nicht lieber heute nacht in meiner Wohnung schlafen?»

«Wahrscheinlich hat sich bloß jemand verwählt.» Jess tat es schon leid, daß sie den nächtlichen Anruf zur Sprache gebracht hatte. Sie erwähnte nicht, daß sie gedacht hatte, es sei vielleicht Jack. Jack war seit drei Wochen aus den USA zurück. Am Sonntag nach seiner Rückkehr war er überraschend in Annecy aufgekreuzt. Ihr Vater hatte sie angerufen, um ihr Bescheid zu sagen, hatte sie aber nicht erreicht; sie war an dem Tag mit Hervé rausgefahren. Vater hatte ihr eine Nachricht auf dem Anrufbeantworter hinterlassen.

Sie hatte Phoebe kaum etwas von Jack erzählt. *Jack?* (Mit einem Achselzucken.) *Wir sehen uns nur ganz selten. Wir verstehen uns nicht besonders.* Das war ihre Standardversion, wenn sie mit jemandem über Jack sprach. Sie glaubte im übrigen nicht, daß er der Anrufer gewesen war. Es war nicht seine Art, sich nicht zu melden.

Als Jess eine Stunde später das Flughafengebäude verließ, wurde ihr bewußt, daß ein völlig freier Tag vor ihr lag; sie verspürte ein paar Augenblicke lang ein Hochgefühl.

Sie saß am Abend über der Einkaufsliste für den nächsten Tag, als das Telefon klingelte.

«Hör mal, Jess, was hältst du davon, wenn wir irgendwo 'ne Kleinigkeit essen gehen?» sagte Gilbert. «Hier ist Gilbert», fügte er unnötigerweise hinzu. Gilbert bezeichnete jede Mahlzeit, auch wenn sie noch so üppig war, als Kleinigkeit.

«Ich wollte eigentlich heute gar nicht mehr rausgehen. Ich bin schon im Schlafanzug. Ich dachte, du hättest ein Essen mit deinem Diätspezialisten? Phoebe sagte so was.»

Gilbert gab ein verächtliches Schnauben von sich.

«Hör zu», sagte Jess. «Wie wär's mit morgen mittag? Um eins in der Bar du Centre? Wenn du Zeit hast.»

Gilbert sagte, das ließe sich einrichten.

Eine halbe Stunde später klingelte das Telefon wieder. Wahrscheinlich Gilbert, der ein Restaurant vorschlagen wollte, in dem die Portionen größer waren. Jess hob ab.

«Hi Jess.»

Jess war eine Sekunde lang sprachlos, dann fing sie sich. «Jack! ... Wo bist du? Bist du in Annecy?»

«Nein, hier in Genf. In einer Bar am Cirque.»

«Im Equipe?»

«Ich weiß nicht genau, wie sie heißt. Ich glaub' schon.»

«Dann können wir uns da treffen. Ich komm' schnell mit dem Auto rüber, ja?»

«Wenn du willst.»

«So etwa in zwanzig Minuten.»

Jess legte auf und stand einen Moment lang bewegungslos da. Jack wiederzusehen, war gefährlich für sie. Gefährlich wie Feuer für Eis, Wasser für Feuer. Eine Rasierklinge für eine Pulsader. Jess rief sich zur Ordnung.

An der Place du Cirque war die Osterkirmes im Gange, und Jess kurvte eine Zeitlang auf der Suche nach einem Parkplatz herum; sie fand schließlich einen in einer Seitenstraße. Sie beeilte sich, rannte fast, sie hatte über eine halbe Stunde gebraucht; sie hatte sich noch anziehen und schminken müssen. Sie überquerte den vielbefahrenen Boulevard an der Fußgängerampel und betrat das Lokal.

Jack war nicht da. Jedenfalls sah sie ihn nicht, als sie den schweren Vorhang hinter der Tür beiseite schob und ihren Blick durch die überfüllte, verräucherte Bar schweifen ließ. Alle Tische waren besetzt, Leute mit Kindern, Paare; an einem kleinen runden Tisch drei junge Männer, aber Jack war nicht dabei. Bestimmt war er längst weggegangen, er hatte nie gern gewartet. Jess schwankte zwischen Enttäuschung und Ärger. Aber vielleicht war es das falsche Lokal? Sie blickte nach rechts zur Theke und sah ihn.

Er stand mit dem Rücken zu ihr, einen Fuß auf der Leiste, die unten an der Theke entlanglief; er trug einen Motorradanzug, sein dunkles dichtes Haar hing ihm unordentlich über den Kragen. Er sprach mit dem Barkeeper; Jess hörte ihn lachen, ein Lachen, das ihr fast schmerzhaft vertraut war, obwohl sie es jahrelang nicht gehört hatte. Sie schlängelte sich zwischen den Tischen hindurch, sie spürte, daß ihre Knie weich waren.

«Hi Jack.»

Sie war neben ihn getreten, er wandte ihr das Gesicht zu, sein Gesicht war schmaler geworden, oder vielleicht nur älter, zwischen den Augenbrauen zwei steile Falten; seine hellen Augen blickten direkt in ihre, einen Moment lang.

«Hi Jess. Wieso hast du denn so lange gebraucht?» Der Tonfall halb scherzhaft, halb ungeduldig.

Sie gaben sich die Hand.

«Sorry, ich hab' 'ne Ewigkeit nach 'nem Parkplatz gesucht, alles ist überfüllt, wegen dieser verdammten Kirmes.»

«Ich wär' beinah weggewesen, ich dachte, du kämst nicht mehr.»

«Hab' ich jemals Verabredungen nicht eingehalten?»

Jack grinste. «Woher soll ich das wissen?» Sein Französisch hatte einen amerikanischen Akzent.

«Schade, daß wir uns kürzlich in Annecy verpaßt haben», sagte Jess.

«Ja, schade», sagte er; es klang nicht ganz überzeugt.

«Ich wär' gekommen, wenn ich's gewußt hätte. Und wie geht's dir so? Erzähl mal.»

«Mir geht's gut. Was trinkst du?»

Jack trank eine Cola, sie bestellte sich auch eine.

«Erzähl doch mal, wie war's drüben? Hat's dir gefallen?»

«Und ob. Irgendwann geh' ich wieder rüber.»

«Danke für die viele Post», sagte Jess.

Er lachte. «Tut mir leid.»

Er hatte ihr nie geschrieben, ihre Weihnachts- und Geburtstagskarten nie beantwortet, er hatte ihr nicht mal zur Hochzeit gratuliert. Sie war bitter enttäuscht gewesen, dann hatte sie sich eingeredet, es mache ihr nichts aus; sie heiratete Hervé, sie fing ein neues Leben an. Und trotzdem – man häutete sich nicht wie eine Schlange.

«Ach komm», sagte sie, «du machst dich über mich lustig.»

«Nein, es tut mir wirklich leid. Du weißt doch, daß ich kein Briefschreiber bin.»

Sie blickte ihn rasch von der Seite an, war das der Grund? Sie glaubte ihm nicht. Sie vermißte seine schroffe Ehrlichkeit.

Jack erzählte von Baltimore, von seinem Job, seiner Wohnung im achten Stock eines Hochhauses, das zum großen Teil noch im Rohbau und fast unbewohnt gewesen war. Jess fragte, hörte zu. Er erzählte von Le Havre, wo er jetzt lebte. Sie erzählte von ihrem Job im CD-Laden, von Hervé, von Genf. Die Unterhaltung war locker, ungezwungen, sie lachten viel, über Kleinigkeiten. Aber es war ein bißchen, als wären sie Schauspieler, die sich erfolgreich mit ihren Rollen identifizierten. Wie schon früher spürte Jess, daß unter ihrer Unterhaltung ein ganz anderes Gespräch im Gange war, Sätze, die keiner von ihnen aussprach, die trotzdem im Raum standen. Jack schnippte dauernd die Asche seiner Zigarette ab, drehte das glühende Ende leicht auf dem gläsernen Boden des

Aschenbechers hin und her. Er trug eine teuer aussehende Armbanduhr, die sie noch nie an ihm gesehen hatte, eine Bulgari. Jess verspürte eine Regung von Eifersucht, aber natürlich konnte er sie auch selbst gekauft haben. Sie war eifersüchtig auf die Menschen, die er drüben gekannt hatte. Auf die Frauen.

Sie fragte: «Woher wußtest du meine Telefonnummer?»

«Von Vater. Das heißt, deinen Nachnamen.» Er grinste. «Zum Glück hab' ich mich an deinen Vornamen erinnert, Haas gibt's nämlich spaltenweise im Telefonbuch.»

«Bist du denn heute in Annecy gewesen?»

«Gestern abend. Nur für 'ne Stunde. Vater und Yvonne hatten 'ne Einladung.»

«Du hast mich nicht vorige Nacht schon mal angerufen?»

«Doch. So kurz nach Mitternacht. Ich dachte, Samstag abend bist du sicher noch auf.»

«Und warum hast du dich nicht gemeldet?»

«Ich hab' mich gemeldet, aber du hast mich nicht gehört. Ich hab' aus 'ner Zelle angerufen. Das Scheißtelefon war kaputt.»

Jack bestellte noch zwei Cola; Jess setzte sich auf einen der Barhocker. Der Lärm im Lokal war ohrenbetäubend, Kinder schrien, ein Hund jaulte, die Espressomaschine zischte, von draußen die rhythmischen Bässe der Kirmesmusik. Die Spiegelwand hinter der Theke reflektierte die bunten Lichter, ein sich wild drehendes Karussell, das Glitzern und Blinken.

Sie sagte: «Hast du Lust, irgendwo was essen zu gehen?»

«Ich hab' schon gegessen. Aber 'nen Nachtisch schaffe ich wohl noch.»

Sie mußten fast schreien, wegen der Espressomaschine.

«Dann laß uns doch zu mir fahren. Wo schläfst du?»

«Weiß ich noch nicht.»

«Du kannst im Gästezimmer schlafen, wenn du willst. Wo hast du dein Motorrad stehen?»

Er fuhr hinter ihr her durch die Stadt. Auf der Route de Chêne überfuhr Jess eine Ampel, die schon auf Rot sprang, sah aber im Rückspiegel, daß Jack ihr trotzdem gefolgt war.

Zu Hause führte sie ihn ins Wohnzimmer. Während sie in der Küche hantierte, schaute sie immer wieder durch die offenen Türen zu ihm hinüber. Der Fernseher lief; Jack hatte die Fernbedienung in der Hand und zappte durch die Programme. Sie mochte es, wie er Gegenstände anfaßte, mit ihnen hantierte. Sie hatte es schon damals im *gîte* gemocht; sie erinnerte sich, wie er Feuer im Kamin machte, er kniete davor in seinem INFERNO-Pullover, schichtete das Holz auf und schob die Zündklötze dazwischen, an strategischen Stellen, die er sorgfältig auswählte. Jetzt trug er Jeans und einen verschossenen Rollkragenpullover; er hatte den Motorradanzug ausgezogen.

Er warf die Fernbedienung lässig auf den Tisch und lehnte sich zurück, die Arme im Nacken verschränkt, die Füße in den dicken schwarzen Socken auf dem niedrigen Couchtisch. Er sah sich irgendeine amerikanische Serie an.

Während Jess das Geschirr aus dem Schrank nahm, hatte sie eine Vision: Sie sah sich zum Fernsehapparat gehen, ihn ausschalten, sich zu Jack umdrehen. *Ich muß mit dir reden.* Und sie würde ihm sagen, wie es gewesen war, oben auf dem Plateau; er wußte es ohnehin. Er würde von sich aus nie darüber sprechen; sie mußte es irgendwann sagen, mußte die Wörter über ihre Lippen bringen.

Jess stellte die Teller ab, zögerte, ging ins Wohnzimmer. Sie blieb in der Tür stehen, blickte auf den Fernsehapparat, die wechselnden Bilder des Films, ohne etwas mitzubekommen. Sie spürte, wie ihre Handflächen feucht wurden. Ein paar Sekunden lang konnte sie nichts sagen. Dann fragte sie: «Möchtest du lieber in der Eßecke im Wohnzimmer essen oder in der Küche?»

«Ist mir egal», sagte Jack, ohne den Blick vom Fernseher abzuwenden. «Wie du willst. Oder vielleicht doch lieber in der Küche.»

Er schaltete den Fernseher ab. «So ein Bockmist», sagte er und gähnte. «Kann ich dir helfen?»

«Nicht nötig.»

Jess deckte den Tisch in der Küche. Es war ihr auch lieber, hier zu essen, es war intimer, weniger förmlich. Sie hatte Crêpes mit Apfelkompott gemacht.

«Phantastisch», sagte Jack, als sie am Tisch saßen und aßen; er schob riesige Bissen in den Mund.

«Erinnerst du dich an die *crêpes flambées*?» fragte Jess.

Jack sah sie fragend an, mit leicht gerunzelter Stirn; offensichtlich erinnerte er sich nicht, vielleicht wollte er sich nicht erinnern.

Sie sagte: «Im *gîte*. Crêpes mit Madame Grassets Apfelkompott, wir haben sie mit Calvados flambiert, die Lampe hat Feuer gefangen.»

Jess spürte ihr Herz klopfen; sie hatte ein Tabu gebrochen. Wenn vom *gîte* die Rede war, schwang Rickys Name mit. Er war an dem Abend mit Vater zur Ambulanz gefahren, wegen der Tetanusspritze. Bestimmt erinnerte Jack sich auch daran.

«Ach ja, ich erinnere mich», sagte er; Jess hörte die Abwehr in seiner Stimme.

Sie schob ihren Teller beiseite, sagte möglichst kühl: «Die nächtliche Tour dafür bist du mir noch schuldig.»

Jack schnitt gerade ein Stück von seiner Crêpe ab; er hielt einen Moment lang in der Bewegung inne, dann spießte er das Stück auf die Gabel und sagte, ohne Jess anzusehen, in einem Tonfall, als handle es sich um etwas völlig Alltägliches: «Aber klar doch. Wo willst du hin?»

«Ist mir gleich. Vielleicht Annemasse? Oder Evian.»

Ohne es sich überlegt zu haben, ganz spontan, fügte sie hinzu: «Mit dem Motorrad.»

«Dann lieber Lausanne.»

«Warum Lausanne?»

«Nach Lausanne haben wir Autobahn», sagte Jack. Er sah sie an, ihre Augen trafen sich. Jess sah eine Herausforderung in seinen Augen, es gab kein Zurück für sie, kein Ausweichen; sie fragte sich, ob er wieder etwas vorhatte, etwas wie das Nachfüllen des Benzins mit brennender Zigarette, aber das würde er heute wohl nicht mehr tun.

Sie räumte schnell den Tisch ab, hielt sich nicht mit

dem Abwasch auf und lief in den Keller hinunter; sie fand nach einigem Herumstöbern den Helm, den Yvonne ihr damals geliehen und nicht hatte zurückhaben wollen; schließlich entdeckte sie in der ausrangierten Kleidertruhe auch den Nierengürtel. Sie trug Jeans – Röhrenjeans, in ein, zwei Monaten würde sie sie nicht mehr tragen können – und einen Wollpullover; in der Diele zog sie noch ihre Wildlederjacke an.

Jack fuhr in vorschriftsmäßigem Tempo durch die Stadt und über die Landstraße, aber sobald sie auf der Autobahn waren, drehte er auf.

«Hundertdreißig!» Jess' Stimme wurde vom Wind weggerissen, ging im Motorenlärm unter; Jack forcierte das Tempo. Panik stieg in ihr auf, die Panik, die einen überkommt, wenn man jegliche Kontrolle über das Geschehen verliert. Sie klammerte sich an Jack, kalter Fahrtwind, vorbeirasendes Gebüsch hinter der Leitplanke, Lichter tauchten aus dem Dunkel auf und waren im nächsten Moment aus ihrem Blickfeld. Jack fuhr auf der Überholspur, bremste ab wegen eines Wagens vor ihnen, gab wieder Gas, bremste, dann eine freie Strecke, die schwere Maschine zog ab, Jess spürte im ganzen Körper das Dröhnen und Vibrieren des Motors, ihre Panik kippte um, es war berauschend, es war wie Schwerelosigkeit, wie nichts sonst; Euphorie durchströmte sie, das Gefühl absoluter Sicherheit, vollkommener Losgelöstheit, nichts konnte ihnen etwas anhaben, Jack und ihr.

Es war noch dunkel, als Jess wach wurde. Irgend etwas hatte sie geweckt, sie wußte nicht, was. Der Wecker auf ihrem Nachttisch zeigte zwanzig nach vier. Sie horchte, im Haus war alles still, einzelne Verkehrsgeräusche drangen von der Route de Chêne herüber.

Jess war hellwach, sie wußte, sie würde nicht mehr einschlafen können, außerdem hatte sie Lust auf eine Zigarette. Im Bett konnte sie nicht rauchen, Hervé würde es riechen, selbst heute abend noch; sie rauchte ganz selten hier oben im Schlafzimmer. Es würde eine Diskussion geben, eine ihrer gereizten Auseinandersetzungen; Jess verspürte nicht die geringste Lust dazu.

Sie stand auf. Nach der Motorradfahrt vorige Nacht war sie völlig durchgefroren gewesen, und ihr war immer noch kalt, trotz der ausgiebigen heißen Dusche, die sie vor dem Zubettgehen genommen hatte. Jess zog sich einen langen Pullover über – sie mochte Morgenmäntel nicht – und ging in die Küche hinunter. Sie wollte den Rest des Kaffees trinken, der noch vom Vorabend übriggeblieben war, aber die Kanne war leer, und sie goß sich statt dessen ein Glas Milch ein, als Unterlage für die Zigarette. Die Milch würde Hervé billigen, die Zigarette nicht, also glich es sich aus.

In Lausanne hatten sie in einer Bar-Tabac etwas getrunken, dann waren sie weitergefahren nach Evian, um den See herum. Vor dem prunkvoll erleuchteten Casino waren sie abgestiegen, um sich ein bißchen die Beine zu vertreten. Jack setzte sich schließlich auf die Rückenlehne einer Bank, die am Rand der kleinen Grünanlage stand. Jess blieb stehen. Jack war wortkarg, in seiner zurückgezogenen Stimmung, vielleicht war ihm die Tour zu lang geworden; Jess gab den Versuch, ein Gespräch in

Gang zu bringen, schließlich auf. Sie blickte auf den Casinoeingang, die funkelnden Lichter, beobachtete träge die Leute, die hineingingen oder herauskamen. Sie war ein paarmal mit Phoebe hier im Casino gewesen, aber sie hatten nur an den *machines à sous* gespielt, einmal an dem berühmten Jumbo. Sie hatte versucht, Hervé zu einem Casinobesuch zu überreden, ohne Erfolg; er hatte ihr einen Vortrag gehalten, daß es immer die Bank ist, die gewinnt.

Jess sagte: «Schade, daß wir nicht die passenden Klamotten anhaben.»

Jack sah sie an. «Spielst du gern?»

«Ab und zu. Und du?»

Er zuckte die Achseln. «Kommt drauf an. Wenn ich in Stimmung bin, ja.»

«Und was ist aus dem System geworden?»

«Hab' ich verkauft.»

«Hast du's ausprobiert?»

«Nicht nötig, ich weiß ja, daß es funktioniert.» Er sprang von der Bank herunter, setzte sich den Helm auf. «Fahren wir weiter», sagte er.

Jess fragte: «Holen wir das Casino mal nach?»

Jack blickte sie an, sie sah die Reflexe der Lichter in seinen Augen. «*O sure*», sagte er lässig.

«Wann?» fragte sie.

«Irgendwann.»

«Irgendwann in den nächsten sechs Wochen», sagte Jess. Sie würde nicht gerade mit einem dicken Bauch ins Spielcasino gehen wollen.

Jack stieg auf die Maschine, ließ den Motor an.

«Okay?» schrie Jess.

«Sure», schrie er, und sie wußte nicht, ob er es ernst meinte.

Jess trank ihr Glas Milch leer und ging wieder nach oben. Auf halber Treppe blieb sie stehen, sie spürte, wie ihr Herz zu klopfen begann; es hatte schon entschieden, während ihre Gedanken sich noch widersetzten. Jess machte kehrt, stieg wieder nach unten, die Treppe zur Diele hinunter, dann die Treppe ins Souterrain, Stufe für Stufe, im schwachen Lichtschein, der vom ersten Stock herabfiel. Sie blieb vor der Tür des Gästezimmers stehen; ihre Hand lag auf der Türklinke. Es war falsch, was sie tat, es war nicht der richtige Moment für ein Geständnis, nicht die richtige Gelegenheit; sie sollte nach oben gehen, sich ins Bett legen, versuchen zu schlafen.

Jess öffnete die Tür.

Ein vager Lichtschimmer, das Licht einer Straßenlaterne. Jess glitt ins Zimmer. Es war kalt, das Fenster war weit geöffnet. Das Bett stand links an der Wand, sie hörte kein Atmen, nichts; sie glaubte im Halbdunkel zu erkennen, daß die Decke glattgezogen war.

«Jack?» flüsterte sie.

Keine Antwort.

Sie sagte laut: «Jack.»

Sie knipste das Licht an. Er war weg. Das Bett war gemacht, ein bißchen unbeholfen. Auf dem Nachttisch eine Zettelnotiz: *Jess, konnte nicht schlafen, bin weitergefahren. Thanks for bed & breakfast, J.*

Jess schloß das Fenster und kippte es einen kleinen Spalt. Mechanisch begann sie, das Bett abzuziehen; sie hatte sich auf den Bettrand gesetzt und knöpfte den Bezug des Kopfkissens auf, langsam, geistesabwesend, plötzlich beugte sie sich hinunter und preßte ihr Gesicht in das Kissen.

Eine Erinnerung überfiel sie. Sie war im *gîte*, allein, in Jacks und Rickys Zimmer. Die beiden waren mit den Rädern unterwegs und hatten sie nicht mitgenommen. Sie schlug mit der Faust auf Rickys Kopfkissen ein, immer wieder, in wütender Eifersucht.

Jess legte sich auf das halb abgezogene Bett. In der Nachttischschublade war noch ein angebrochenes Päckchen Zigaretten; sie zündete sich eine an und rauchte im Dunkeln, dann sofort noch eine. Sie gierte nach einem Joint, aber sie hatte keinen im Haus, seit ihrer Heirat hatte sie keinen mehr geraucht. Die Morgendämmerung sickerte ins Zimmer, kleine Turbulenzen von Rauchschwaden oben vor dem Fenster. Es war vergittert, hinter dem Gitter ein Flechtwerk von Zweigen, noch blattlos, aber die dichtstehenden gelben Blüten öffneten sich schon, Forsythien blühten früh.

Wellen von Übelkeit stiegen in ihr hoch, als sie morgens ins Bad ging; sie übergab sich in die Kloschüssel. Jess betrachtete ihr Gesicht im Spiegel, es war käsig, mit dunklen Ringen unter den Augen, geschwollenen Lidern.

Jack ist mir gleichgültig, hatte sie damals gedacht, nachdem Jack und die andern sie in den Schuppen gesperrt hatten. *Ich will es dahin bringen, daß Jack mir gleichgültig ist.*

Jess stand in der Flughafenhalle und beobachtete die große Anzeigentafel, auf der gerade die – leicht verspätete – Ankunft von Hervés Maschine angekündigt wurde. Sie war selbst unpünktlich gewesen. Sie hatte sich mittags für eine halbe Stunde ins Bett gelegt und verschlafen, so daß sie sich nachher wie wild beeilen mußte; sie bereitete soweit wie möglich das Abendessen vor, deckte den Tisch im Eßzimmer und schmückte ihn mit einer Kerze und einem kleinen Blumenstrauß – Narzissen aus dem Garten, ein Forsythienzweig –, dann ging sie noch mal ins Gästezimmer hinunter, zog das Bett ab und leerte den Aschenbecher. Sie versuchte vergeblich, Gilbert anzurufen, um sich dafür zu entschuldigen, daß sie die Verabredung in der Bar du Centre total vergessen hatte. Durch den Berufsverkehr brauchte sie über eine halbe Stunde zum Flughafen, zu allem Überfluß fing es an zu regnen, ein mit Schnee vermischter nasser Regen.

Die Passagiere erschienen, einzeln und in kleinen Pulks. Schließlich Hervé. Sein ernstes Gesicht hellte sich auf, als er Jess erblickte.

Sie umarmten sich.

«Wie geht's dir? Alles in Ordnung?» In seinen grauen Augen sah Jess die Freude über das Wiedersehen, Freude und eine Spur Besorgnis. Jess hoffte, sie wirkte nicht allzu übernächtigt.

Im Wagen berichtete Hervé von dem Kongreß, von Leuten, die er wiedergesehen oder kennengelernt hatte, in seiner ruhigen, wohlüberlegten Sprechweise. Sie hatten am Freitagabend noch miteinander telefoniert, so daß er über Jess' Neuigkeiten schon informiert war – ihr

Besuch beim Frauenarzt («alles okay, alles bestens», versicherte sie ihm noch mal), die Heizung im Bad, die sich nicht mehr hatte abdrehen lassen und für die sie einen Installateur hatte kommen lassen, der Sturm in der Nacht von Donnerstag auf Freitag, der ein paar Dachziegel heruntergeholt und einen Ast von der Birke gerissen hatte. Sie erzählte ihm, daß Phoebe ganz plötzlich nach London habe fliegen müssen.

«Bist du allein nach Montreux gefahren?»

«Ach, weißt du, allein hatte ich keine rechte Lust. Ich hab' mir einen faulen Tag zu Hause gemacht.»

Sie war nicht in der Stimmung, ihm von Jacks Besuch zu erzählen. Später vielleicht, beiläufig. Vielleicht auch nicht.

Jess hatte sich auf der nächtlichen Motorradfahrt erkältet, und am Dienstag legte sie sich mit Fieber, Halsschmerzen und Husten ins Bett. Abends rief Hervé gegen ihren Protest den Hausarzt an, der vorbeikam und ihr kalte Wadenwickel verordnete und Medikamente verschrieb. In der Nacht wechselte Hervé ihre naßgeschwitzte Bettwäsche, während sie in eine Decke eingehüllt auf einem Stuhl saß und bellend hustete und zwischen den Hustenanfällen Jacks Besuch ausplauderte, wohlwissend, daß sie es später bereuen würde. Hervé rief am nächsten Tag zweimal aus dem Büro an, um sich nach ihrem Befinden zu erkundigen. Jess glaubte, aus seinem Tonfall eine Verstimmung herauszuhören, die er zu überspielen suchte, aber vielleicht täuschte sie sich und er war nur besorgt oder gestreßt von der Arbeit. Jess wußte, sie hatte vorige Nacht von Jack gesprochen, aber sie erinnerte sich nicht genau, was alles sie ausgeplappert hatte. Fieber hatte sie immer schon wie einen Wasserfall reden lassen, schon als Kind.

Hervé war gegen halb sechs zu Hause und kam fast sofort zu ihr herauf. Er gab ihr einen Kuß auf den Mund, die übliche Begrüßung, legte prüfend seine Hand auf ihre Stirn.

«Ich hab' kein Fieber mehr», sagte Jess. «Oder nur noch ganz wenig.»

«Hier, deine Tabletten.» Er legte das Päckchen auf den Nachttisch. «Zwei morgens, zwei abends. Übrigens ist kein Brot mehr im Haus, ich fahre eben noch mal zur Bäckerei.»

An der Tür blieb er stehen. «Soll ich dir sonst noch was mitbringen?»

Jess sagte, sie brauche nichts.

Hervé zögerte einen Moment, dann sagte er: «Stimmt es, daß dein Bruder Jack am Sonntag hier war?» Seine Stimme war ruhig, sachlich, aber Jess hörte den Unterton von Gekränktheit, von Mißtrauen.

«Es stimmt. Er war hier.»

Hervé schwieg, offensichtlich wartete er auf weitere Erklärungen.

«Du findest es vielleicht seltsam, daß ich dir nicht sofort am Montag was davon gesagt habe.»

«Eigentlich ja.»

«Na ja, Jack rief mich am Sonntagabend an und sagte, er sei hier in Genf. Wir haben uns am Cirque getroffen, dann haben wir 'ne Tour um den See herum gemacht.»

«Sag mal, hab' ich das richtig verstanden, mit dem Motorrad?»

«Ja.»

«Aber warum mit dem Motorrad?»

Jess zuckte die Achseln. «Wieso sollten wir nicht mit dem Motorrad fahren?»

«Findest du das nicht unverantwortlich, daß du in deinem Zustand –»

«Ich bin schließlich nicht im neunten Monat!»

«Du siehst, was dabei rausgekommen ist.»

«Ich kann mich genausogut woanders erkältet haben. Es grassiert, fast alle sind erkältet.»

Hervé nahm den gläsernen Briefbeschwerer vom Regal, betrachtete ihn von allen Seiten, als habe er ihn noch nie gesehen, und stellte ihn wieder hin, genau dorthin, wo er gestanden hatte. «Ich hätte es ja verstehen können, wenn du mir die Motorradfahrt verschwiegen hättest. Aber warum Jacks Besuch? Du hast mir immer erzählt, du und Jack, ihr versteht euch nicht.»

«Tun wir auch nicht.»

«Ehrlich gesagt, ich versteh' das nicht.»

Jess schwieg. Sie wußte, daß sie etwas sagen, irgendeine Erklärung abgeben sollte, die halbwegs plausibel klang, aber sie sagte nichts.

«Gibt es irgendeinen Grund, warum du mir nichts von Jacks Besuch gesagt hast?»

«Wieso? Was für einen Grund sollte es geben?»

Ein Schatten glitt in Hervés Augen. «Oder darf ich den Grund nicht wissen?»

Sie starrten einander an.

«Ach, glaub doch, was du willst.»

Hervés Gesicht verschloß sich. Er wandte sich abrupt ab, sie hörte ihn die Treppe hinuntergehen.

Jess, in plötzlicher Wut, schrie hinter ihm her: «Du tust, als hätte ich dich betrogen.»

Hervé kam wieder herauf. «Hast du's?»

«Glaubst du das wirklich?» fragte Jess verächtlich. «*Du* hast davon gesprochen, nicht ich.»

«Ich weiß, was du denkst. Aber es ist nicht so. Jack und ich –»

«Was?»

«Ach nichts.»

Hervé stand ein paar Sekunden da, dann verließ er wortlos das Zimmer. Jess hörte, wie er die Haustür öffnete und schloß; eine Minute später hörte sie ihn wegfahren.

21

Jess und Hervé erwähnten Jacks Besuch mit keiner Silbe mehr. Aber sein unausgesprochener Name schwang bei allem mit, was sie zueinander sagten. Sie waren gereizt, empfindlich, hatten häufige Auseinandersetzungen, wegen Lappalien, wegen Jess' gesundheitsschädigendem Verhalten (ein Ausdruck Hervés) – sie rauchte, obwohl sie immer noch hustete. Sie schlief schlecht, saß nachts oft unten am Küchentisch, mit einem Bier oder einem Kaffee. Sie haßte es, wenn Hervé herunterkam und sich entweder besorgt erkundigte, ob sie nicht schlafen könne, oder zu diskutieren anfing. Als Jess im vierten Monat war, hatte sie eine Fehlgeburt.

Hervé kümmerte sich rührend um sie, verwöhnte sie, brachte ihr eine Riesenpackung Pralinen aus der Confiserie Leroy mit. Aber unter seiner Fürsorge spürte Jess den Vorwurf, die Anklage; sie wußte, daß es Dinge gab, die er ihr nicht verzieh.

Allmählich lief es schlechter zwischen ihnen. Hervé gewöhnte sich an, jeden Abend einen Wust von Papieren mit nach Hause zu bringen, er hockte bis spät in der Nacht unten in seinem Arbeitszimmer am Schreibtisch. Wenn er ins Bett kam, stellte Jess sich schlafend. Wenn sie sich im Haus zufällig begegneten, umarmten sie sich nicht, wie sie es früher getan hatten. Hervé warf ihr vor, sie vernachlässige den Haushalt. Er strich mit dem Zeigefinger über die verstaubten Flächen. Jess ignorierte ihn ostentativ. Er führte sie in den Keller hinunter und zeigte ihr die Dahlienknollen, die sie hatte verfaulen lassen. Einmal trug er das schmutzige Geschirr, von dem sich unüberschaubare Stapel in der Spüle angesammelt hatten, in die Garage und spritzte es mit dem Hochdruckschlauch ab. Jess reagierte, indem sie den vernachlässigten Haushalt vollends verlottern ließ. Ihre Auseinandersetzungen wurden häßlich, gemein. Jess knallte Türen, Hervé bewahrte eine eisige Ruhe. Wenn sie miteinander schliefen, war es ein Akt purer Aggression, ohne Zärtlichkeit. Eines Nachts wurde Jess davon wach, daß Hervé auf ihr lag. Sie versuchte, ihn wegzudrücken, schlug mit Fäusten auf ihn ein, kratzte, biß. Es war ein stummer Kampf, verbissen, haßerfüllt; sie verlor ihn.

«Ich hasse dich!» schrie sie. «Ich liebe Jack! Hörst du, *Jack*!»

Hervé schlug ihr ins Gesicht.

Jess schlug zurück, mit der geballten Faust.

Danach hatten sie eine Phase, in der sie sich leise und in aller Ruhe die gemeinsten Dinge sagten. Sie waren beide voller Haß. Sie rührten einander nicht an. Jess schlief im Gästezimmer.

Aber auch diese Phase ging vorbei, und nach und nach wurden sie versöhnlicher. Nach einer Party, von der sie eines Samstagnachts um drei mit einem Taxi nach Hause kamen, angeregt vom Alkohol und gleichzeitig seltsam nüchtern, verziehen sie einander, gingen miteinander ins Bett.

«Stimmt es, daß du Jack liebst?»

«Ich liebe auch Vater. Und ich habe Ricky geliebt. Ich hab nichts mit Jack gehabt. Nie. Ich schwör's dir.»

Sie hatten ein paarmal davon gesprochen, sich zu trennen. Sie beschlossen, einen neuen Anfang zu wagen.

Hervé mietete für eine Woche ein Chalet im Jura. Es war Ende September, sie hatten herrliche Spätsommertage, mit kühlen klaren Nächten und Morgentau auf den Wiesen; Jess lief vor dem Frühstück barfuß darüber. Sie machten ausgedehnte Wanderungen, liebten sich an den Nachmittagen hinter geschlossenen Läden. Hervé hackte Kaminholz, sie fuhren in den Ort und gingen zusammen im Supermarkt einkaufen. Jess, eine mäßige Köchin, bereitete Hervés Lieblingsgerichte zu und ersetzte Können durch Phantasie. Abends saßen sie bei einer Flasche

Wein auf der nach hinten zu einem Wiesenhang gelegenen Terrasse, auf der es eine Hollywoodschaukel gab. Hervé erklärte Jess die Sternbilder. Wenn sie nicht sprachen, hörten sie das Geraschel kleiner Tiere. Nachts, im Bett, redeten sie im Dunkeln miteinander, wie in der ersten Zeit ihrer Ehe. Hervé meinte, sie sollten ein bißchen mehr aus ihrem Garten machen, ein paar Rabatten anlegen.

«Was hältst du von einem Fischteich?» fragte er.

«Wenn du meinst. Aber wer füttert die Dinger, wenn wir mal weg sind? Vielleicht sollten wir besser ein paar Obstbäume pflanzen? Äpfel und Mirabellen und Kirschen, ich könnte Obst einkochen, Marmeladen machen.»

Hervé lachte. «Das tätest du doch nicht.»

«Ich fürchte nein», sagte Jess.

Einmal sprachen sie über Jack, über Jack und Ricky und die Zeit in Mauquenchy, aber Jess gab ausweichende Antworten. Sie hatte Hervé erzählt, daß Ricky verunglückt, von den Klippen abgestürzt war. Weiter hatte sie nichts erzählt, und sie erzählte auch jetzt nichts. Sie war drauf und dran, mehr zu erzählen, wie manchmal nachts, aber sie tat es nicht. Sie merkte, daß Hervé wohl spürte, daß sie ihm etwas verschwieg.

Eines späten Abends auf der Terrasse fragte Hervé, ob sie immer noch die Pille nehme – sie nahm sie seit der Fehlgeburt –, und als Jess ja sagte, schlug er vor, sie solle sie doch weglassen. Jess schwieg. Sie hatte befürchtet, daß Hervé früher oder später dieses Thema anschneiden würde. Sie konnte sagen, sie wolle sie lieber noch eine

Zeitlang weiternehmen, vorerst. Oder sie konnte sagen, sie lasse sie weg, und sie heimlich weiternehmen.

Sie sagte: «Ich will keine Kinder mehr.»

Sie konnte nicht erklären, wieso. Nein, es hatte nichts mit der Fehlgeburt zu tun. Sie wollte eben keine mehr.

Schweigen. Jess schaukelte leicht, nervös auf der Hollywoodschaukel hin und her, Hervé saß auf einem der Gartenstühle, die Hände im Nacken verschränkt. Jess konnte im Dunkeln den Ausdruck seines Gesichts nicht erkennen; sie hatten kein Licht gemacht, wegen der Insekten. Sie verspürte das Verlangen, zu Hervé zu gehen, ihn zu umarmen, von ihm umarmt zu werden, zu sagen, vielleicht wolle sie doch Kinder, es sei nicht ihr *wirklicher* Wunsch, keine zu haben. Sie blieb sitzen, schwieg, zog an ihrer Zigarette.

«Ist es wegen Jack?»

Jess warf die Kippe weg, sie schlug mit einem kleinen Feuerwerk roter Funken auf den Steinplatten auf.

«Wie kommst du darauf?»

Hervé antwortete nicht sofort. In ihrem Schweigen war eine knisternde Spannung.

«Liebst du Jack?»

Jess blickte geradeaus in die dunklen Hügel. «Laß Jack aus dem Spiel.»

Hervé war aufgestanden, an den Rand der Terrasse getreten, er stand mit dem Rücken zu ihr, die Hände in den Hosentaschen.

«Es ist nicht so, wie du denkst», sagte Jess, mit zuviel Ärger und zuviel Abwehr in der Stimme.

«Wie ist es denn?»

«Quäl mich nicht.»

Hervé drehte sich zu ihr um. «Ich will wissen, wie es ist. Ich hab' ein Recht darauf zu wissen –»

«Laß mich endlich in Ruhe damit. Laß mich in Ruh!»

Jess sprang auf, ging rasch ins Haus. Sie saß auf der Bettkante, innerlich zitternd, versuchte, sich zu fangen.

Am nächsten Tag fuhr sie allein nach Genf zurück, mit Bus und Zug.

Es folgten Monate mit fruchtlosen Diskussionen und Auseinandersetzungen und halbherzigen Versöhnungsversuchen. Es gab Tage, an denen sie nicht miteinander redeten, und Nächte, die sie sich gegenseitig zur Hölle machten. Als Jess eines Sonntagabends von einem Wochenende in Annecy zurückkam, entdeckte sie auf einem Handtuch im Badezimmer Lippenstiftspuren. Kirschrot: nicht ihre Farbe. Unwillkürlich stellte sie sich die Frau vor. Kurzes dunkles Haar, breite Hüften. Nichtraucherin. Jess wunderte sich über ihre Gelassenheit. Aber im nächsten Moment explodierten Zorn und Empörung in ihr. Er könnte zumindest so anständig sein, seine Nutten nicht ins Haus zu schleppen! Sie schleuderte das Handtuch auf den Boden, trampelte darauf herum.

Jess zog aus. Sie wohnte zwei Wochen bei Phoebe, dann fand sie eine nicht allzu teure Zweizimmerwohnung in Carouge. Sie renovierten sie zu dritt – Jess, Phoebe und Gilbert. Phoebe überredete Jess zu einer maisgelben Tapete und blauen Vorhängen, eine Kombination, die angeblich stimmungsaufhellend wirken sollte. Jess hatte den Eindruck, sie wirke eher deprimierend.

«Ich weiß nicht», sagte Jess eines Abends zu Phoebe. «Manchmal glaub' ich, ich hab' einfach immer das Falsche in Männern gesucht.»

«Was denn?»

Jess zuckte die Achseln. «Ich weiß nicht ... Woher soll ich das wissen?»

«Du mußt zu dir selbst finden», sagte Phoebe. Aber was hieß das? Woran erkannte man, daß man zu sich selbst fand, nicht zu einer Illusion?

Jess und Hervé ließen sich scheiden. Danach trafen sie sich ab und zu; es war angenehm, weil sie sich auf einer anderen Ebene trafen als derjenigen, auf der sie in der letzten nervenzerrüttenden Zeit ihrer Ehe miteinander verkehrt hatten. Es war eine zivilisierte Ebene, erwachsen, vernünftig, mit einer Distanz, die zu verringern sich beide hüteten. Es gab Themen, die erlaubt, und solche, die tabu waren. Der entscheidende Unterschied war, daß sie nichts mehr voneinander wollten. Einmal schliefen sie miteinander, auf neutralem Territorium, in einem Hotel. Es ließ in Jess ein Gefühl der Leere zurück. Jess hatte sporadische Verhältnisse mit Männern, aus denen sie sich nichts machte, die sich im Grunde nichts aus ihr machten. Jack ließ nichts von sich hören.

Jess arbeitete inzwischen in einer orthopädischen Gemeinschaftspraxis an der Anmeldung, aber die Arbeit war hektisch und unbefriedigend, und sie kündigte. Sie hatte Glück und bekam eine Stelle bei Fréquence Laser, dem großen neuen CD-Shop auf einer der Rhônebrükken. Wenn sie abends mit Phoebe oder mit einem Mann ausging, war sie oft albern und ausgelassen und lachte über jede Kleinigkeit. Aber wenn sie allein in ihrer Wohnung war, lag die depressive Verstimmung stets auf der Lauer, um sie anzuspringen, ihr die Zähne ins Fleisch zu schlagen, sie nicht loszulassen. Nachts lag sie wach, rauchte im Bett, rauchte einen Joint, und noch einen, während das Zimmer in das kaltgrüne Licht einer Neonreklame getaucht war.

Die beklemmenden Träume stellten sich wieder ein. Sie träumte von leeren Wohnungen, immer wieder, meistens waren sie finster und bedrohlich, manchmal in grellem Neonlicht erstarrt. Sie träumte von auseinandergenommenen Display-Mannequins, die in leeren Schaufenstern herumlagen und froren. Sie träumte von einer Naturkatastrophe, in der sie unter Erdmassen begraben wurde. Sie träumte von einer großen schwarzen ekligen Spinne, die sie zertrat, und unter ihrer Schuhsohle kamen ein Dutzend neuer Spinnen hervor und liefen nach allen Seiten. Sie träumte von Ricky.

Und dann, an einem Abend im Oktober, anderthalb Jahre nach Jess' Scheidung, rief Yvonne mit der Nachricht an, Charles – Jess' Vater – sei tödlich verunglückt.

Sechster Teil

22

Auf dem Begräbnis ihres Vaters sahen Jess und Jack sich nur kurz und hatten kaum Gelegenheit, miteinander zu sprechen. Jess mußte sich um Yvonne kümmern, Jack fuhr sofort nach dem Begräbnis nach Le Havre zurück.

Sie trafen sich erst ein Jahr später wieder, als sie das Haus in Annecy verkauften – sie hatten es alle drei zu gleichen Teilen geerbt. Yvonne hatte es schätzen lassen und ziemlich bald über den Makler einen Käufer gefunden. Es war ein schönes Haus, und sie hing daran, aber sie wollte nicht länger allein darin wohnen bleiben – sie sagte, ein Haus müsse mindestens zwei Bewohner haben und mit jemand anderem als Charles in Charles' Haus zu leben, sei unmöglich für sie. Sie hatte Glück gehabt und eine Wohnung mit Blick auf den See gefunden – einen Zipfel des Sees. Sie hatte sich ein separates Atelier in der Altstadt gemietet, zusammen mit einer Freundin, die Holz- und Linolschnitte und Radierungen machte.

Jess fuhr am späten Freitagnachmittag nach Annecy, um Yvonne beim Packen zu helfen; der Umzug sollte am nächsten Mittwoch stattfinden. Sie hatten einen Teil der Möbel verkauft und ein paar Stücke, von denen sie sich nicht trennen wollten, die aber weder in Yvonnes noch in Jess' Wohnung paßten, auf Lager gestellt. Jess hatte lediglich Vaters alten Schreibtisch übernommen, der schon in der Wohnung am Rhein und dann im *gîte* gestanden und an dem er über die grausamen Merowingerinnen geschrieben hatte. Jack hatte für sein Einzimmerappartement in Le Havre keine Möbel haben wollen.

Wie üblich schlief Jess nicht im Gästezimmer, sondern oben im Atelier. Es war schon ausgeräumt, Yvonne hatte mit ein paar Freunden die Bilder und Malutensilien und die Möbel – zwei lange Tische, ein paar Stühle und Regale – in das neue Atelier hinübergeschafft. Das einzige Möbelstück, das in dem großen hellen und jetzt so ungewohnt kahlen Raum übriggeblieben war, war das Wandbett. Noch immer hing der Geruch nach Farben und Terpentin und Fixativ und Yvonnes ägyptischen Zigaretten in der Luft, und auf dem Boden zeugten Farbspritzer und Pastellkreideflecken von ihrer schöpferischen Tätigkeit.

Jess und Yvonne packten eine unendliche Anzahl mehr oder weniger dekorativer Gegenstände in die Umzugskartons, und Jess war froh, daß sich in der Enge ihrer Zweizimmerwohnung erst gar nicht soviel ansammeln konnte. «An deiner Stelle würde ich die Gelegenheit nutzen und jede Menge wegwerfen», sagte sie.

Yvonne strich mit ihrer rundlichen Hand eine Haarsträhne zurück, die ihr immer wieder in die Augen fiel. Sie zeigte Jess den alten abgestoßenen Steingutaschenbecher, den sie gerade in das weiße Packpapier einwickeln wollte. «Den hab' ich kürzlich weggeworfen und am nächsten Tag wieder aus der Mülltonne gefischt. Ich sah dauernd vor mir, wie Charles die Asche von seinen Zigarillos darin abstreifte.»

Jack kam am Montag mit dem Motorrad von Le Havre herunter, und am Umzugstag blieben er und Jess nach einem frühen und schnellen Frühstück im Haus, um auf die Möbelpacker zu warten, während Yvonne zur Wohnung hinüberfuhr.

Sie saßen am Küchentisch, auf dem nichts stand als ein voller Aschenbecher und zwei leere Kaffeetassen; Jack überflog eine alte Tageszeitung. Draußen wurde es langsam hell, trübes Novemberlicht, das Laub vor dem zur Seite gehenden Fenster war herbstlich verfärbt, spärlich, roter gezackter Ahorn und gelbe Birkenblätter, ein Gewirr schwarzer Zweige. Jack hatte gestern die Lampen abmontiert, er las im Licht der nackten Glühbirne, die von der Decke hing, die Gegenstände im Raum warfen verzerrte Schatten.

«Möchtest du noch Kaffee?» fragte Jess.

Jack sagte ja, ohne von der Zeitung aufzublicken.

«Im März feiert Yvonne ihren fünfzigsten Geburtstag», sagte Jess, während sie den Kaffee aus der Thermoskanne eingoß. «Kommst du dann runter? Sie will ein großes Fest machen.»

«Im März bin ich schon in Baltimore.»

Jess sah ihn überrascht an. «Du gehst wieder in die USA?»

«Ja, Ende Februar.» Jack faltete die Zeitung unordentlich zusammen und warf sie auf einen der fertig gepackten Umzugskartons. Dann stand er auf und trat an den kleinen Spiegel über der Spüle. «Meinst du, ich muß mich noch rasieren?» Er strich mit der Hand über die dunklen Stoppeln. Jess sah sein Gesicht im Spiegel, seitenverkehrt war es unvertraut, wie die Seiten seines Lebens, die sie nicht kannte.

«Rasier dich heute abend, Yvonne will uns ins Restaurant einladen. Gehst du für lange?»

«Ich denke, diesmal für immer. Ich hab' ein wirklich gutes Jobangebot bekommen, ich hab' einfach bessere Perspektiven drüben.»

Für immer. Zwei Wörter, scharf wie ein Messer, um Schmerz zuzufügen. Vielleicht würden sie sich nie mehr sehen. Jetzt, da Vater tot und das Haus verkauft war, würde er nicht mehr kommen. Jess wollte ihn fragen, ob die besseren Perspektiven der einzige Grund waren, warum er wegging, aber sie fragte nicht, und er ließ ihr auch keine Zeit dazu. «Ich fahr' schon mal rüber zur Wohnung. Gibt ja nichts mehr zu tun hier, oder?»

Jess stand ebenfalls auf, sie lehnte sich gegen den Türrahmen, sah zu, wie Jack in der Diele seine Jacke anzog, eine verschossene braune Lederjacke. Er öffnete die Haustür.

«Jack?»

«Ja?» Widerwillig blieb er stehen, eine Hand an der Türkante, in der andern den Sturzhelm, er wollte weg.

«Wie wär's, wenn wir heute abend ins Casino gehen?»

«Ins Casino?» Als ob der Vorschlag abwegig wäre, fast eine Zumutung.

Sie ließ nicht locker. «Erinnerst du dich, in Evian hast du gesagt, wir holen das nach.»

«Hier ins Casino zu gehen, hab' ich nicht viel Lust.»

«Nicht hier. Ins Casino in Genf. Wir könnten *Boule* spielen. Oder an den *Slot-machines*. Oder wenn du lieber Roulette spielst, könnten wir nach Divonne oder Evian fahren.»

Er sah sie mit gerunzelter Stirn an. Er sah sie genauso an wie damals in jener Sommernacht, als sie die Beifahrertür von Vaters Wagen öffnete und fragte, ob sie mitfahren dürfe. Diesmal würde er nein sagen, sie war sicher, sie hatte sich schon damit abgefunden, sie würde den ganzen Tag Zeit haben, sich damit abzufinden, die ganze Nacht.

«Fahren wir nach Genf», sagte er und zog die Tür hinter sich zu, ziemlich fest, aber er knallte die Türen nicht mehr wie früher. Sie blieb stehen, hörte, wie er sein Motorrad startete, abfuhr; dann war er um die Ecke gebogen.

Eine Erinnerung überfiel sie, aus der Zeit vor Hervé. Sie saß allein im Abteil eines Zuges nach Genf. Ein Mann blickte vom Gang aus kurz zu ihr hin, kam dann wieder zurück und in ihr Abteil. «Sie sind eine schöne Frau. Sie bringen mir Glück. Fahren Sie mit mir nach Evian!» Sie hatte nicht mal eine Sekunde gezögert. Nach dem Casino waren sie auf ein Hotelzimmer gegangen.

Jess konnte sich absolut nicht erinnern, ob sie ihm Glück gebracht hatte.

Sie fuhren den Quai du Mont-Blanc entlang, in Jess' Wagen; Jess saß am Steuer. Rechts der See mit den Lichtern am gegenüberliegenden Ufer, links die Fassaden der Restaurants und der großen Fünf-Sterne-Hotels. Sie hatten Yvonne gefragt, ob sie mit ins Casino gehen wolle, aber Yvonne hatte gesagt, sie sei zu erledigt. Sie hatten ihr den ganzen Tag beim Auspacken der Kisten und Kartons geholfen, Jack hatte mit dem Schlagbohrer gearbeitet, Regale eingedübelt, die Garderobe, Vorhangstangen und Spiegel, ein paar der großen Urwaldbilder. «Wenn ich euch nicht hätte», sagte Yvonne. Sie hatten Spaß und lachten, Yvonne und Jess hatten immer wieder unmotivierte Lachanfälle. Ich lache, um nicht zu weinen, hatte Jess gedacht.

Wegen des Casinobesuchs hatten sie das Abendessen im Ciboulette um zwei Stunden vorgezogen. Jess war vorher zum Haus gefahren, um sich umzuziehen, ihre Sachen waren noch oben im Atelier, sie würde diese Nacht ein letztes Mal auf dem Wandbett schlafen – sie zog das leere Haus Yvonnes chaotischer Wohnung vor – und morgen früh den Schlüssel beim Makler abgeben. Nach einer schnellen Dusche kleidete sie sich im Schein der vom Dachgebälk herabbaumelnden Glühbirne an. Es war kein Spiegel mehr im Haus, außer dem in der Küche, und sie betrachtete ihre schemenhafte Gestalt in dem großen, leicht geneigten, leicht verstaubten Dachfenster. Sie sah eine schlanke (manche würden sagen magere) junge Frau in einem auberginefarbenen Kleid – langer schmaler Rock und T-Shirt-Oberteil, breiter Wildledergürtel. Sie sah elegant aus. Oder wie eine Vogelscheuche, sie war nicht sicher. Als sie die Treppen hinunterlief, knallten ihre hohen Absätze auf die Holzstufen, das abgehackte Geräusch hallte in dem dämmrigen leeren Haus wider wie ein Echo aus vergangenen Tagen.

Jess bog nach links in eine Seitenstraße ab. «Ich würd' gern noch ein bißchen Luft schnappen, bevor wir ins Casino gehen», sagte sie, während sie auf der Suche nach einem Parkplatz herumkurvte. «Laß uns ein kleines Stück am See entlanggehen, ja?»

«Wenn du meinst.» Jack klang nicht sehr erfreut, er wäre lieber gleich ins Casino gegangen. Er machte das Handschuhfach auf, warf einen zerstreuten, schlechtgelaunten Blick auf das heillose Durcheinander und drückte die Klappe wieder zu; sie rastete mit einem trockenen, harten Geräusch ein.

«Nur 'ne Viertelstunde», sagte Jess.

Sie fand eine Parklücke. Sie gingen zum Quai zurück, überquerten ihn und schlenderten die Uferpromenade entlang, am Casino vorbei, Richtung Innenstadt. Die Türme von Saint-Pierre oben in der Altstadt waren angestrahlt; unten die hell erleuchteten Fassaden der Banken mit den beflaggten Dächern. Jack ging schnell, ungeduldig, er würde jeden Moment umkehren und zum Casino zurückgehen wollen. Jess spürte, wie die Zeit verstrich, Sand, der durch ein Stundenglas rieselte, ein Countdown, unerbittlich; sie wollte vieles sagen und brachte nichts heraus.

«Wie geht's deiner Mutter?» fragte sie schließlich.

«Sie ist vor einem halben Jahr gestorben.»

«Ach ...» Es gab Jess einen Stich, daß sie so wenig von Jack wußte. «Woran?»

«Leberzirrhose. Sie hat sich jahrelang nur noch von Schnaps und Pampelmusen ernährt.»

Sie waren an den Débarcadères angekommen, der Anlegestelle für die Vergnügungsdampfer. Die kleine halbkreisförmige Parkanlage lag fast verlassen da. Jack sah sich die Schiffspläne an.

«Die fahren jetzt sowieso nicht», sagte Jess. «Nur bis Ende Oktober.»

«Gehen wir zurück?»

«Laß uns noch ein Stück weitergehen. Ich will sehen, ob das Boot noch daliegt.»

«Welches Boot?»

«Ein Ruderboot. Ziemlich morscher Kahn. Phoebe hat ihn vorige Woche entdeckt, sie wollte unbedingt 'ne Ruderpartie mit Gilbert machen, aber er wollte nicht.» Sie kicherte. «Wahrscheinlich zu Recht, er wiegt fast drei Zentner.»

Das Boot lag noch da, auf dem schmalen Schotterstreifen zwischen Wasser und Begrenzungsmauer, es lag auf dem Kiel, leicht zur Seite gekippt, mit dem Heck im Wasser.

«Meinst du, es schwimmt noch?» fragte Jess.

«Mal sehen.» Jacks Verdrossenheit war von ihm abgefallen, er stieg über die Brüstung und ließ sich an der Mauer hinunter. Er sah sich das Boot von verschiedenen Seiten an, überprüfte das Innere im schwachen Schein seines Feuerzeugs, dann bückte er sich und holte die Riemen heraus, sie lagen auf dem Boden. «Ziemlicher Schrott», sagte er und hielt einen der Riemen hoch; Jess konnte erkennen, daß ein Stück vom Blatt fehlte. Jack stemmte sich gegen den Bug und schob das Boot über den knirschenden Schotter ins Wasser, dann stieg er hinein. Es kippelte unter seinem Gewicht, und er ruderte mit den Armen, um die Balance zu halten.

«Los, komm runter, wie probieren das Ding mal aus. *Une partie de plaisir.*»

Jack hatte sich auf die Ruderbank gesetzt, zog probeweise die Riemen durchs Wasser, tastete den Boden des Kahns mit den Händen ab.

«Jack, ich wette, das Ding ist leck. Bestimmt ist es leck.»

«Hast du Angst?»

«Quatsch.»

Jess zog den Rock ihres Kleides hoch, setzte sich auf die Brüstung und schwang die Beine hinüber.

«Ich kann in den Pumps nicht runterspringen.»

Vier oder fünf Meter weiter waren Stufen in die Mauer eingelassen. Jess balancierte an dem Geländer entlang, zog ihre Schuhe aus und stieg die schmalen steilen Stufen in ihren Seidenstrümpfen hinunter, die Schuhe in der Hand. «Komm her, ich lauf' nicht in Strümpfen über den Schotter.»

Jack bugsierte den Kahn zu ihr hin und half ihr hineinzuklettern. Eine der Sitzbänke war verschmutzt, Jess ließ sich auf der Heckbank nieder. Das Wasser gluckste, plätscherte gegen die Bootswand. In der Nähe flog eine Schar Wasserhühner auf, kleine Warnlaute; sie wasserten mit platschenden Geräuschen ein Stück weiter entfernt.

«Was meinst du, wie weit wir darin kommen?» fragte Jess.

«Wird sich rausstellen.»

Jack ruderte vom Ufer weg. Er mußte dauernd seinen Kurs korrigieren, wegen des beschädigten Blatts. Jess ließ ihre Hand über den Bordrand ins Wasser hängen; es war eisig. Sie spürte die leise Strömung gegen den Handrükken, rhythmisch wie die Bewegung des Boots. Die Stadt war ein Lichtermeer, Lichter spiegelten sich im Wasser; auf dem Pont du Mont-Blanc war noch reger Verkehr. Links, zum offenen See hin, die Jetée, der Hafendamm mit dem Leuchtturm am Ende. Jack ruderte gleichmäßig, energisch; eine der Riemenauflagen quietschte. Jess sah Wasser auf dem Boden schimmern, sie beugte sich hinunter und fühlte mit der Hand. «Das Ding *ist* leck!»

«Nicht der Rede wert.»

Jack hielt mit dem Rudern inne; kleine Wellen klatschten gegen die Seite des Kahns, er schaukelte leise.

«Warum machst du nicht weiter?» fragte Jess herausfordernd.

Jack grinste. «Brauch' mal 'ne Pause. Bin ein bißchen aus der Übung.»

Sie schwiegen; der Kahn driftete in der Strömung leicht ab. Jess spürte, daß die Stimmung umkippte, schon umgekippt war; ihr Schweigen lud sich mit Spannung auf, mit jedem Augenblick mehr. Jess wurde sich ihres Atems bewußt.

Jack fing wieder an zu rudern, er machte jetzt Tempo, zog die Riemen kräftig durchs Wasser; der Kahn knarrte. Im Hintergrund die Verkehrsgeräusche der Stadt, jemand hupte wie wild. Sie waren inzwischen ein gutes Stück vom Ufer entfernt. Jess hatte den Eindruck, die Pfütze auf dem Boden sei größer geworden.

«Meinst du nicht, du solltest besser zurückrudern?»

Wenn dieser morsche Kahn auseinanderbrach oder absackte, würde sie es weder zum Hafendamm noch zurück zum Ufer schaffen. Nicht in dem Kleid, dessen Rock ihre Beine einschnüren würde. Und nicht in dem eisigen Wasser. Sie hatte keine Kondition, sie war eine Ewigkeit nicht mehr geschwommen.

«Hast du Angst?» fragte Jack.

«Nein.»

«Na, ich wette, du hast doch Angst.»

Jess beugte sich vor, sie sah Jack ins Gesicht. «Ist es das, was du willst?»

Jack gab keine Antwort. Er hatte die Hände auf die Bootsränder gelegt und schaukelte hin und her, dann lag der Kahn wieder still da. In der Nähe schrie ein Vogel und flog auf, Wasser plätscherte.

Jess sagte: «Ich hab' dich was gefragt.»

«Ich hab's gehört.»

«Und?»

«Ja, vielleicht.» Dann, resigniert: «Ach was, es ist mir scheißegal.»

Sie sagte: «Damals, als du das Benzin nachgefüllt hast, war's dir nicht egal.»

«Nein.»

Sie schwiegen eine Zeitlang. Dann sagte Jack: «Meine Mutter war übrigens ziemlich durcheinander in den letzten Tagen vor ihrem Tod.»

«Ach ja?»

«Sie fragte mich tatsächlich –»

«Was?»

«Sie fragte mich, wie's Ricky ging.»

Jess konnte ein paar Sekunden nichts sagen. «Und was hast du gesagt?» fragte sie schließlich.

Jack schaute an ihr vorbei aufs Ufer. «Gut. Ich hab' gesagt, es geht ihm gut.»

Jess sagte: «Du hast gehört, was ich ihm zugeschrien hab', oben auf dem Plateau, oder?»

«Ja.»

«Ich hab' den Ball absichtlich zum Steilhang geworfen.»

«Hab' ich mir gedacht. Hab' ich dir angemerkt.»

Nach einer Weile sagte Jess: «Jack, du kannst mir glauben, ich bin nie das Gefühl losgeworden, daß ich hätte mitfallen müssen.»

Jack schwieg.

«Hast du gehört?»

«Aber ja.»

«Es stimmt, Jack.»

«Das bringt nichts, das macht nichts ungeschehen.»

«Ich hab' achtzehn Jahre lang mein Leben ruiniert, systematisch.»

Jack bewegte einen der Riemen, betrachtete ihn, als wäre er voll auf ihn konzentriert.

Jess sagte tonlos: «Du haßt mich deswegen.»

Jack machte eine unwillige Bewegung, als sei das nicht das Entscheidende. Er fing wieder an zu rudern, er ruderte stumm, verbissen.

«Ruder zurück», sagte Jess.

Jack machte noch vier, fünf Schläge, dann wendete er den Kahn.

Jess wurde sich mit einemmal bewußt, daß sie völlig durchgefroren war. Sie klapperte mit den Zähnen, sie trug nur einen leichten Blazer über dem dünnen T-shirt, und es war windig geworden, ein kalter, böiger Wind fegte über das Wasser.

Bis zum Ufer saßen sie einander wortlos gegenüber. Jack zog den Kahn ein Stück auf den Schotter, neben eine der Bootstreppen.

Sie gingen die Uferpromenade entlang, vom Stadtzentrum weg, am Casino vorbei. Es hatte zu regnen begonnen, vereinzelte Tropfen, dann regnete es stark; Jess sah den Aufprall der Tropfen auf der Wasseroberfläche, ein dunkles Punktmuster. Sie fühlte die Nässe im Rücken, durch ihren Blazer hindurch, ihr Haar war naß, nasse Strähnen auf ihrer Stirn, sie strich sie zurück.

«Wir sehen uns vielleicht nie mehr wieder», sagte sie.

«Weiß ich nicht. Nein, vielleicht nicht.»

Sie waren stehengeblieben. Jess legte ihre Hände um Jacks Nacken, legte ihr Gesicht an seine Schulter, nasser Stoff, Geruch nach Regen, nach Traurigkeit, nach Abschied und Endgültigkeit, nach Verlust.

Er umarmte sie, zögernd.

Jess spürte ihr Blut in den Schläfen pochen. Sie hörte sich sagen: «Geh nicht ins Hotel heute nacht, Jack. Fahr mit zum Haus.»

Er schwieg, überrascht, vielleicht auch nicht, dann sagte er, seine Stimme direkt an ihrem Ohr: «Es würde nichts ändern.»

«Vielleicht doch.»

Sie gingen langsam zurück.

«Und außerdem», sagte Jack schließlich, «bist du meine Schwester.»

«Halbschwester.»

«Immerhin.»

«Ist das wichtig?»

«Nein, eigentlich nicht.»

Sie waren wieder stehengeblieben, sie schauten einander an, in der Dunkelheit zwischen zwei Straßenlaternen.

«Ach, verdammt», murmelte er.

Sie küßten sich, ihre Zungen fanden sich, erkundeten sich, vorsichtig, auf der Hut. Jess öffnete die Augen und sah, daß Jacks Augen, während er sie küßte, geöffnet waren, als wolle er sie beobachten, kontrollieren, als wolle er sich selbst kontrollieren.

Jess löste sich von ihm.

«Fahr mit zum Haus, Jack.»

Jess schloß die Tür auf, zum letztenmal diese Tür. In der Diele und im Treppenhaus hingen keine Lampen mehr, und sie nahm von der Fensterbank neben der Tür die Taschenlampe, die sie dort deponiert hatte; der Strahl huschte über die nackten Wände der Diele, über die Treppe.

«Warte, ich geh' vor. Halt dich am Geländer fest.»

Obwohl sie leise sprach, hallte ihre Stimme in der Stille des leeren Hauses.

Sie stiegen die Treppe hinauf, die Holztreppe zum zweiten Stock, vertraute Stufen, das vertraute Knarren; und dann die steile Ausziehtreppe, die zum Dachboden hinaufführte, sie wippte unter ihrem und Jacks Gewicht.

Im Atelier knipste Jess die Taschenlampe aus, schaltete die Glühbirne aber nicht ein. Durch das riesige Fenster fiel das Licht der Straßenlaternen in den kahlen Raum, blaß und kalt.

Sie umarmten sich, küßten sich wieder. Jess spürte, daß Jack zitterte, oder vielleicht war sie selbst es, die zitterte, ein inneres Zittern. «Jack», sagte sie, «Jack», sie konnte sich nicht erinnern, jemals von einem Mann umarmt worden zu sein, mit einem Mann zusammengewesen zu sein. Sie zogen sich aus, glitten aufs Bett. Jess gab sich diesem Augenblick hin, Versöhnung, Verzeihen, aber der Augenblick war schon vorüber, war eine Illusion, Jack war weiter von ihr entfernt denn je, Jack war unerreichbar für sie, sie war allein, sie waren beide allein. Sie spürte, wie sie traurig wurde, eine lähmende Traurigkeit füllte sie aus, sie stöhnte, ein Schmerzstöhnen, sie lag unter ihm mit offenen Augen, sie wünschte, es wäre vorbei, es war eine Qual, es war die Kehrseite von etwas, das nie sein würde, das unmöglich war. Jack hielt inne, machte weiter, fast widerwillig, nicht bei der Sache; Jess spürte, wie er schlaff wurde, er schob sich von ihr herunter. Sie lagen eine Weile reglos nebeneinander.

«Tut mir leid», sagte Jess schließlich; ihre Stimme belegt, fremd in dem großen kahlen Raum, er war kahl wie eine Gefängniszelle. Es war ein Fehler gewesen, daß sie hierhergekommen waren, und es war ihre Schuld, sie hatte ihn genötigt.

«Ach Scheiße», murmelte Jack. Er lag auf dem Bauch, das Gesicht im Kopfkissen.

Jess setzte sich auf den Bettrand. Sie hörte den Regen

gegen das Fenster trommeln, wie unzählige wütende Fingerkuppen, Regentropfen liefen außen an der Scheibe herab, sie sah sie gegen das Licht; einen Augenblick lang glaubte sie, es seien Tränen, ihre Tränen.

Sie zog mit dem Fuß ihre Kleider heran, hob sie auf, streifte sie über – alles im Zeitlupentempo, wie in Trance, als sei jegliche Kraft aus ihr gesogen worden. Sie durchwühlte ihre Handtasche, ertastete das Zigarettenpäckchen, nahm eine Zigarette heraus. Sie konnte ihr Feuerzeug nicht finden. Sie hielt die Zigarette zwischen den Fingern, dann ließ sie sie fallen.

Nach einer Ewigkeit sagte sie: «Ist es dir völlig unmöglich, mir zu verzeihen?»

Sie hörte, wie Jack sich umdrehte. «Verzeihen? Mein Gott, Jess, verziehen hab' ich dir längst. Darum geht's doch gar nicht.»

«Was dann?»

«Ich kann's nicht vergessen. Verstehst du? Ich kann's einfach nicht *vergessen.*» Jacks Stimme war jetzt müde, gequält, als hätte er schon viele Male versucht, ihr etwas klarzumachen, das sie nicht begriff, nicht begreifen konnte oder wollte. «Ich hab's versucht, glaub mir. Aber jedesmal, wenn wir uns sehen, ist es dasselbe. Jedesmal. Und daran wird sich nie was ändern.»

«Nie?»

Jess wandte sich ihm zu. Im schwachen Licht vom Fenster sah Jacks Gesicht bleich aus, seine Augen schimmerten.

«Nein, nie.»

«Weißt du das so sicher?»

«Jetzt ja.»

Jess fühlte ihr Herz schrumpfen.

Jack sagte: «Besser, wir sehen uns nicht wieder. Verstehst du?»

Jess verstand.

Siebter Teil

23

Ein kleines Geräusch weckt mich, ich öffne die Augen. Mein Blick fällt auf das riesige Fenster, durch das die Morgendämmerung hereinsickert. Jack ist aufgestanden, er ist dabei, sich anzuziehen – das war das Geräusch, das mich weckte, ein Scharren auf dem Dielenboden, als er einen seiner Schuhe zu sich heranzog –, er ist schon fast fertig. Ich bewege mich nicht, beobachte ihn mit halbgeschlossenen Augen; er soll nicht merken, daß ich wach bin. Es gibt nichts mehr zu sagen zwischen uns. Er hebt sein Jackett vom Boden auf, klopft mit zwei, drei Schlägen den Staub heraus, zieht es an. Im nächsten Moment wird er zu mir herüberschauen. Ich schließe die Augen, atme gleichmäßig, tief, als ob ich fest schliefe. Ich fühle seinen Blick auf meinem Gesicht, ein paar Sekunden lang, fast wie eine Berührung. Dann höre ich, wie er hinausgeht, die Tür schließt.

Ich lasse ihn gehen. Er haßt es, sich zu verabschieden, ich hasse es auch. Ich hasse diesen Abschied. Ich höre, wie er nach unten geht, die Hühnerleiter hinunter, die quietscht und ächzt, genau wie vorige Nacht, wie in all den Jahren vorher, dann die Holztreppe, vom zweiten Stock in den ersten, vom ersten Stock ins Parterre. Das Geräusch der ins Schloß fallenden Haustür hallt nach, es ist, als hörte es nicht auf, jedenfalls nicht in meinem Kopf.

Langsam wird es hell im Zimmer. Auf der Straße nimmt der Lärm zu, vorbeifahrende Autos, schlagende Wagentüren, Motoren, die angelassen werden. Durch das Fenster fällt ein wäßriger Sonnenstrahl herein, in spitzem Winkel, nicht für lange, das Fenster geht nach Nordosten.

Ich drehe mich zu der Seite des Betts, auf der Jack geschlafen hat. Ich atme seinen Geruch ein, denke daran, wie wir uns noch ein zweites Mal geliebt haben, spät in der Nacht, oder vielleicht war es schon gegen Morgen, ich überlasse mich der Erinnerung daran. Diesmal war es anders. Diesmal, für die zeitlose viertel oder halbe Stunde, waren wir ein Liebespaar. Behutsam lege ich die Finger auf mein Schlüsselbein, die Stelle, auf die er seinen Mund drückte, als es vorbei war.

Vorbei. Ich setze mich auf den Bettrand, rauche eine Zigarette, die ich mit Jacks Feuerzeug anzünde. Nicht dasjenige, das ich damals in der Bar-Tabac in Buchy für ihn geklaut habe, das *Hotel La Salle*-Feuerzeug, das am Strand abhanden gekommen ist. Dieses hier ist flach, rechteckig, schwarz, schmucklos. Mir wird übel, ich habe es noch nie gut vertragen, auf nüchternen Magen zu rauchen. In meiner Handtasche finde ich den Rest einer Kekspackung. Ich esse Kekse, sie schmecken trocken, verstaubt, ich esse sie nur, damit ich rauchen kann. Ich rauche drei oder vier Zigaretten, während ich versuche, nicht an mein zukünftiges Leben zu denken, das vor mir liegt wie eine Wüste, wie ein abgestorbener Ast, wie ein vertrocknetes Blumengebinde – irgend etwas in dieser Art. Wie dieses leere Atelier, an dessen Wänden die abgenommenen Bilder helle Vierecke hinterlassen haben.

Ich raffe mich auf. Ich gehe nach unten, dusche, steige wieder nach oben, kleide mich an. Ich ziehe das Bett ab, stopfe die Wäsche in meine Reisetasche. Ich klappe das Wandbett hoch. Als letztes sammle ich die Kippen von dem farbverklecksten Boden auf, werfe sie in das Klo neben dem Atelier, das Vater für Yvonne hat installieren lassen. Ein paar der Kippen schwimmen oben, Jacks filterlose und meine mit Filter, obwohl ich mehrere Male nachspüle, sie tanzen auf dem Wasser, weigern sich unterzugehen.

Du sprichst und lachst,
wie wenn nichts wäre

Ricarda Huch

Für Lisa Grosse

Umwelthinweis:
Dieses Buch und sein Schutzumschlag wurden auf chlorfrei gebleichtem Papier gedruckt.
Die vor Verschmutzung schützende Einschrumpffolie ist aus umweltschonender und recyclingfähiger PE-Folie.

Gesetzt aus 10,3/13,6 pt. Sabon
Satz: Filmsatz Schröter GmbH, München
Printed in Germany · Presse-Druck, Augsburg
ISBN 3-8135-0105-1

Rita Classen

Jessicas Brüder

Roman

Albrecht Knaus

Knaus

K